DER WAR SCHON TOT

W0375992

Erwin Kohl wurde 1961 in Alpen am Niederrhein geboren und hat diese herrliche Tiefebene seither nicht verlassen. Neben der Produktion von Hörfunkbeiträgen schreibt er als freier Journalist für die NRZ/WAZ und die Rheinische Post. Grundlage seiner Geschichten sind zumeist reale Begebenheiten, die Soziologie der Niederrheiner und ihre vielschichtigen Charaktere bilden den Hintergrund.

Dieses Buch ist ein Roman. Handlungen und Personen sind frei erfunden. Ähnlichkeiten mit lebenden oder toten Personen sind nicht gewollt und rein zufällig.

ERWIN KOHL

DER WAR SCHON TOT

Niederrhein Krimi

emons:

Bibliografische Information der Deutschen Nationalbibliothek
Die Deutsche Nationalbibliothek verzeichnet diese Publikation in der Deutschen Nationalbibliografie; detaillierte bibliografische Daten sind im Internet über http://dnb.d-nb.de abrufbar.

FSC
www.fsc.org
MIX
Papier aus verantwortungsvollen Quellen
FSC® C083411

© Emons Verlag GmbH
Alle Rechte vorbehalten
Umschlagmotiv: iStockphoto.com/blackred
Umschlaggestaltung: Nina Schäfer, nach einem Konzept von Leonardo Magrelli und Nina Schäfer
Umsetzung: Tobias Doetsch
Gestaltung Innenteil: DÜDE Satz und Grafik, Odenthal
Lektorat: Textsyndikat, Christiane Geldmacher, Bremberg
Druck und Bindung: CPI – Clausen & Bosse, Leck
Printed in Germany 2021
ISBN 978-3-7408-1241-6
Niederrhein Krimi
Originalausgabe

Unser Newsletter informiert Sie regelmäßig über Neues von emons:
Kostenlos bestellen unter
www.emons-verlag.de

Dieser Roman wurde vermittelt durch die Autoren- und Verlagsagentur Peter Molden, Köln.

Wir sind unsere eigenen Philosophen.
Und wenn der Rheinländer
auf die Frage »Wie isset?« »Gut« sagt,
dann sagt der Niederrheiner: »Wie sollet sein?«
Ja, aus uns krisse so schnell nix raus.

Hanns Dieter Hüsch über den Niederrheiner

Prolog

Samstag, 19.00 Uhr

Mit dem linken Arm voran drängelt sich Jünter durch die durstige Menschenansammlung am Bierstand. Das hochgehaltene Tablett mit seiner Beute wackelt bedenklich. Als er uns erreicht, kippt ein Pils um, und Uwe bekommt eine unfreiwillige Abkühlung.

»Macht nix, ich habe eh ein paar mehr mitgebracht.« Jünter stellt das Tablett auf den Stehtisch.

Uwe betrachtet sein ehemals blütenweißes Hemd, das er sich am Vormittag extra noch besorgt hat. Gerda verteilt die Becher und stößt mit uns an. »Auf ein megageiles Konzert!«

Als die fröhliche Witwe vor einem halben Jahr erfahren hatte, dass die niederrheinische Coverband Glam Bam während der Sonsbecker Kirmes ein Konzert im Festzelt geben würde, hatte sie sofort ein Dutzend Karten geordert. Nicht nur das: Die Vorsitzende des vier Mitglieder starken Glam-Bam-Fanclubs »Happy Eiland« hatte auch sofort einen Kleinbus und eine Rolle Biermarken organisiert. Vor allem Letzteres hatte Uwe und Jünter überzeugt, das jährliche Treffen der Campingplatz-SoKo mal ausnahmsweise auswärts stattfinden zu lassen.

Uwe leert seinen Becher in zwei kurzen Ansätzen, will nachlegen. Doch seine Hand greift daneben. Ein älterer Herr in Schützenkleidung hat bei seinem erneuten Marsch zum Bierstand offenbar den Stehtisch übersehen.

Ich frage mich so langsam, ob ein gemütlicher Abend in Lissys Biergarten nicht die bessere Wahl gewesen wäre. Zumal es dort schattige Plätze gibt, während uns hier das Bier bei gefühlten fünfunddreißig Grad in der Sonne direkt wieder aus allen Poren läuft. Gerda sieht auf die Uhr. »Wir sollten langsam reingehen, wenn wir ein schattiges Plätzchen an der Bühne haben wollen.«

»Boah, nee.« Katja möchte am liebsten wieder umdrehen.

Das »schattige Plätzchen« gleicht einer überdimensionalen Sauna. Gerda hat uns einen Stehtisch wenige Meter vor der Bühne gesichert. Neben uns bringt sich eine Clique Jugendlicher in Stimmung. Ein Junge um die zwanzig starrt mich mit seltsam verklärtem Gesichtsausdruck an. Er wirkt, als würde sich um ihn herum ein Film abspielen, den er nicht versteht.

Uwe kommt mit einem vollen Tablett halb leerer Becher. Dürfte auf dem Weg von der Theke hierher einiges verdunstet sein. Nach drei weiteren Runden ist es so weit. Fünf Männer und eine Frau betreten unter dem frenetischen Applaus von Gerda und wenig später dreihundert Besuchern in grellen Glitzerkostümen die Bühne. Ein Typ mit langer platinblonder Perücke stellt sich als Bronco T. Slade vor und erläutert kurz, was an dem Abend so alles ansteht. Gerda hüpft bereits aufgeregt auf und ab. Dann ertönt der leicht umgetextete Opener des Siebziger-Jahre-Hits »Ballroom Blitz«.

Are you ready, Slick? Uh-huh Mac? Yeah Mal? Okay.
Are you ready, Ruby Tuesday? Alright fellas, let's go!

Für Gerda gibt es kein Halten mehr. Sie kreischt wie ein siebzehnjähriges Justin-Bieber-Groupie. Jünter schnappt sich das Tablett und latscht damit zur Theke. Katja und Rosi sind damit beschäftigt, zwei Jungschützen davor eine Art Rock'n'Roll beizubringen. Uwe wischt sich mit einem Zipfel der Tischdecke über die Stirn. Die Raumluft lässt sich inzwischen mit einer handelsüblichen Schere in Streifen schneiden. Eine Geruchsmischung aus Schweiß und verdautem Bier dominiert, und die Band zieht das Tempo weiter gnadenlos an. »Tiger Feet«, der flotte Oldie von »Mud«, überfordert die Rock'n'Roll-Azubis jetzt völlig. Der kleinere der beiden kann Rosis Hand nicht mehr halten und fliegt aus der Kurve. Dabei semmelt er eine Frau um, die gerade im Begriff war, ein rappelvolles Tablett abzustellen. Die Menge fordert Zugabe. Plötzlich wird es unruhig.

»Alles klar bei euch?«, will der Bandleader wissen.

Der Junge am Nachbartisch rudert wild mit den Armen, ringt offensichtlich nach Luft. Ein Mädchen will ihm helfen, er stößt es weg. Sein Gesicht wird dunkelrot, dann schlägt er der Länge nach auf den Zeltboden. Im Hintergrund fällt mir ein Mann um die fünfzig auf, der das Treiben regungslos beobachtet.

»Wir brauchen einen Arzt!«, schreit jemand aus der Gruppe.

Der Frontmann der Band gibt die Aufforderung an das Publikum weiter. Zwei Männer eilen herbei, helfen dem Jungen auf die Beine. Blut schießt ihm aus der Nase, seine Augen sind glasig. Mit je einem seiner Arme auf ihren Schultern helfen die Männer ihm nach draußen.

Bronco T. Slade kündigt eine kurze Verschnaufpause an.

Ich brauche sowieso frische Luft. Katja, Rosi und Eddy begleiten mich, die anderen haben frei werdende Kapazitäten an der Theke entdeckt.

»Der sah den ganzen Abend schon übel aus«, bestätigt Eddy meinen Eindruck.

Vor der Tür steht eine Traube Menschen, mittendrin auf einem Stuhl sitzt der Verletzte. Jemand ruft, dass er Arzt sei, und drängelt sich durch. An der Kreuzung biegt ein Rettungswagen mit Blaulicht rechts ab und fährt auf den Kirmesplatz. Kurz darauf verfrachten die Sanis den Mann ins Fahrzeug und düsen ab. Eine junge Frau mit langen schwarzen Haaren kommt mit einem Handy in der Hand aus dem Zelt.

»Das hat er wohl bei dem Sturz verloren.«

»Wir bringen es ihm morgen ins Krankenhaus, Alina«, antwortet ein Junge, der kaum älter als der Verletzte sein dürfte.

»Hat wohl ein bisschen zu viel getrunken, euer Freund?« Katja klingt besorgt. Das Mädchen mit dem Handy wirft ihr einen verächtlichen Blick entgegen.

»Lenni trinkt keinen Alkohol.«

Nach strammen dreieinhalb Stunden und einem halben Dutzend Zugaben endet das Glam-Bam-Konzert. Gerda hat sich noch schnell das neueste Fan-Shirt gekauft. Katja und Rosi helfen, es über ihre üppigen Proportionen zu zerren. »Unser Bus kommt in einer halben Stunde«, sagt sie.

Uwe kann das Personal vom Bierstand überreden, die Grundversorgung so lange aufrechtzuerhalten. Aus dem Zelt werden leere Fässer getragen. Ich habe genug. Auf meinem Handy sehe ich, dass Linda mir vor zwei Stunden eine Nachricht geschickt hat. Meine Freundin arbeitet als Krankenschwester in der Heeswaldklinik in Xanten und war nicht gerade unglücklich, dass sie die Nachtschicht nicht tauschen konnte.

»Habt ihr Spaß?«, fragt sie.

»Jetzt nicht mehr«, schreibe ich zurück.

Ich freue mich nur noch auf mein Bett. Am Himmel ziehen dunkle Wolken auf. Ein Taxi hält an der angrenzenden Bushaltestelle. Der junge Mann, der kurz darauf aussteigt, kommt mir bekannt vor. Für eine Sekunde sieht er zu uns herüber. Das Verbandsmaterial auf seiner Nase ist auch im Halbdunkel gut zu erkennen. Er läuft wankend zum angrenzenden Parkplatz. Zwei Minuten später schließt er einen alten Opel Astra auf und steigt ein.

»Sag nicht, der will jetzt noch fahren«, entfährt es Rosi.

»Lenni trinkt keinen Alkohol«, entgegne ich.

1

Sonntag, 9.00 Uhr

»Komm, ich zeig dir mal, wie man Rock'n'Roll tanzt.«

Ich will mich noch wehren. Keine Chance. Eine Minute später wirbelt Gerda mich vor der Bühne umher wie eine Flipperkugel unter Starkstromeinfluss. Immer wieder pralle ich vor ihre verschwitzten Airbags, um im selben Augenblick wieder weggeworfen zu werden wie eine heiße Kartoffel. Alles um mich herum dreht sich, die sichtlich amüsierte Band zieht noch mal ordentlich das Tempo an.

»Nein!«, schreie ich aus voller Kehle. Dann spüre ich eine Hand auf meiner Stirn. Ich öffne langsam die Augen und blicke in das besorgte Gesicht von Linda.

»War es so schlimm gestern?«

Ich brauche eine Minute, um meine Gedanken zu ordnen. Mein Shirt klebt an der Brust.

»Nee, war ganz lustig«, antworte ich, noch etwas gequält. »Und wie war deine Nacht? Bist spät dran.«

Linda verzieht das Gesicht. Selbst eine Grimasse schneidend finde ich sie unwiderstehlich.

»Hast nichts mitbekommen, was?«

Ich schüttle den Kopf. So spontan könnte ich nicht einmal sagen, wann ich nach Hause gekommen bin.

»Das war ein richtiges Unwetter heute Nacht. Der Augustusring war hinter Xanten gesperrt, weil irgendwo ein Baum umgestürzt ist. Ich musste einen Riesenumweg fahren. Und dann hatten wir noch einen Flüchtling. Der war übrigens auch gestern Abend bei dem Konzert.«

»Flüchtling?«

In meinem Kopf kreisen undefinierbare Bruchstücke, aus denen sich absolut keine Erinnerung zusammenschrauben lässt. Ohne Kaffee weigert sich mein Verstand, die Arbeit aufzunehmen. Zumal die Augen gerade Bilder einer sich ausziehenden Linda in mein Bewusstsein befördern, verbunden mit dem dringenden Bedürfnis, unser Gespräch auf hinterher zu verschieben.

»Ein junger Mann, der kam gegen elf mit dem Rettungswagen an. Er ist wohl im Zelt umgefallen und hat sich das Nasenbein gebrochen. Wir haben die Laborwerte noch nicht, aber ich schätze mal, der war zugedröhnt bis unter die Halskrause.«

Klingelingeling, der Verstand ist wach. *Lenni trinkt keinen Alkohol.* Deswegen also.

»Und der war so unzufrieden mit euch, dass er sich wieder vom Acker gemacht hat? Kann ich mir gar nicht vorstellen.«

Apropos vorstellen. Linda zieht als Letztes ihren Slip aus und geht mit einem Handtuch bewaffnet Richtung Dusche. Kurz vor dem Bad dreht sie sich um. Sie wirkt nachdenklich.

»Der Kerl war über 'ne halbe Stunde in der Notaufnahme, dann haben sie ihn zu mir auf die Station gebracht. Ich wollte ihn zehn Minuten später fragen, ob er noch was braucht für die Nacht, da schlief der schon tief und fest. Eine halbe Stunde später will ich nach ihm sehen, da sitzt er komplett angezogen auf der Bettkante und rubbelt mit einem roten Filzstift auf einer Serviette herum. Als er mich sieht, springt er hoch und geht grußlos an mir vorbei aus dem Zimmer. So etwas habe ich auch noch nicht erlebt.«

»Was hat er denn auf die Serviette gekritzelt?«

»Keine Ahnung, das hat mich auch nicht interessiert. Machst du bitte Frühstück? Ich bin zu aufgedreht fürs Bett.«

Sagt sie und verschwindet ins Bad, ohne den Alternativvorschlag abzuwarten, der mir gerade über die Zunge spaziert. Ich schäle mich aus dem nassen T-Shirt und schleppe mich träge zur Kaffeemaschine. Manolo gähnt einmal kräftig und schließt danach wieder die Augen. Von wegen.

»Kannst schon mal Brötchen holen, du Nachtschwärmer.«

Als ich nach Hause komme, ist mein Labrador-Bordercollie-sonst-was-Mischling auf nächtlicher Streife über den Platz. Seit Kuschel, unser Platzwart mit polnischen Wurzeln und westfälischem Migrationshintergrund, meine Fliegenschutztür gegen ein fettes Trinkgeld so umgebaut hat, dass sie sich von einer Hundeschnauze in beide Richtungen aufstoßen lässt und sanft zurückfedert, geht Manolo gerne mal nachts auf die Rolle.

Ich hänge meinem knötternden Freund die Brötchentasche um den Hals. Nach einem Blick in den Kühlschrank pfeife ich ihn zurück, kritzle »6 Eier« auf einen Kaffeefilter und schmeiß ihn in den Beutel. Die Eier von den megaglücklichen Biohühnern sind der Hit. Nicht umsonst trägt der Platz den Namen »Happy Eiland«.

»Lauf vorsichtig, mein Freund.«

Wenn Blicke töten könnten. Dafür wird er gleich wieder mit Streicheleinheiten und Applaus verabschiedet. Für die Dauercamper ist das Normalität, aber die Sommergäste sind jedes Mal außer sich vor Freude, wenn Manolo sich zur Theke durchdrängelt, sich von Lissy die Brötchen in die Tasche legen lässt und wieder davontrabt. In den sozialen Netzwerken kursieren unzählige Bilder von meinem Hund mit der Tasche um den Hals. Einmal im Monat liegt eine Rechnung drin. Dürfte bald wieder so weit sein, fürchte ich.

Inzwischen ist der Kaffee durch und der Tisch gedeckt. Linda setzt sich nach einem flüchtigen Kuss auf die Eckbank. Manolo knallt mit einem Schwung die Tür auf und setzt sich vor mich hin. Ich lege die Eier ins kochende Wasser, Manolo schickt mir ein Wimmern hinterher. Ich schneide ein Brötchen auf, schmiere dick Leberwurst drauf und werfe es ihm hin.

»Wie ist euer Flüchtling denn mitten in der Nacht an ein Taxi gekommen?«, frage ich betont nebensächlich und gieße Kaffee ein.

Linda sieht mich irritiert an. »Das wird er sich bestellt haben, was soll die Frage?«

»Er hat bei dem Sturz sein Handy verloren. Seine Freunde wollen es ihm heute bringen.«

»Meine Güte, vielleicht hat er sich eines geliehen. Oder die Kollegin am Empfang hat ihm ein Taxi bestellt. Sag mal …« Ihr Blick wird streng. »Der hat dich nicht etwa mit irgendwas beauftragt?«

»Nein, Quatsch«, antworte ich wahrheitsgemäß, »ich bin immer noch auf der Suche nach Heike. Du hast es hoffentlich noch keinem erzählt!«

Linda schüttelt amüsiert den Kopf. Sie hat Schweigepflicht. Der Auftrag ist einfach viel zu brisant.

Schön wäre es.

Als Privatdetektiv mit einem chronisch abgegrasten Konto kann man nicht wählerisch sein. Stattdessen lieber verschwiegen. Denn sollte jemand auf dem Platz erfahren, dass ich von einem Landwirt engagiert worden bin, eine gestohlene oder zumindest entführte Kuh zu suchen, dürfte ich beruflich kaum noch ernst genommen werden.

Während ich die Eier abschrecke, will mir die Frage nicht aus dem Kopf gehen, warum dieser Lenni mitten in der Nacht sein Auto holen musste. Warum nicht am nächsten Tag und vor allem: in fahrtüchtigem Zustand?

Ich verkneife mir weitere Nachfragen. Geht mich nichts an. Linda trinkt den Rest ihres Kaffees aus und sieht mich mit ernstem Blick an.

»Wir müssen heute Mittag mal reden. Über unsere Zukunft.«

Ich verschlucke mich heftig am Kaffee. Die Erfahrung hat mich gelehrt, dass Sätze aus dem Mund einer Frau, die mit den Worten »Wir müssen reden« oder so ähnlich beginnen, nie ein gutes Ende verheißen. Wenn die Zukunft im Spiel ist, schon mal gar nicht.

»Wieso? Was ist damit?«

»Heute Mittag, jetzt bin ich zu müde«, sagt sie, schmatzt mir ein Küsschen auf die Wange und verschwindet Richtung Schlafgemach. Nachdenklich räume ich den Tisch ab.

Ich brauche dringend frische Luft. In jeder Faser meines Körpers steckt eine Nacht im stickigen Zelt mit zu viel Bier und schriller Popmusik. Manolo gähnt wieder ausgiebig, entschließt sich dann aber doch, mich zu begleiten. Wir laufen den schmalen Trampelpfad zwischen einem Maisfeld und dem Abenteuerspielplatz entlang, auf dem bereits die ersten Kinder toben.

Was meinte Linda damit? Habe ich irgendwas falsch gemacht?

Manolo jagt einen Hasen durch die Maisreihen. Über den Amselweg gehen wir zurück in die Richtung von Lissys Bistro, an dessen Rückseite die Briefkastenanlage des Platzes angebracht ist. Beim Anblick meines leeren Fachs fällt mir ein, dass ich erst gestern Nachmittag hier war.

Es gibt gute und schlechte Zeiten. In guten Zeiten ziehe ich einmal in der Woche, spätestens jedoch wenn Kuschel mich ermahnt, einen Wust Werbung aus dem Schlitz und entsorge ihn. In schlechten Zeiten sehe ich dreimal täglich nach, ob jemand die Dienste des besten Privatdetektivs von Happy Eiland in Anspruch nehmen möchte. Die Suche nach Heike drückt mir verdammt schwer aufs Gemüt.

Um elf bin ich mit Heikes Herrchen verabredet. Um die Zeit bis dahin totzuschlagen, setze ich mich in den Biergarten und bestelle einen Pott Kaffee. Manolo legt sich neben mich und schläft sofort ein.

»War 'ne lange Nacht, was?« Die gertenschlanke Lissy stellt den Kaffee ab und sieht mich süffisant an. In ihrem Gesicht steht ständig dieser Ich-weiß-alles-Blick, und das gar nicht mal zu Unrecht. Seit die damals Fünfundvierzigjährige den Laden vor zehn Jahren übernommen hat, wurde das Bistro immer mehr zum gesellschaftlichen Mittelpunkt auf Happy Eiland.

Da wird viel erzählt.

»Woher weißt du das?«

»Haben mir Gerdas Augen vorhin verraten.«

Lissy räumt zwei Frühstücksgedecke vom Tisch, will sie gerade in die Küche bringen, da fällt mir etwas ein.

»Sag mal, Lissy … Was meint eine Frau, wenn sie sagt: Wir müssen über unsere Zukunft reden?«

»Oh, oh!« Sie sieht mich mitleidig an.

Gefällt mir gar nicht. Nun rede doch endlich.

Dann wird es ernst. »Ist Linda schwanger?«

»WAS?« Manolo fährt hoch, mein Puls ebenso. »Wie sollte das sein …? Ich meine …«

»Nun, das ist ganz einfach. Wenn eine Frau und ein Mann sich richtig doll lieb haben …«

»Lissy!«

Lissy lacht lauthals. Sie merkt, dass mir jedoch nicht danach ist.

»Linda lebt mit und bei ihren Eltern auf einem Campingplatz, du lebst mit Manolo hier. Ihr habt euch hier kennengelernt und spaziert seitdem gemeinsam Hand in Hand über den Platz. Lukas, das ist eine Romanze für Sechzehnjährige. Eine moderne Familie lebt heute etwas anders.«

Darüber habe ich bislang nicht nachgedacht. Wenn ich ehrlich bin, habe ich es verdrängt. Weil ich gerne hier lebe. Happy Eiland ist zu meiner Heimat geworden. Hier habe ich meine Freunde. Hier geht es mir gut. Ich bedanke mich bei Lissy und ziehe mit Manolo weiter.

Grübelnd schlendere ich über die in einem gleichmäßigen Raster angelegten Wege von Happy Eiland. Woanders kann es auch nicht schöner sein. Was fehlt denn hier? Nichts. Na ja, dass Linda bei ihren Eltern lebt, ist vielleicht nicht die optimalste Lösung. Aber das lässt sich bestimmt ändern.

In Gedanken versunken habe ich Uwe nicht bemerkt, der mir kurz hinter der Käuzchengasse über den Weg läuft. Nanu? Nach so einer Nacht döst er eigentlich den halben Tag lang auf der Gartenliege vor sich hin. Die Wahl seiner Kleidung – Hemd von letzter Nacht, Senffleck auf der Hose – lässt darauf schließen, dass Eile geboten ist.

»Mann, da ist man einmal nicht im Einsatz …«

»Was ist passiert?«

»Drüben hinter der Abzweigung Hammerstraße ist heute Nacht ein Mann überfahren worden. Tot.«

»Und dafür die Hektik? Können die Kollegen nicht die Meldung schreiben?«

Uwe drückt sein breites Kreuz durch und stößt schwerfällig den Atem aus.

»Ja, genau das haben sie vor. Da flattert 'ne Meldung von den Pressefuzzis der Polizei rein, und die Pfeifen setzen die ins Blatt, ohne drüberzulesen. Zum Glück kriege ich diese Meldungen per Mail aufs Handy. Das Opfer lag splitterfasernackt auf der

Straße, in strömendem Regen, am Arsch der Welt«, einmal tief durchatmen, »sieht das für dich wie ein normaler Verkehrsunfall aus?«

»Nicht wirklich. Wer ist das Opfer?«

»Das werde ich rausbekommen und noch einiges mehr. Verlass dich drauf.«

2

Sonntag, 10.00 Uhr

Ich habe Manolo auf Happy Eiland gelassen. Ist besser so, denn sobald er Senta sieht, die Schäferhündin meines Klienten, gehen alle Triebe mit ihm durch.

Der Hof liegt etwa zwei Kilometer außerhalb von Uedem. Über die ausladenden Felder und Wiesen lässt er sich schon von Weitem erkennen. Es ist einige Jahre her, dass ich zum letzten Mal hier war. Ich parke Emma auf der löchrigen Betonfläche zwischen dem Wohngebäude und der lang gezogenen Scheune. Im Kuhstall herrscht eine angeregte Stimmung. August Oppermann ist in der Nähe der Melkmaschine damit beschäftigt, einen Schlauch aufzuwickeln. Ich habe ihn mal als Zeugen befragt, nachdem ein Bekannter an einem See in der Nähe ermordet worden war. Vermutlich hat er mich engagiert, weil er keinen anderen Privatdetektiv kennt.

Eine Kuh streckt neugierig ihren Kopf nach mir aus, ich streichle sie. Ihre großen braunen Augen mustern mich neugierig. Schon komisch, dass ein Teil von ihr demnächst als Bratwurst auf meinem Teller liegt.

»Morgen, Herr Born.«

Er schlurft gemütlich auf mich zu. Der korpulente Landwirt trägt eine verdreckte Arbeitshose, ein grob kariertes, kurzärmeliges Hemd und einen genervten Gesichtsausdruck.

»Morgen, Herr Oppermann. Wie heißt diese Kuh?«

Der Landwirt runzelt die Stirn, beugt sich vornüber, nimmt den Zigarrenstumpen aus dem Mund und dreht ein gelbes Schild im Ohr der Kuh in seinen Sichtbereich.

»Das ist 80896.«

»Sie hat keinen Namen?«

Er sieht mich an, wie ein niederrheinischer Bauer einen Besucher aus dem Ruhrgebiet ansieht. Mitleidig.

»Natürlich nicht. Wie sollte ich mir die denn alle merken?« Sein Arm beschreibt einen weiten Bogen über die rund achtzig Rindviecher, dic in Reih und Glied im Stall stehen.

»Lassen Sie uns in die Küche gehen, ist gemütlicher.«

Und nicht so trocken, möchte ich aus Erfahrung hinterherschieben.

Kaum dass ich an dem klobigen Eichentisch sitze, kommt Oppermann mit zwei Schnapsgläsern und einer Flasche Frühstückskorn dazu. Ich lehne ab, er schüttet ein.

»Ist gut für den Kreislauf«, bemerkt er.

Ich kenne das noch vom letzten Mal. Okay, einen und ganz langsam. Ansonsten laufe ich nach Hause. Und das zieht sich von Uedem.

»Die Kuh, die ich suchen soll, hat aber einen Namen«, greife ich das Gespräch aus dem Stall wieder auf. Oppermann füllt sein Glas erneut. Der Flascheninhalt neigt sich dem Ende zu. Prima.

»Ja, gut ... das ist ja nur wegen Sofie und Anna.«

»Sind das auch Kühe?«

»Nee, das sind meine Enkeltöchter. Sie waren bei der Geburt dabei, fanden das Kalb sooo süß. Ich habe die kaum noch aus dem Stall gekriegt. Na ja, jedenfalls meinten sie, das Kälbchen braucht einen Namen, und da haben sie es Heike genannt. Nach ihrer Oma«, schiebt er hinterher und zündet seinen Stumpen wieder an. »Sofie und Anna sind jeden Tag mit der Kuh zugange. Nach der Schule kommen Freundinnen dazu. Die beiden haben mich allen Ernstes gefragt, ob ich einen Sattel habe. Die wollten doch glatt mit Heike zur Schule reiten.« Oppermann schüttelt den Kopf.

Ich frage mich, was die Oma zu der Namensgebung gesagt hat. Noch etwas interessiert mich.

»Welchen Wert hat eine Kuh wie Heike eigentlich?«

Mein Gegenüber winkt ab.

»Fuffzehn- bis sechzehnhundert Euro. Das ist halb so wild, deshalb habe ich Sie nicht bestellt. Sofie und Anna schlafen kaum noch. Die beiden sind total aufgedreht. Sobald sie 'ne Scheibe Wurst sehen, fangen sie an zu heulen. Heike muss wieder her, das ist mal klar.«

Oppermann lässt die letzten Tropfen in sein Pinneken plumpsen und prostet mir zu.

»Haben Sie einen Verdacht, wer die Kuh gestohlen haben könnte? Ein Kollege vielleicht?«

Oppermann geht zum Küchenschrank und kommt mit einer vollen Pulle Frühstückskorn zurück. Der muss über einen extrem guten Kreislauf verfügen. Ich verweise dankend auf den Rest in meinem Glas.

»Niemand klaut dem anderen 'ne Kuh. Die Viecher sind ja auch registriert. Nee, ich habe da überhaupt keine Erklärung für. Ich weiß nur eins: Sie müssen mir Heike zurückbringen.«

Mit dem Versprechen, mich mit vollem Einsatz dem Vermisstenfall zu widmen, verabschiede ich mich von Oppermann.

Zurück auf Happy Eiland kommt mir Lisa, die Tochter des Platzbesitzers, mit einem Zettel in der Hand und einem leicht genervten Gesichtsausdruck entgegen.

»Vorhin hat eine Dame angerufen und gefragt, ob ich ihr deine Telefonnummer geben kann. Ich habe ihr gesagt, du rufst sie zurück.«

Ich stecke den Zettel ein und bedanke mich bei Lisa. Muss mich unbedingt mal darum kümmern, zumindest einen Eintrag im Branchenbuch zu bekommen. Eine Internetseite wäre auch nicht schlecht oder wenigstens ein Schild an meiner Unterkunft.

Mein Handy hängt zu Hause am Ladekabel. Dort empfängt mich Linda mit frisch aufgebrühtem Kaffee.

Wir müssen über unsere Zukunft reden.

Mich befällt augenblicklich eine innere Anspannung. Manolo lutscht an einem Kauknochen, den er wohl von Linda bekommen hat. Es sollte sich ziemlich schnell herausstellen, dass Lissy heute Morgen richtiglag, wenn auch nicht mit der Schwangerschaft. Ein Punkt für Lissy, immerhin.

»Lukas, verstehe mich bitte. Ich möchte mit dir zusammenleben. In einem richtigen Haus und nicht getrennt auf einem Campingplatz. Vielleicht … könnten wir eine Familie gründen. Ich meine, so ganz jung bin ich ja auch nicht mehr.«

Eineinhalb Punkte für Lissy. Könnte jetzt doch Oppermanns Frühstückskorn vertragen.

Ein Baby mit Linda.

Ich lasse den Gedanken durch meinen Verstand krabbeln und spüre Sekunden später, wie mein Körper damit beginnt, Glückshormone auszuschütten. Ich würde jeden Tag mit dem Kinderwagen über den Platz gondeln. Stolz wie Oskar. So ein Baby könnte wunderbar auf Happy Eiland aufwachsen, finde ich. Einen Versuch ist es wert.

»Die Börgers wollen zu ihren Kindern nach Bayern ziehen. Deshalb verkaufen sie ihr Mobilheim in der Buntspechtgasse, das ist riesig. Wir könnten …«

»Weißt du, was das kostet?«, fällt sie mir leicht angesäuert ins Wort.

»Sechzig Mille, ein absolutes Schnäppchen. Linda, das hat fast siebzig Quadratmeter Wohnfläche, große Terrasse, Carport, Garten über zwei Parzellen, Top-Ausstattung. Alleine die Küche, die musst du dir ansehen. Haben die Börgers erst vor zwei Jahren einbauen lassen …«

Sie winkt ab. »Vergiss es. Wo bitte schön sollen wir so viel Geld herbekommen? Mir gibt die Bank das nicht mit meinen siebenundzwanzig Stunden in der Woche und dir mit deinen Gelegenheitsjobs schon gar nicht.«

»Du hast ja recht. Aber muss es deshalb gleich irgendeine spießige Etagenwohnung in der Stadt sein?«

»Nein, muss es nicht«, antwortet sie mit einem merkwürdig verzückten Unterton, der mir sofort eine Sorgenfalte auf die Stirn treibt, und legt eine Zeitung vor mir ab. Eine Anzeige ist rot umrandet. Einfamilienhaus mit Garten in Sonsbeck zu vermieten. Gerne an eine junge Familie. Die Höhe der Miete ist nicht angegeben.

»Das ist ganz in der Nähe. Ich könnte weiterhin meine Eltern besuchen und du deine Freunde. Ich fahre dich auch, wenn du bei Lissy mal ein Bier mit deinen Kumpeln trinken möchtest.«

Scheiße. Ich will hier nicht weg. Linda hat nicht ganz unrecht, ja. Aber …

»Überlege es dir nicht zu lange. Ich muss los. Mutti braucht neue Blusen, sie hat gestern vier davon bei neunzig Grad gewaschen.«

Lindas Mutter ist hochgradig dement. Sie sind hierhergezogen wegen der tollen Gemeinschaft auf dem Platz. Irgendwer bringt ihre Mutti immer nach Hause, wenn sie sich mal wieder verlaufen hat. Alleine lassen kann man sie trotzdem nicht.

Ich fühle mich überrumpelt.

»Linda, hier wird immer wieder mal was frei. Warum willst du das jetzt übers Knie brechen?«

Sie steht bereits in der Tür, kommt einen Schritt zurück und sieht mir ernst in die Augen.

»Lukas, denk auch mal an mich. Ich habe Träume, ich habe Wünsche, und ich habe eine Zukunft. Das hier ist schön. Wenn man Urlaub machen möchte oder einen Zufluchtsort braucht. Aber es ist kein Leben für eine junge Familie. Sieh dich um, du hast ja nicht mal ein Kinderzimmer. Und etwas Größeres können wir uns einfach nicht leisten.«

Ich setze mich mit einer Tasse Kaffee auf die kleine Bank vor mein Mobilheim. Manolo legt sich auf den Rasen und kaut an seinem Knochen.

Haus mit Garten in Sonsbeck.

Ich tauge nicht für die Siedlungshaltung. Jeden Samstag Auto waschen und Rasen mähen. Vermutlich gibt es dort sogar eine Pumpennachbarschaft, die einmal im Jahr einen lustigen Ausflug mit Kind und Kegel macht. In einen Streichelzoo mit angrenzendem Thekenbereich. Auf dem Rückweg werden dann auf irgendeiner Wiese zwischen Brennnesseln und Kuhfladen die Picknickdecken ausgebreitet. Es gibt Würstchen mit Kartoffelsalat, Orangensaft für die Kleinen und lauwarmes Bier für Papi.

Noch jemand ein Likörchen? Selbst gemacht im Thermomix.

Okay. Schluss damit. Man kann sich auch in was hineinsteigern. So weit wird es nicht kommen. Ist auch nichts für Linda. Das Gespräch mit Lissy geht mir durch den Kopf. Bei Licht betrachtet ist unser Leben vielleicht nicht eines von der Sorte, von dem eine junge Frau unbedingt träumt. Aber deshalb gleich alles umwerfen? Ich muss unbedingt einen brauchbaren Kompromiss finden, bevor ich auf der überdachten Terrasse sitze und mich der Anblick von Löwenzahn im Golfrasen hibbelig macht.

Manolo legt sich gähnend auf den Rücken und streckt die müden Glieder aus. Neben der Bank liegt ein gefalteter Zettel. Muss mir aus der Tasche gerutscht sein. Das Gespräch mit Lisa fällt mir ein. Ich hole das Handy und wähle die angegebene Nummer.

»Sie sprechen mit Marlies Brehme. Was kann ich für Sie tun?«

»Lukas Born, schönen guten Tag. Sie haben angerufen.«

Ein Moment der Stille. Ich will gerade zu einer Erklärung ansetzen, da macht es klick am anderen Ende der Leitung.

»Herr Born, schön, dass Sie so schnell zurückrufen.« Ihre Stimme nimmt jetzt einen besorgten Unterton an. »Es geht um meinen Enkel. Der Lennart ist in der letzten Nacht …« Ihre Worte gehen in Tränen unter und ich lasse ihr die Zeit, die sie benötigt. »… er ist tödlich verunglückt.«

In der letzten Nacht? Lennart? Ich glaube nicht an Zufälle.

»Ja, es ist in der Nähe von Sonsbeck passiert. Er wollte mit seinen Freunden ein Konzert besuchen und dann …«

»Davon habe ich gehört, Frau Brehme. Ich war auch bei diesem Konzert, habe Ihren Enkel gesehen. Aber nach dem, was ich gehört habe, handelte es sich um einen tragischen Unfall. Na ja … und ich bin Privatdetektiv, kein Sachverständiger.«

Ich verschweige erst mal Uwes Andeutungen, die anscheinend auf dem besten Weg sind, sich in einem neuen Licht zu präsentieren. Lennis Gesicht dringt in mein Bewusstsein. Mit dem der Welt entrückten Blick.

»Lennart hat mich in der Nacht angerufen. Er klang ziemlich aufgeregt, sagte immer wieder, dass er Angst habe. Ich habe nachgehakt, aber er wollte mir nicht erzählen, wovor er solche Angst hatte. Dann war das Gespräch unterbrochen. Ich habe noch einige Male probiert, ihn zurückzurufen. Er ist nicht ans Telefon gegangen, und wenige Stunden später war er …«

»Wie spät kam der Anruf?«

»Das … Also auf jeden Fall nach zehn Uhr, ich lag schon im Bett.«

Bis gegen zweiundzwanzig Uhr war er im Zelt. Danach hatte er kein Handy mehr, deshalb der erfolglose Rückruf. Ich verspreche Frau Brehme, in einer Stunde bei ihr zu sein.

3

Sonntag, 14.30 Uhr

Die Wegener-Zwillinge haben mich gefragt, ob sie mit Manolo spazieren gehen dürfen. Wird eher so sein, dass mein Freund die beiden Neunjährigen ausführt, jedenfalls kamen sie beim letzten Mal ziemlich geschlaucht zurück. Mir ist es recht, so kann ich mich direkt auf den Weg zu meiner neuen Klientin machen. Marlies Brehme wohnt in dem kleinen Rheindörfchen Grieth bei Kalkar. Ich war im Mai mit Linda dort. Wir haben lecker gegessen und uns danach mit einem Eis auf eine Bank am Rhein gesetzt und die Seelen baumeln lassen. Weil ich früh dran bin, wähle ich die ausgesprochen schöne Route durch die urigen Dörfer Appeldorn, Niedermörmter und Hönnepel. Irgendwo dazwischen werde ich von einem Bauern mit erhobenem Arm ausgebremst. Kurz darauf treibt er eine Herde Kühe auf die gegenüberliegende Weide. Mir fällt auf, dass ich keine nähere Beschreibung von Heike habe. Fünf Kühe trotten gemütlich vorbei, bis August Oppermann den Anruf entgegennimmt.

»Ja, wie soll die schon aussehen? Schwarzbunt eben.«

Ich frage mich, warum man schwarz-weiße Kühe so nennt, und gebe Oppermann gegenüber zu bedenken, dass ich das Zielobjekt nun mal irgendwie als solches identifizieren können muss.

»Moment ...« Schlurfende Schritte, Geraschel, dann die vertraute Stimme: »Heike hat die Nummer 79803.«

Alles klar.

Am Wunderland Kalkar, einem zum Vergnügungspark umgebauten ehemaligen Atomkraftwerk, kommt die Fahrt erneut zum Stillstand. Ein niederländischer Reisebus steht mitten auf der Straße und spuckt ein paar Dutzend Holländer aus. Ich habe Zeit.

Eine Viertelstunde später lasse ich Emma entspannt an den Wisseler Dünen mit den vorgelagerten Wasserflächen vorbeituckern, um gleich dahinter in den Ort einzubiegen. »Fahren Sie einfach Richtung Markt, dann kommen Sie automatisch zum Schuldamm«, riet Frau Brehme mir am Telefon. Ich stelle Emma an besagtem Marktplatz ab und gehe einige Meter zurück.

Frau Brehme empfängt mich in einem dunkelgrauen Hosenanzug aus Leinen. Ihre Augen sind gerötet, die grauen Haare streng hochgesteckt. Wortlos bittet sie mich hinein. Ich folge ihr durch einen kühlen Flur und das Wohnzimmer auf die Terrasse.

»Bitte …« Sie deutet auf ausladende Korbsessel. Auf dem Rattantisch steht eine Karaffe mit Wasser, auf dem etwas Minze und eine Zitronenscheibe treiben. Ich lasse mir ein Glas einschütten.

»Sie hatten eine sehr enge Beziehung zu Ihrem Enkel?«, eröffne ich unser Gespräch.

»Ich bin nicht nur seine Oma, sondern seit seinem vierzehnten Lebensjahr praktisch auch seine Stiefmutter.«

Sie sieht nachdenklich in den Garten, durch den sich ein kleiner Bachlauf schlängelt, der in einen Teich mündet. Ein Stieglitzpärchen hüpft vergnügt am Ufer entlang.

»Sein Vater … mein Sohn … ist vor neun Jahren bei einem Autounfall ums Leben gekommen. Und jetzt Lennart«, fügt sie nach einer kurzen Pause an.

»Was ist mit der Mutter?«

Ihre Augen verdunkeln sich. »Sie ist Alkoholikerin. Nach dem Tod meines Sohnes kamen Tabletten und Cannabis hinzu. Irgendwann hat sie jeden Halt verloren, sich tagelang herumgetrieben und Lennart sich selbst überlassen. Bis das Jugendamt ihn dort rausgeholt hat.«

Ich nehme ein Schlückchen. Schmeckt gar nicht mal so gut.

»Man hat mich gefragt, ob ich die Vormundschaft übernehmen wolle. Ich habe das gerne gemacht.«

»Ihr Enkel hatte ebenfalls Drogenprobleme, richtig?«

Sie senkt den Kopf und nickt stumm. Ihrer Mimik ist zu entnehmen, dass sich die Frau große Vorwürfe macht.

»Sie haben mir am Telefon gesagt, dass Ihr Enkel Angst hatte. Wovor? Ich meine, wurde er bedroht?«

Irgendwo im Haus klingelt ein Telefon. Es scheint sie nicht zu interessieren.

»Lennart hatte immer öfter krankhafte Wahnvorstellungen. Er war dauernd in einer psychiatrischen Klinik. Hat immer wieder einen Entzug gemacht und ist immer wieder rückfällig geworden. Mal hat er mich angerufen, weil der russische Geheimdienst hinter ihm her ist, dann die italienische Mafia … Ach, ich weiß nicht, was noch alles. Die Ärzte sagen, das kommt von diesen Pilzen, die er eine Zeit lang gegessen hat.«

Mir kommen Zweifel. Nach allem, was seine Oma sagt, wundert mich der nächtliche Anruf überhaupt nicht mehr. Wahrnehmungsstörungen auf allen Kanälen sind bei exzessivem Drogenmissbrauch völlig normal. Und mal ehrlich: So wie dieser Lenni am Samstag aussah, hat er sich vermutlich einmal quer durch den Garten der verbotenen Substanzen genascht. Wird Zeit, der Dame zu erläutern, dass der Auftrag eine kostspielige Angelegenheit werden könnte.

»Frau Brehme, mein Tagessatz liegt bei dreihundert Euro plus Spesen. Es kann durchaus einige Tage oder Wochen dauern, bis ich herausfinde, wovor Ihr Enkelsohn Angst hatte. Wenn ich es überhaupt herausfinde. Ist es Ihnen das wert?«

Sie sieht mich entschlossen an.

»Ich habe für meine drei Enkelkinder zur Geburt Sparbücher angelegt und regelmäßig eingezahlt. An ihrem achtzehnten Geburtstag habe ich ihnen das Geld geschenkt. Außer Lennart. Er hätte es sofort in Drogen umgesetzt. An Weihnachten wollte ich es ihm geben, aber …«

Eine Träne rollt über ihr Gesicht, sie wischt sie weg. Ich verstehe den Zusammenhang nicht.

»Wieso an Weihnachten? Wollte er bis dahin einen erneuten Entzug versuchen?«

Frau Brehme geht wortlos ins Haus. Eine Minute später kommt sie mit einem Foto in der Hand zurück und reicht es mir. Das Mädchen hat schulterlange strohblonde Haare mit unzähligen kleinen Locken. Ihre hellblauen Augen wirken neugierig und tatendurstig.

»Das ist Maren. Maren van Tossens. Lennart hat sie vor einem Jahr bei einem Stadtfest in Wesel kennengelernt. Die beiden haben sich unsterblich ineinander verliebt. Maren hat ihm geholfen, von den Drogen loszukommen. Sie hat ihm Halt gegeben, als er in der Klinik war. Das war im vergangenen Jahr, einige Wochen vor Weihnachten. Lennart schien es dieses Mal tatsächlich geschafft zu haben. Er hatte sogar ein Praktikum angefangen. Eine Ausbildungsstelle zur Fachkraft für Lagerlogistik war ihm so gut wie sicher. Ich war so glücklich.«

Aus gegebenem Anlass verkneife ich mir ein »… und wenn sie nicht gestorben sind«. Stattdessen fordere ich sie mit fragendem Blick auf, mir das Ende der Geschichte kundzutun.

»Dann hat ihn eine alte Sache eingeholt. Es ging um Drogenhandel, jemand hat ihn verraten. Lennart bekam eine Bewährungsstrafe. Das war es mit der Ausbildung. Er wurde wieder rückfällig, und, schlimmer noch, er hat Maren mit in diesen Sumpf gezogen. Zum Glück hat das Mädchen auf ihren Vater gehört und die Reißleine gezogen.«

»Sie hat sich von Lennart getrennt?«, hake ich nach.

Frau Brehme nickt. Nach einem bedeutungsvollen Moment des Schweigens fährt sie fort. »Lennart wollte das nicht akzeptieren. Er hat ihr keine Ruhe mehr gelassen. Irgendwann hat ihr Vater ihn angezeigt. Wegen Stalking, so heißt das, glaube ich …« Diesmal nicke ich. »Ein paar Tage später war sie spurlos verschwunden. Und das ist sie bis heute. Über zwei Wochen ist das schon her. Ihr Vater ist davon überzeugt, dass Lennart ihr was angetan hat. Er hat mehrfach gedroht, ihn umzubringen.«

Oha. Bis eben bin ich von einem tragischen Unfall ausgegangen, auch wenn die Begleitumstände … sagen wir mal, merkwürdig anmuten. Jetzt kriechen erste zarte Zweifel durch meinen Verstand.

»Haben die Eltern eine Vermisstenanzeige aufgegeben?«

Sie hebt hilflos die Arme. Das Telefon klingelt erneut.

»Hat Lennart hier bei Ihnen gewohnt?«

»Nein. Er ist vor zwei Jahren nach Xanten gezogen. Da hat er Freunde aus der Schulzeit. Warten Sie …«

Einen kräftigen Schluck des verminzten Wassers später reicht

Marlies Brehme mir einen Schlüsselbund. Sie reißt eine Ecke aus der auf dem Tisch liegenden Tageszeitung und notiert darauf die Adresse.

»Erschrecken Sie sich nicht, wenn Sie die Wohnung betreten.«

»Och … bei mir ist auch nicht immer aufgeräumt«, untertreibe ich schamlos.

4

Sonntag, 16.45 Uhr

Zurück wähle ich den schnelleren Weg über Kalkar und die Bundesstraße 57, die nicht von einer Horde Schwarzbunter überquert werden dürfte. Am Fuße des Xantener Fürstenbergs biege ich auf den Augustusring. Zwei Minuten später erreiche ich die Straße mit dem seltsamen Namen »Hanselaer« und finde gleich vor der Tür einen Parkplatz. Ich sehe mich um und hoffe, dass Linda hier keine freie Wohnung findet. Genau genommen hoffe ich sogar, dass sie gar keine Wohnung findet.

Auf einer Fläche von der doppelten Größe eines Fußballfeldes steht ein halbes Dutzend trister Mietskasernen, für deren Entwurf ein minderbegabter Architekt kaum länger gebraucht haben dürfte als für das Schreiben der Rechnung. Lennis Wohnung befindet sich in der Mitte des ersten Blocks. Vor der Tür fegt ein untersetzter Kerl in kleinkariertem Hemd und Cordhose Unkraut zusammen, das er vermutlich zuvor aus den mausgrauen Gehwegplatten gezupft hat. Über seinem Bauch spannen sich Hosenträger. Ja, wirklich: Hosenträger! Als er mich bemerkt, stützt er die Hände auf den Besenstiel und mustert mich. In seinem Gesicht steht die geballte Langeweile jahrzehntelanger geistiger Unterforderung. Ich grüße freundlich, er nuschelt irgendwas Unverständliches in seinen Bart. Mit dem Einschieben des Haustürschlüssels in den Schließzylinder erwachen in meinem Beobachter plötzlich alle Lebensgeister.

»Halt! Was machen Sie da?«

»Ich breche hier ein.«

Er neigt seinen Kopf in dem Bemühen, mir über den Rand seiner fetten Hornbrille einen möglichst autoritären Blick zu schicken.

»Ich kenne Sie nicht«, stellt er mit dumpfer Stimme fest.

»Ich Sie auch nicht«, entgegne ich wahrheitsgemäß und deute

mit dem ausgestreckten Arm auf die Gehwegplatte hinter ihm. »Da haben Sie noch was vergessen.«

Und prompt dreht er sich um. Ich nutze die kurze Ablenkung und verschwinde ins Haus. Wenn die Klingelschilder richtig angeordnet sind, wovon ich bei diesem Siedlungskontrolletti ausgehe, befindet sich Lennis Wohnung unter dem Dach. Jede zweite Stufe überspringend haste ich nach oben. Dürfte nicht lange dauern, bis der häusliche Ordnungshüter Alarm auslöst. Unten fällt die Haustür ins Schloss. Sekunden später setzt sich eine Dampflok in Bewegung, die mir keuchend hinterherstampft.

Oben angekommen, staune ich nicht schlecht. In Sichthöhe klebt ein Polizeisiegel an Rahmen und Tür. Die Lok ist nur noch eine Etage entfernt und lässt erst mal Dampf aus dem Kessel. Kurz den Daumennagel durchs Siegel gezogen, Tür leise auf und noch leiser wieder zu, Licht an, und zack werde ich von einer die Kehle zuschnürenden Schwärze erschlagen.

Erschrecken Sie sich nicht, wenn Sie die Wohnung betreten.

Jetzt ist mir klar, was meine Auftraggeberin meinte. In diesem Augenblick hämmert und rüttelt es an der Tür. Eine nur allzu vertraute Stimme brüllt: »Aufmachen!«

»Keiner zu Hause!«, möchte ich zurückrufen, schlucke es aber vorsorglich herunter. Ich gehe durch den kleinen Flur ins Wohnzimmer, nur um auch hier zu erleben, dass sich eine abgrundtiefe Depression durchaus farblich ausdrücken lässt. Im Schlafzimmer und in der Küche das gleiche Bild. Wenn ich es nicht mit eigenen Augen sehen würde, würde ich es nie und nimmer glauben. Der Kerl hat alle Wände und sogar die Decken rabenschwarz angestrichen. Nur im Badezimmer dominieren zahnbelaggelbe Fliesen. Aus den frühen Siebzigern vermutlich. Jetzt wundert mich nicht mehr, dass seine Freundin das Weite gesucht hat. Ich sehe mich genauer um und stelle fest, dass der seltsame Geschmack wohl nicht der Grund für die Trennung war, eher umgekehrt. Darauf lassen kahle Wände und auf dem Boden liegende oder aufgerollte Poster schließen. Zwei in der Badewanne abgestellte Farbeimer und einige Pinsel deuten an, dass die »Renovierung« noch nicht allzu lange her ist.

Ich sehe mich weiter um. Staubränder auf einem Schreibtisch im Wohnzimmer legen die Vermutung nahe, dass sich Kriminaltechniker gerade mit Lennis Rechner beschäftigen. Ein alter Wohnzimmerschrank ist über und über mit Fotos beklebt. Das immer gleiche Motiv: Maren.

In einer Wohnung, mit der die KTU durch ist, gibt es für unsereins in der Regel nichts Brauchbares mehr zu finden. Ich versuche mein Glück im Schlafzimmer. Zwischendurch schieße ich mit dem Handy immer wieder ein paar Aufnahmen. Eine davon werde ich auf jeden Fall im Speicher behalten. Dank dieser Aufnahme lässt sich nämlich sehr anschaulich der farbliche Werdegang von Bettwäsche zeigen, die seit Monaten nicht mehr in der Waschmaschine war. Alles klar, hier hat sich Lenni garantiert nicht mit Maren vergnügt. Immerhin beweist die Fleckenlandschaft in der Mitte des Lakens, dass unser Lenni noch ganz fit in den Lenden war.

Ich werde das Gefühl nicht los, dass niemand aus dem KTU-Team die Lust verspürt hat, mal unter die Laken zu sehen. Wenn man wie ich einen Hund hat, der nach übermäßigem Genuss von scharf gewürztem Grillfleisch gerne mal auf den Küchenboden reihert, ist man vor nix mehr fies. Trotzdem fasse ich das Laken nur mit Daumen und Zeigefinger an. Man muss es ja nicht übertreiben. Das Kopfkissen kullert abwärts und bleibt in der Bettmitte aufrecht stehen. Was haben wir denn da? Dort, wo sich eben noch das Kissen befand, finde ich unter dem Laken ein Foto. Es zeigt Maren im Bikini. Viel interessanter ist aber, was mit rotem Filzstift darübergeschrieben wurde:

»Ich werde dich finden!!!!!« Fünf Ausrufezeichen.

Ich stecke das Foto ein und werfe einen Blick auf die Uhr. Sechs Minuten bin ich jetzt hier, höchste Zeit für den Abflug. Ich springe die Treppen runter, reiße die Haustür auf, stecke den Kopf raus und bleibe abrupt stehen. Am Ende des Gehwegs hat der Blockwart zwei Uniformierte in Empfang genommen und zeigt jetzt mit ausgestrecktem Arm und hochrotem Kopf auf die Tür, deren Klinke sich noch in meiner Hand befindet. Mist. Meine Gedanken rasen. Raus geht gar nicht. Nach oben auch nicht. Stehen bleiben ist erst recht keine Option. Also ab in den Keller und darauf bauen, dass der Architekt dort vor lauter Langeweile eine Außentür eingezeichnet hat.

Kaum im langen grauen Flur angekommen, von dem die vielen kleinen Kabuffs abgehen, in denen die Bewohner ihre Christbaumkugeln und sonstigen Nippes lagern, erkenne ich Licht am Ende des Tunnels. Selbiges dringt durch eine schmierige Scheibe, die wiederum Bestandteil einer Außentür ist. Motiviert von der sich öffnenden Haustür im Erdgeschoss und eindringenden Stimmen haste ich dorthin, reiße die Klinke runter und – abgeschlossen.

Klar, muss ja alles seine Ordnung haben. Ein prüfender Blick unter die Klinke gibt Entwarnung: altes Bartschloss. Besteck aus der Tasche holen, aufschließen und rauslatschen dauert zusammen keine fünfzig Sekunden. Weitere zwanzig Sekunden später schließe ich Emma auf und steige einmal tief durchatmend ein.

5

Sonntag, 17.30 Uhr

Auf dem Weg zu meiner Parzelle kommt mir der fast schon überheblich grinsende Manolo entgegen. Fünf Meter dahinter die Wegener-Zwillinge, mit hochroten Köpfen und raushängenden Zungen. In Sachen Kondition macht meinem Braunen so schnell keiner was vor.

»Ihr seid diese Woche vom Sportunterricht befreit«, verspreche ich großzügig.

»Wir haben sowieso Ferien«, entgegnet mir Tim oder Tom, ich kann die beiden nicht auseinanderhalten.

Kaum im Mobilheim, fordert Manolo mit einer Art Foxtrott vor dem Kühlschrank den gerechten Lohn für die Trainingsstunden mit der E-Jugend. Ich finde zwei Frikadellen im Gemüsefach, die mir Lindas Vater vorgestern mitgegeben hat, und wir teilen brüderlich. Mit dem Rest des inzwischen lauwarmen Kaffees, Notizblock und Stift setze ich mich an den Tisch. Nach Sichtung der bislang bekannten Fakten teile ich Uwes Ansicht zu dem Unfall: Da stimmt was nicht. Auf der anderen Seite …

Ich meine, wer in einer Art Gruft lebt und sich nachts zugedröhnter als Jimi Hendrix in seinen besten Zeiten aus dem Krankenhaus entlässt, dem ist alles zuzutrauen. In diesem Augenblick springt die Fliegenschutztür aus den Angeln, und Uwe verdunkelt den Raum.

»Hier steckst du …«

Ich bemerke, dass ich hier wohne.

»Ich habe meine Kontakte spielen lassen, die Pressefuzzis von der Polizei lassen einen ja doof sterben. Hat 'ne Weile gedauert, aber ich sag dir: Das ist der Hammer. Du kommst nie drauf, wer der Typ ist, den sie letzte Nacht überfahren haben.«

»Lennart Brehme, zweiundzwanzig Jahre alt, wohnhaft in Xanten. Vater bei einem Unfall ums Leben gekommen, Mutter in irgendeiner Suchtklinik. Aufgewachsen seit dem vierzehnten Lebensjahr bei Marlies Brehme, wohnhaft in Grieth. Dabei handelt es sich um die Großmutter des Verstorbenen. Bis vor wenigen Monaten mit einer gewissen Maren van Tossens liiert.« Ich nehme das Foto vom Tisch und halte es hoch. »Die junge Dame wird inzwischen vermisst.«

Uwe sieht mich an, als wären hier soeben die Mainzelmännchen hereinspaziert und hätten »Guten Abend!« gerufen.

»Dieser Lenni … genau«, stammelt er immer noch verwirrt. Sein gesamter Körper ist ein einziges fleischgewordenes Fragezeichen.

Okay, ich will mal nicht so sein.

»Marlies Brehme hat mich heute beauftragt. Ihr Enkel hat sie gestern Abend angerufen und ihr mitgeteilt, dass er große Angst habe. Wenige Stunden später war er tot.«

»Das gibt es nicht.« Uwe hat sich inzwischen neben mich an den Tisch gesetzt. »Da hat also jemand seine Finger im Spiel gehabt.«

Ich ziehe die Schultern hoch.

»Ich bitte dich, der liegt mitten in der Nacht nackt auf der Straße und …«

»… war vollgepumpt mit Drogen, ist aus dem Krankenhaus abgehauen und litt offensichtlich unter einer starken Depression«, ergänze ich seine voreiligen Schlüsse.

»Sagt die Oma.«

Ich erzähle ihm von meinem Besuch in seiner Wohnung, die eher einem Versuchslabor für die Entwicklung neuer Antidepressiva gleicht. Unbedeutende Details wie etwa ein Polizeisiegel lasse ich weg.

»Wie ein Selbstmord sieht das aber nicht aus«, bemerkt Uwe nach einer Minute intensiven Nachdenkens. »Außerdem: Wo ist die Kleidung? Am Unfallort jedenfalls nicht, sagt mein Spezi. Du glaubst doch nicht, dass der in strömendem Regen nackig dahin gelaufen ist, um sich auf die Straße zu legen.«

Uwe ist in seinem Element. Apropos gelaufen. Als ich Lenni zum letzten Mal gesehen habe, ist er in einen klapprigen Astra gestiegen und davongebraust.

»Den Wagen haben sie auch noch nicht. Willi sagt, sie hätten im Umkreis von drei Kilometern jeden Feldweg abgegrast und jedes noch so abgelegene Gehöft angefahren, die Karre ist wie vom Erdboden verschluckt. Ich sag dir was: Die hat der Mörder in den Rhein gepfeffert. Ich würde sagen, ich trommle mal unsere SoKo zusammen. Das schaffst du nicht alleine.«

Das fehlte noch.

»Lass gut sein. Es gibt derzeit keinen Anlass, von einem Mord auszugehen, selbst wenn die Umstände sonderbar sind.«

Uwe presst die Lippen zusammen. Ich glaube, er ist beleidigt.

»Sag mal, hat dir dein Willi auch zufällig den Namen des Autofahrers gegeben, der Lenni überfahren hat?«

»War 'ne ältere Dame. Die kam von ihrer Tochter in Kapellen, hatte dort auf die Kinder aufgepasst.« Uwe wuchtet angestrengt seinen Allerwertesten hoch und fischt einen Zettel aus der Gesäßtasche. »Lisbeth Scholten, hier hast du die Adresse. Nutzt aber nix, die Dame liegt mit schwerem Schock in der Heeswaldklinik und ist nicht ansprechbar. So, ich muss dann mal … schreiben.« Vermutlich wird sich der Lokalredakteur vom Boten längst die gesamte Titelseite gesichert haben.

Ich muss dringend ein halbes Dutzend Gedanken obduzieren und meine weitere Vorgehensweise überdenken. Geht am besten in der ausladenden Natur rund um Happy Eiland. Kurzer Pfiff, und Manolo sprintet mit Wucht zwischen meinen Beinen hindurch nach draußen. Ich kann mich im letzten Moment am Türrahmen festhalten.

Unterwegs auf dem kleinen Weg, der zum Nachbarcampingplatz führt, versuche ich mich an Uwes Mordthese, und sei es nur, um sie auszuschließen. Der Mörder könnte sein Opfer bewusstlos geschlagen oder betäubt und auf die Straße gelegt haben. Aber er kann sich nicht darauf verlassen, dass der Unfall tatsächlich passiert und für sein Opfer tödlich ausgeht. Mal abgesehen von der Tatsache, dass ein splitterfasernacktes Unfallopfer automatisch das Interesse der Kripo auf sich zieht. Erst recht dann, wenn die Kleidung nicht irgendwo am Straßenrand liegt. Eine Tat im Affekt dürfte aufgrund der Begleitumstände ebenfalls auszuschließen sein.

Mitten auf der kleinen Brücke, die Sonsbeck von Xanten trennt, meldet sich mein Handy. Auf dem Display erkenne ich das grimmige Gesicht meiner Noch-Gattin. Mich überkommt eine düstere Vorahnung.

»Hallo, Julia! Freut mich, deine sanfte Stimme zu vernehmen.«

»Spar dir das Gesülze, Born!«

Oha. Wenn mich meine getrennt lebende Ehefrau mit dem Nachnamen anspricht, ist Gefahr im Verzug.

»Was hattest du in Brehmes Wohnung zu suchen?«

»Brehme ... Brehme ... Hilf mir mal kurz weiter.«

»Okay: Strafgesetzbuch, Paragraf hundertsechsunddreißig, Siegelbruch. Kommt da jetzt was, oder soll ich dich abholen lassen?«

Kann aber auch penetrant sein, meine Julia.

»Ach, komm schon, so ein Siegelchen. Da habt ihr doch genug von. Außerdem war die KTU mit der Wohnung durch, und da dachte ich ...«

»Reiß ich das mal durch. Hat mich ja im Dienst auch nie geschert, warum jetzt?«, fällt sie mir ins Wort.

Zugegeben, in den vielen Jahren im selben Büro und denselben Mordkommissionen fanden nicht alle meine spontanen und von jeglichem überflüssigen bürokratischen Ballast befreiten Aktionen die ungeteilte Zustimmung meiner Kollegin und Gattin. Wenn sie dann noch zum Erfolg führten, was bei aller Bescheidenheit häufig der Fall war, war es auch zu Hause aus mit der trauten Zweisamkeit.

»Habt ihr den Wagen des Opfers inzwischen gefunden?«, versuche ich einen seichten thematischen Sprung.

»Lenk nicht ab, Born!«

»Na ja, er hat sich immerhin aus dem Krankenhaus entlassen, ist mitten in der Nacht mit dem Taxi nach Sonsbeck gefahren, nur um sein Auto zu holen. Und dann stellt er es irgendwo ab und geht nackt spazieren?«

Eine unheilvolle, bedeutungsschwere Stille dringt an mein Ohr.

»Sag mal, kann das sein, dass du da schon wieder deine Pfoten drinhast, Born? So rein zufällig?«

Rein zufällig? Ich könnte argumentieren, in meiner kurzen Karriere als Privatdetektiv immerhin drei Mordfälle gelöst zu haben. Wenn man bedenkt, dass nicht alle Tage ein Niederrheiner gemeuchelt wird, eine durchaus beachtliche Quote. Da dank Uwe und Konsorten ausführlich darüber berichtet wurde, liegt es auf der Hand, dass man mich bucht, wenn die Erbtante ein Messer im Rücken hat. Ist quasi mein Spezialgebiet. Das jedoch Julia zu erklären hat wenig Zweck.

»Ist mein Job. Gibt es eine Mordkommission?«

»Ja. Und du hältst dich ab sofort raus, haben wir uns verstanden?«

Ich halte das Handy eine Armlänge entfernt.

»Julia? Bist du ... noch dran? Ich kann ... gerade ... verstehen.«

Noch schnell den roten Hörer gestreichelt, und die Natur schließt mich wieder in ihre Arme.

In Höhe der Sanitäranlagen am Meisenweg erkenne ich Linda, die in diesem Augenblick in mein kleines Reich einbiegt. Manolo sieht fragend zu mir auf.

»Na los, sag ihr, ich komme gleich.«

Schon rennt er los. Hört sofort, wenn er Bock drauf hat und es Richtung Kühlschrank geht. Als ich ankomme, sitzt Linda auf der Bank und krault Manolo. Sie begrüßt mich mit dem Handy in der Hand.

»Komm, setz dich.« Sie wischt über das Display und hält mir das Gerät dann unter die Nase. Ich erkenne eine langweilige Doppelhaushälfte, in altmodischen Klinker gehüllt.

»Toll, nicht wahr? Ich war vorhin in der Nähe. Als ich den Umzugswagen vor der Tür gesehen habe, habe ich mir gedacht, hältst du mal an und sprichst mit den Leuten. Die sind total nett, haben mir sofort das Haus gezeigt, sieh mal.« Linda wischt Räume und Flure durch mein Blickfeld. »Und weißt du, was das Beste ist?«

Sie haben einen Nachmieter, bin ich versucht zu sagen, beschränke mich aber auf ein ahnungsloses Kopfschütteln.

»Die haben eine ganz tolle Pumpennachbarschaft in der Straße. Der Hans-Gerd, also der da jetzt auszieht, war dort Kassierer. Die unternehmen viel gemeinsam, sagt er.«

»Die machen bestimmt auch so lustige Jahresausflüge mit dem Rad und Picknick auf der Wiese und so«, stimme ich ein. Kommt mir vor wie ein Alptraum.

»Ja, genau. Warst du etwa auch schon da?«

Ich kann es mir in diesem Moment einfach nicht verkneifen, den Mund zu verziehen, als hätte ich in eine überreife und noch dazu verschimmelte Zitrone gebissen. Linda atmet tief durch, bevor sie den Arm um meine Schulter legt.

»Ja, ja, ich weiß, das ist nicht dein Ding. Wir müssen ja nicht alles mitmachen. Sieh das doch mal positiv: Du hättest endlich ein eigenes Büro, sogar mit einem kleinen Wartezimmer«, sie zeigt mir Bilder eines Hobbyraums mit angrenzendem Bügelzimmer, »wir könnten auch im Schlafzimmer bügeln. Du könntest ein Schild neben der Haustür anbringen.« Sie zieht mit gespreiztem Zeigefinger und Daumen eine imaginäre Schrift in die Luft. »›Detektei Lukas Born‹. Na, wie findest du das?«

Endlich biegt das Gespräch wenigstens annähernd in die von mir gewünschte Richtung.

»Ganz irre. Sag mal, bei euch ist heute Nacht eine Lisbeth Scholten eingeliefert worden. Sie war an dem Unfall mit diesem Lennart beteiligt. Könntest du für mich herausfinden, ob die Dame ansprechbar ist?«

Lindas Mimik verwandelt sich schlagartig von heller Vorfreude in pures Misstrauen. Vielleicht ist das Gespräch ein wenig zu hastig abgebogen.

»Sag jetzt bitte nicht …«

»Mensch, Linda! Wenn wir uns ein Haus leisten wollen, muss auch ich Geld verdienen. Und mit entlaufenen Katzen und entführten Milchkühen alleine geht das nun mal nicht.«

Sie schnaubt.

»Ist völlig ungefährlich. Bestimmt.«

»Das sagst du immer. Warum muss das sein? Nenn mir einen Kollegen, der Mordfälle ermittelt. Den gibt es nicht, und ich sag dir auch, warum: weil das in unserem Land die Aufgabe der Polizei ist!«

Mit einem Ruck steht meine Freundin auf und geht grußlos. Manolo junkert, ich bin kurz davor.

6

Sonntag, 18.50 Uhr

Es ist gleich sieben. Wenn ich noch was erreichen will, muss ich mich sputen.

Unterwegs zur Heeswaldklinik geht mir das Gespräch mit Linda nicht mehr aus dem Kopf. Wir sind auf dem besten Weg, unsere Beziehung in eine Sackgasse zu steuern. Oder gleich vor die Wand zu fahren. Warum kann sie nicht akzeptieren, dass ich diesen Job habe? Ich habe bislang immer auf mich aufgepasst, verdammt. Und warum will sie aus mir unbedingt einen heckeschneidenden Siedlungsspießer machen, der jeden Samstag brav sein Auto putzt? Ich bin da nicht für geboren, wirklich nicht. Linda doch auch nicht.

Auf der Suche nach einem Kompromiss biege ich auf den Parkplatz neben dem Hubschrauberlandeplatz ein. Die vielen leeren Bereiche schüren in mir die Befürchtung, dass es schlecht aussieht mit der Besuchszeit. Die sollte sich an der Pforte jedoch zerschlagen. Gibt es nicht mehr, Besuchszeiten. Ich frage die korpulente Mittfünfzigerin hinter der Glasscheibe nach Lisbeth Scholten. Einige Tastendrücke später bestätigt sie mir Uwes Aussage. Alles Betteln, alle Strategien vom Wäschebringdienst bis zum Enkeltrick sind umsonst. Kein Besuch. Basta.

Dreieinhalb Minuten später öffne ich die Tür zur Notfallambulanz auf der Rückseite des Gebäudes. Von hier aus gelange ich über einen Flur und einige Treppen auf Lindas Station. Soll nicht gänzlich umsonst gewesen sein, der Weg.

»Entschuldigung, letzte Nacht war ein Lennart Brehme hier zu Gast. Er hat einen Notizzettel dagelassen, der für die Unfallermittlung eminent wichtig ist. Können Sie mir bitte sagen, in welchem Zimmer er gelegen hat?«

Die blonde Krankenschwester sieht mich aus einem Meer von Sommersprossen verdutzt an.

»Oh, Pardon … Vogelsang, Verkehrskommissariat Kamp-Lintfort. Wir bearbeiten den Fall.«

»Ach so, ja gut. Zimmer neun. Aber da waren heute Morgen die Putzfrauen drin. Ich fürchte …«

Fünf Sekunden später stelle ich fest, dass die krankenhäusliche Putzkolonne ganze Arbeit geleistet hat. Alles blitzeblank, sogar der Abfalleimer ist geleert. Auf dem Flur renne ich der Schwester von eben in die Arme. Mit einer Körpersprache, die mehr Resignation verrät als ein dreiwöchiger Novemberregen, bettele ich sie um eine Auskunft über den Verbleib des Abfalls an.

Hinterhof, Entsorgungsbereich, Restmüllcontainer lauten die alle Hoffnungen auf ein Mindestmaß reduzierenden Infos.

Den prompt herbeieilenden Hausmeister hätte ich an einem Sonntagabend nicht erwartet. Nachdem ich ihm eine an Phantasie kaum noch zu überbietende Geschichte von einem kleinen Mädchen erzählt habe, das ihre malerischen Grüße an die Oma im Zimmer hat liegen lassen und vermutlich schon bald mit mittelschweren Persönlichkeitsstörungen eingeliefert werden dürfte, falls ich das Kunstwerk nicht finde, ist der Weg frei.

Nach einem beidhändig angesetzten, beherzten Griff in den Müllcontainer stecken in meinem linken Arm zwei Kanülen, und am rechten baumelt ein Pflaster mitsamt einer Mullbinde, die offensichtlich dem Zweck diente, eine eitrige Flüssigkeit aufzufangen. Mein innerer Schweinehund sendet starke Zweifel hinsichtlich der Bedeutung von Lennis Krakeleien an mein Bewusstsein. Ich würge sie runter und beuge mich, von leichtem Ekel begleitet, über die Kante des Karrens. Alte Zeitungen, leere Medikamentenblister, vollgerotzte Papiertaschentücher und jede Menge Behandlungsutensilien bestimmen das deprimierende Bild.

»Versuchen Sie es mal hiermit.«

Neben mir steht der Hausmeister in weißem Krankenhauskittel und reicht mir einen langen Stiel mit einer Art Zange vorne dran. Missmutig rühre ich im oberen, vermutlich heute entsorgten Müll und treffe nach einigen Sekunden auf die erste Serviette.

Ein darin eingewickeltes, halb durchgekautes Stück Knorpel lässt die kurz aufkeimende Zuversicht schnell verblassen. »Bringt doch nix«, grummelt mein Schweinehund. Aber wenn ich mich einmal in etwas verbissen habe …

Eine gefühlte halbe Stunde später habe ich mehr Nadeln, Binden und Pflaster gesehen als eine Krankenschwester vor der Verrentung.

Aber dann: Zwischen einem selbst bei neunzig Grad nicht mehr blütenrein waschbaren Slip und einer im Kopfbereich arg vergilbten Zahnbürste fällt mir eine Serviette auf, die im Mittelteil rötlich durchschimmert. Von der Hoffnung begleitet, dass sie nicht von einem Patienten mit ausufernden Hämorrhoiden entsorgt wurde, ziehe ich sie langsam an die Sonne.

Bingo.

Ich stecke das Kunstwerk vorsichtig in die Gesäßtasche und drücke dem Kartonagen knickenden Hausmeister die Zange in die Hand.

»Erfolg gehabt?«

Ich lasse die Mundwinkel sacken. Mit einem betont mitleidigen Blick sieht er mir hinterher.

7

Sonntag, 20.20 Uhr

Meine Beine wollen direkt zur Parzelle von Lindas Eltern durchlaufen. Mein Verstand sagt mir, dass das ohne eine vorherige gründliche Dusche keine besonders prickelnde Idee ist. Manolo schnüffelt kurz an meinem Arm und wendet sich angewidert ab. Drei Minuten später spült das lauwarme Wasser den Schaum einer halben Pulle Duschgel in den Abfluss.

In meinem Kleiderschrank herrscht eine ähnliche Leere wie in meinem Portemonnaie, während mein Wäschekorb nur deshalb nicht überquillt, weil ich den Inhalt mehrfach unter größter Anstrengung komprimiert habe. Wird mal wieder höchste Zeit für einen ausgiebigen Waschtag. Unter einem originalverpackten Hemd mit dezenten Streifen, das meine Mutter mir mal mitgebracht hatte, finde ich ein verwaschenes Trikot der Gladbacher Borussen mit dem Aufdruck einer Issumer Brauerei. Okay, das muss mal wieder an die Luft.

Sich eine Dose Bier aus dem Kühlschrank zu nehmen und sonst nichts ist ein unmögliches Unterfangen, wenn man einen Mitbewohner wie Manolo hat. Mein Hund kann sich in den entlegensten Winkeln von Happy Eiland herumtreiben und darüber hinaus, sobald sich die Kühlschranktür öffnet, sitzt er Sekunden später daneben. Dieses Geräusch übt einen magischen Reiz auf ihn aus. Ich ziehe die Alufolie von Lindas Joghurtbecher und stelle ihn auf den Fußboden.

Seit einer halben Dose Bier beschäftige ich mich nun schon ergebnislos mit dem vier mal sechs Zentimeter großen roten Rechteck auf der Serviette. Was zum Teufel will uns der Künstler damit sagen? Ich halte sie gegen das einfallende Licht des Seitenfensters und erkenne so etwas wie Buchstaben und eine … Zahl? Für ein besseres Ergebnis müsste ich das Fenster putzen oder einen Spezialisten mit dem Fachgebiet Serviettentechnik bemühen. Und da fällt mir auch prompt jemand ein.

Von einem fetten Hoffnungsschimmer begleitet, betrete ich das Domizil von Eddy, dem Profi für alles, was auch nur im Entferntesten mit moderner Computertechnik zu tun hat. Mit der Entwicklung von Apps, die keine Sau braucht und die dennoch millionenfach runtergeladen werden, hat Eddy im Laufe der Jahre ein kleines Vermögen verdient. Eddy sitzt im Korbsessel, krault sich nachdenklich den Spitzbart und wischt zwischendurch immer wieder hektisch über das Display seines Smartphones. Ich setze mich neben ihn. Er grüßt mich einsilbig und wischt weiter. Auf dem Display erkenne ich eine – ja, wirklich – Rolle Klopapier, die Eddy mit dem Finger virtuell auf- und abrollt. Wenn ich es nicht besser wüsste, würde ich sagen, der Junge ist ein Kandidat für die Geschlossene.

»Meine KloRoApp. Wird garantiert ein Renner.« Ich sehe ihn fragend an, wobei »fragend« sich mehr auf den Geisteszustand meines Kumpels bezieht.

»Die meisten Menschen langweilen sich auf dem Klo. Das muss ein Ende haben«, weiht mich der Spezialist für Bits und Bytes voller Euphorie ein. »Wenn die Rolle abgerollt ist, erscheint eine Zeit, die kann der Nutzer in eine Highscore-Liste eintragen. Ich werde jetzt noch ein paar Blätter mit Bonuspunkten und einige Gimmicks einbauen, dann kann das auf den Markt.«

Eddy lehnt sich zurück, rundum zufrieden mit seinem Werk. Ich frage mich, was in einem menschlichen Gehirn so alles aus dem Ruder laufen muss, um auf so etwas zu kommen.

»Was führt dich zu mir, edler Freund?«

Endlich.

»Wird Zeit, dass du mal wieder was Vernünftiges machst.« Ich reiche ihm die Serviette. Während er sie interessiert in die Sonne hält, erläutere ich ihm die wahren Hintergründe zu dem extravaganten Kunstwerk.

»Der Typ kam mir direkt komisch vor«, murmelt Eddy, während er vorsichtig die obere Lage von der Serviette zieht und den

Rest erneut ins Sonnenlicht hält. »Scheint was da draufgeschrieben zu haben«, bestätigt er meinen ersten Eindruck.

»Aber warum hat er es übermalt? Ich meine … er hätte das Ding doch einfach zerreißen oder mitnehmen können.«

Die Frage habe ich mir spontan natürlich auch gestellt, dann aber mit Blick auf die nicht immer rationalen Vorgehensweisen von bis zur Halskrause mit Drogen vollgepumpten Junkies wieder verworfen. Ich lege sie gedanklich auf den Stapel mit den anderen Ungereimtheiten und deute hilfesuchend auf die Serviette.

»Die muss ins Labor«, beschließt Eddy und verschwindet mitsamt Beweisstück in sein Rechenzentrum. Drei große Monitore in der Mitte, ein Turm voller blinkender Geräte daneben, auf dem Schreibtisch Dutzende Kabel, Stecker und Platinen. So ähnlich muss es in den Siebzigern in der Garage von Steve Jobs ausgesehen haben. Ich setze mich auf einen kleinen Schemel und beobachte den großen Meister, wie er die Serviette lagenweise an einen Scanner verfüttert. Eine knappe Minute später öffnet Eddy ein Grafikprogramm und klickt sich durch die einzelnen Ebenen wie durch die Haut einer Zwiebel. So wirklich erschließt sich mir der Sinn dessen nicht. Das wäre auch etwas völlig Neues.

»Die dritte Ebene gefällt mir am besten«, nuschelt er.

Ich erkenne keinen Unterschied. Zum Glück klärt er mich auf.

»Das Übermalen der Schrift erfolgte mit größerem Druck. Dementsprechend dunkler ist das Rot.«

Aha.

Mit einer virtuellen Pipette fährt er in den dunkelsten Bereich, nimmt die Farbe auf, löscht sie und damit rund zwei Drittel der Abbildung. Immerhin lassen sich jetzt mit ganz viel Phantasie gewisse … hm … Linien erkennen. Im Großen und Ganzen wirkt es auf mich eher wie die abstrakte Pinselei eines Künstlers auf dem Zenit seiner geistigen Verwirrung.

Eddy klickt sich durch ein Menü, um ein Fenster mit der Bezeichnung »Hochpassfilter« zu öffnen. Einige Feinabstimmungen, Korrekturen und erneute Feinabstimmungen später zeichnen sich die Fragmente einzelner Buchstaben ab. Mit offenem Mund sehe ich ihm zu. Eddy erhöht noch den Kontrast, vergrößert den Ausschnitt, zieht ein Rechteck darum, macht einen Klick mit der Maus, und fast im selben Augenblick spuckt neben mir ein Drucker das Ergebnis aus. Mit einem dünnen Filzstift vervollständigt Eddy die wenigen erkennbaren Konturen.

»Da haben wir ein u, daneben das könnte ein v sein. Das hier …«, er deutet mit der Spitze des Stiftes auf das vorletzte Zeichen, »… ist ein p. Dahinter, das …«, kurzes Kraulen am Ziegenbärtchen, »… ist eine Ziffer, würde ich mal tippen.«

Ich erkenne nicht mehr als einen Halbbogen. Eddy schnippt mit den Fingern als Zeichen einer Eingebung.

»Das sind ein Straßenname und eine einstellige Hausnummer, da verwette ich meinen Bart drauf.«

»Den kannst du behalten. Welche Straße? Welche Hausnummer? Das sind die wirklich großen Fragen.«

»Na ja, bei der Straße irgendeine mit u, v und p. Die Nummer müsste eine Drei, Fünf, Sechs, Acht, Neun oder Null sein.«

»Genauer geht's nicht?«

»Hm … doch. Eine Null als Hausnummer ist unwahrscheinlich.«

Mit dem Zettel in der Tasche und einem Dankeschön auf den Lippen verlasse ich meinen Informanten.

Neben meiner Parzelle überprüft Kuschel die Anschlüsse. Seitdem Ute und Harald uns vor drei Monaten verlassen haben, klafft dort eine Lücke. Der gelblich verfärbte Rasen zeigt noch die Umrisse ihres Caravans.

»Kriegst morgen einen neuen Nachbarn. Ich denke, ihr werdet euch gut verstehen«, erzählt mir unser Platzwart mit einem breiten Grinsen um die Lippen, bevor er sich mit einer lässigen Armbewegung davonmacht.

Kaum durch die Tür, trifft mich die Keule der Verwunderung in Form eines reichlich gedeckten Abendbrottisches. Aus dem Badezimmer vernehme ich das Geräusch einer laufenden Waschmaschine.

»Ich war einkaufen«, begrüßt mich Linda. Sie steht auf und nimmt mich in den Arm.

»Lass uns noch mal in Ruhe über alles reden.«

Puh.

»Ist dieser Lenni ermordet worden?«, möchte Linda wissen, während ich mir eine saftige Scheibe Schinken aufs Roggenbrötchen lege.

Ich ziehe die Schultern hoch. »Die einen sagen so, die anderen so. Ehrlich gesagt weiß ich es nicht. Julia sagt, es gebe eine Mordkommission. Aber das muss nicht unbedingt heißen, dass es sich auch um einen Mord handelt.«

Sie kaut nervös auf ihren Lippen. Ich greife nach ihrem Arm, wissend, was in ihr vorgeht.

»Scheint so, als muss ich mich an die Angst gewöhnen.«

Mein Gewissen schreit mich an, schimpft mich einen verantwortungslosen Egoisten. Mein Verstand erinnert mich an den letzten Kontoauszug und die anstehende Pachtzahlung.

»Nein. Ich werde alle Informationen an Julia weitergeben. Mein Auftrag lautet, herauszufinden, ob Lenni ermordet wurde. Nicht, von wem«, antworte ich ehrlich und in dem Bemühen, mir das selbst zu glauben.

»Okay, Vorschlag: Wir sehen uns das Haus in Sonsbeck an. Wenn es uns gefällt, ziehen wir dort ein. Wir legen einen Wildgarten an, und du musst nicht in die Nachbarschaft eintreten. Dafür rede ich dir nicht mehr in deinen Job rein. Vielleicht kann ich ja eine Therapie machen oder irgendwie anders lernen, damit umzugehen. Was hältst du davon?«

»Ich möchte nicht, dass du Angst hast …«

… und in dieses Haus ziehen schon mal gar nicht.

»Lukas, wir wissen beide, dass dies der einzig mögliche Kompromiss für uns ist.«

Ich nicke bleischwer.

8

Montag, 8.37 Uhr

»Soll ich hinterher duschen?«, möchte Linda wissen. Wir liegen uns in den Armen, ihre rechte Hand tastet sich an meiner Brust beginnend abwärts.

»Gute Idee«, hauche ich in ihr Ohr und beginne, ihren Körper mit den Lippen zu erkunden. In überschwänglicher Ekstase vergessen wir wenig später die Welt um uns herum. Miteinander verschmolzen, stöhnend, atemlos, gierig steuern wir in einem wilden Stakkato dem Höhepunkt entgegen. Plötzlich ein kurzer, heftiger Knall. Mein Mobilheim bebt, das Geräusch von zersplitterndem Glas dringt aus dem Wohnraum, wir sehen uns fragend in die Augen. Hektisch ziehe ich mir einen Slip an, streife ein T-Shirt über und gehe nach vorne.

Manolo steht mitten im Raum und fletscht die Zähne. Sprachlos folge ich seinem Blick. Dort, wo bis eben noch ein Fenster war, hängt jetzt ein Bild. Es zeigt einen hageren Typen jenseits der fünfzig mit Fünf-bis-acht-Tage-Bart in einem vom Leben gezeichneten Gesicht. Sein breites Grinsen gibt den Blick auf unvollständige Zahnreihen frei. Ich bin immer noch damit beschäftigt, die Situation zu realisieren, da schießt eine Pranke aus dem Bild auf mich zu.

»Hi, ich bin der Jo, dein neuer Nachbar.«

»Lukas.« Ich lasse mir von ihm die Hand zerquetschen. Mit der anderen deute ich auf den vom Glas befreiten Fensterrahmen.

»Bin von der Kupplung gerutscht, da habe ich deine Hütte 'n bisken angetitscht. Aber«, er macht eine lässige Handbewegung, »ich mach das klar, kein Thema. Und bei dir so? Alles fit im Schritt? Ah, ich seh schon. Du bist aber ein hübsches Mäuschen …«

Lindas Kinnlade senkt sich nach dieser Begrüßung bis knapp über den Fußboden. Wortlos dreht sie sich um und verschwindet.

»Ui … bisschen verspannt, deine Kleine.« Jo senkt verschwörerisch die Stimme. »Wenn du mich fragst, solltest du sie mal richtig rannehmen, das wirkt Wunder.«

Meine Faust will unbedingt in sein Gesicht. Ich kann sie nur mit ganz viel Mühe zurückhalten. Jo ist jetzt in seinem Element.

»Ich kenn mich da aus, hatte mal 'ne Rockband. Die ›Motherfuckers‹. Was wir uns an Groupies durchgezogen haben, ich kann dir sagen. Apropos, komm doch heute Abend mal rüber, dann baue ich uns 'ne fette Tüte, und wir labern 'n bisken.«

»Mal sehen«, antworte ich schmallippig.

»Okay, muss dann mal. Vorzelt klarmachen und so. Tschökes.«

Langsam ahne ich, warum Kuschel gestern so zweideutig gegrinst hat. Nebenan rauscht das Duschwasser, ich füll den Kaffeefilter und setz den Kessel auf die Platte. Als Linda wenig später in ein Sommerkleid gehüllt und mit einem Handtuchwickel auf dem Kopf den Raum betritt, ist der Frühstückstisch gedeckt.

»Was war das denn für ein Vogel?«

Ich atme tief durch und betrachte dabei verärgert das Loch in der Wand. Linda muss jetzt lachen.

»Sieh es mal positiv: Du kannst da jetzt endlich wieder durchgucken.«

Linda übernimmt die Aufgabe, mit ihrer Mutter zum Arzt zu fahren, damit sich ihr Vater mal eine Auszeit nehmen kann. Die beiden wechseln sich bei der Betreuung der demenzkranken Frau ab, anders lässt sich die Belastung kaum aushalten. Beim Frühstück erzählt sie, dass ihre Mutter gestern Abend mit Zeitungen und kleinen Ästen den Ofen anmachen wollte. Zum Glück weiß sie nicht mehr, wie der Gasherd eingeschaltet wird. Lange werden sie sie nicht mehr betreuen können.

Ich will mich mit Manolo zu einer kleinen Platzrunde aufmachen. Vor der Nachbarparzelle treffe ich Jünter. Eigentlich heißt der Borussen-Fan Dieter, aber weil in Gladbach noch nie ein herausragender Kicker mit diesem Vornamen auf dem Rasen stand und Dieter schon damals mit spärlichem Haupthaar gesegnet war, benannten seine Freunde ihn voller Ironie nach »Jünter« Netzer, dem Spielmacher mit der blonden Mähne.

»Wen hast du dir denn da als Nachbarn eingefangen?«

»Das ist Jo«, antworte ich trocken.

»Aha.«

Jo steckt komplett unter der völlig versifften Plane seines Vorzeltes und hantiert fluchend mit Zeltstangen. Hinter ihm steht eine Karre, die kein Schrotthändler mehr annehmen würde. Vom strahlenden Gelb der ehemaligen Postkutsche ist kaum noch was zu sehen, stattdessen dominiert in weiten Bereichen der Rotton einer Rostschutzfarbe.

Zu meinem Unmut muss ich feststellen, dass Jo unterhalb des zerstörten Fensters ein beachtliches Loch in die Fassade gerissen hat. Ich hoffe mal stark, dass er auch das »klarmacht«.

Das Fluchen erreicht seinen vorläufigen Höhepunkt. Könnte daran liegen, dass sich eine der Zeltstangen mittig durch die Plane gebohrt hat.

Jünter will sich bei Lissy eine Zeitung kaufen, ich schlendere mit Manolo zur Käuzchengasse.

Uwe sitzt mit einer Lesebrille auf dem Zinken vor dem Laptop. Ich lege ihm Eddys Ausdruck der grafisch überarbeiteten Serviette auf die Tastatur. Er rümpft die Nase.

»Das Werk stammt von Lenni. Er hat im Krankenhaus etwas auf einer Serviette notiert und schnell wieder durchgekritzelt, als Linda ins Zimmer kam. Eddy hat sich drum gekümmert. Sagt dir das was?«

Ich zeige auf die unscharf zu erkennenden Buchstaben u, v und p. Uwe hält den Zettel gegen das Licht, was nichts mehr bringen dürfte.

»Und was ist das hier?« Sein Zeigefinger ruht auf der vermeintlichen Ziffer.

»Eddy meint, eine Drei, Fünf, Sechs, Acht oder Neun und dass es sich um einen Straßennamen mit dazugehöriger Hausnummer handelt.«

Uwe betrachtet den Zettel eine Zeit lang grübelnd, dann reicht er ihn mir zurück.

»Eine Straße mit u, v, p? Nee, da fällt mir keine ein. Vielleicht sind das auch ein Name und eine Telefonnummer, von der einige Ziffern fehlen. Ich meine, die Buchstaben sind ja auch nicht alle leserlich.«

Müsste sich um eine kurze Nummer handeln. Maximal vier Ziffern. Uwe sieht mich nachdenklich an.

»Egal, was es ist. Die Frage lautet: Wie ist er darangekommen?«

Ich brauche eine Weile, bis ich kapiere, was Uwe meint. Verdammt, daran habe ich gar nicht gedacht. Informationen, die einem bekannt sind, braucht man in der Regel nicht aufzuschreiben. Er muss diese Information also im Krankenhaus oder zumindest auf dem Weg dorthin bekommen haben. Aber wie und von wem? Ein Handy besaß er zu diesem Zeitpunkt nicht.

»Kann es sein, dass er in der Nacht Besuch bekommen hat?«

In einem ersten Reflex will ich Uwes Frage als blödsinnig verwerfen. Andererseits: So ein Krankenhaus ist kein Hochsicherheitstrakt. Vielleicht gibt es eine Möglichkeit, nachts unbemerkt dort hineinzukommen.

»Das werde ich herausfinden. Was hast du da?« Ich zeige auf seinen Laptop. Uwe ist offenbar im Archiv des Boten unterwegs. Das kleine Bild in der Mitte eines Artikels zeigt Lenni.

»Das wollte ich dir gerade sagen. Ist nämlich gar nicht mehr so merkwürdig, dass unser Freund nackt auf der Straße liegt.«

Uwe scrollt die Seite hoch. Ein Bild zeigt einen nackten Mann, der über den Weseler Wochenmarkt spaziert. »Exhibitionist im Drogenrausch« lautet eine Spaltenüberschrift.

»Das war im Mai. Und falls du jetzt glaubst, der hat das nur bei schönem Wetter gemacht, bitte ...«

Uwe öffnet einen weiteren Bericht. Diersfordter Weihnachtsmarkt, Menschen in dicken Jacken mit Mützen und Schals. Mittendrin unser Lenni, nackt vom Scheitel bis zur Sohle.

»Inzwischen halte ich es zumindest nicht mehr für abwegig, dass er tatsächlich nackt durch die Nacht spaziert ist«, wirft Uwe ein.

»Ein Exhibitionist braucht Publikum. Auf einem Wochen- oder Weihnachtsmarkt hat er das. Bei einem Spaziergang mitten in der Nacht an einer einsamen Landstraße entlang wohl kaum«, erwidere ich.

Uwe winkt ab. »Dieser Lenni ist kein Exhibitionist. Ich habe meinen Kumpel bei der Polizei angerufen. Willi sagt, der hat das immer nur im Drogenrausch gemacht. Ob jemand zusieht oder nicht, war dem schnurz. Die Kollegen hätten ihn mal nachts im Heubergbad erwischt. Ist über den Zaun geklettert und war nackt baden. Da war sonst niemand. Die mussten den sogar nackig mitnehmen, weil er seine Klamotten irgendwo unterwegs ausgezogen hatte. Wo, wusste er nicht mehr. Wenn du mich fragst, hatte der nicht mehr alle Latten stramm.«

»Vielleicht hast du recht. Er läuft dort lang, nackt. Er stürzt, wie zuvor im Zelt, bleibt bewusstlos liegen und wird überfahren …«

»Schätze, so ähnlich wird es gewesen sein«, bestätigt Uwe.

»Und warum? Warum schreibt er etwas auf einen Zettel, haut kurz danach aus dem Krankenhaus ab, lässt sich mit einem Taxi nach Sonsbeck fahren? Danach fährt er mit seinem Auto irgendwohin, um von dort zu der Unfallstelle zu laufen? Und vorher ruft er seine Oma an, um ihr mitzuteilen, dass er große Angst hat? Warum?«

Auf der Suche nach einer Antwort schlendere ich Richtung Sperlingsweg. Man muss ja nicht gleich die gesamte Campingplatz-SoKo ins Leben rufen für ein erstes Brainstorming. Rosi und Katja besitzen beide die Fähigkeit, Sachverhalte aus einem anderen Blickwinkel zu sehen, was sich in der Vergangenheit des Öfteren als zielführend erwiesen hat, wenn die Gedanken der anderen mal wieder in eine Sackgasse liefen. Auf dem Weg dorthin bleibt Manolo wie angewurzelt an der Hecke der Blumenkamps stehen. Das auf der anderen Seite in einem Drahtverhau mümmelnde Kaninchen macht ihn immer wieder nervös. Vermutlich stellt er es sich saftig gegrillt vor. Ich gehe weiter, der Braune kennt ja den Weg. An der übernächsten Parzelle stellt Kalle den Rasenmäher ab, als er mich sieht. Der Korschenbroicher möchte von mir wissen, wie es um die Chancen der Borussia in der kommenden Saison steht und wann endlich ein namhafter Neueinkauf präsentiert wird.

»Messi will weg von Barça«, spekuliere ich.

In diesem Moment meldet sich mein Handy. Ich verabschiede mich mit einer flüchtigen Armbewegung. Es ist Linda.

»Wir müssen noch zum Krankenhaus. Kannst du Papa bitte Bescheid geben, dass es später wird? Er geht nicht an sein Handy.«

»Mach ich. Sag mal, kann es sein, dass Lenni in der Nacht Besuch bekam?«

Ein tiefer Seufzer fließt träge durch meinen Gehörgang.

»Nein, bekam er nicht.«

»Sicher?«

»Ja.«

Katja schraubt mal wieder an ihrer 850er Norton Commando Fastback aus den Siebzigern. Als sie die Maschine vor einigen Jahren auf einem Schrottplatz entdeckt hat, machte sie auf mich den Eindruck, als hätte sie die letzten zwanzig Jahre auf dem Grund eines Baggersees gelegen, nachdem sie zuvor von einem Lkw überrollt worden war. Inzwischen ist sie in fast fabrikneuem Zustand und geht ab wie Schmidts Katze. Ich habe da so meine leidvollen Erfahrungen. Rosi sitzt im Liegestuhl, Tasse Cappuccino in der Hand, und sieht ihr zu. Auf Happy Eiland munkelt man, es habe seine Gründe, dass die beiden Parzelle an Parzelle leben mit gemeinsamem Garten. Mir ist das schnuppe. Ich erkläre ihnen ausführlich mein Anliegen und reiche Rosi den Ausdruck.

»Hm … eine Straße … mit diesen Buchstaben?«

Katja beugt sich über ihre Freundin, dabei wischt sie sich mit einem ausrangierten Slip Öl von den Händen. Mit vorgestülpten Lippen schüttelt sie langsam den Kopf.

»Nee. Wenn ihr mich fragt, sieht das eher nach einem Kennwort aus. Dafür nutzt man mit Absicht Zeichenfolgen, die für Außenstehende keinen Sinn ergeben.«

Rosi pflichtet ihr bei. Ich habe da so meine Zweifel.

»Was will ein Junkie im Delirium mit einem Kennwort? Sich auf ›drogen.com‹ Nachschub bestellen?«

»Das Internet ist gar nicht so abwegig. Du hast gesagt, dieser Lenni hat seine Freundin vermisst. Wir hatten mal einen Kunden, dessen Schwester vermisst wurde. Der hat mir erzählt, dass es Portale im Internet gibt, in denen sich Gleichgesinnte helfen. Dort hat er dann irgendwann rausgefunden, dass sie auf den Strich ging. Ist halt manchmal besser, nicht alles zu wissen«, erzählt mir die Zweiradmechanikerin aus Mettmann.

9

Montag, 10.40 Uhr

Ob Sammler pakistanischer Teebeutel, angehende Feldhamsterdompteure, Liebhaber besonders ausgefallener Sexspielzeuge oder Bonanzaradfahrer: Für alle gibt es im Netz Foren, in denen sie ihre Leidenschaft mit anderen teilen können. Es gibt praktisch nichts, was es nicht gibt, und so finde ich ziemlich schnell Plattformen mit Namen wie »du-wirst-vermisst«, »vermisste-in-deutschland« oder »wo-bist-du«. Allen gemein ist die Tatsache, dass man sich mit einem Kennwort einloggen muss, wenn man Fragen stellen möchte.

Seit einer geschlagenen Stunde durchstreife ich Seite um Seite auf der Suche nach einem User namens Lenni oder wenigstens so ähnlich. Von einem übermächtigen Gefühl der Hilflosigkeit geplagt, nippe ich an dem inzwischen lauwarmen Kaffee und blicke mit einem Anflug von Verzweiflung auf Eddys Ausdruck. Der Versuch, aus drei Buchstaben und einer Zahl, von der nicht mal bekannt ist, um welche es sich handelt, unter Hinzufügung weiterer Buchstaben und Zahlen das gesuchte Kennwort zu basteln, dürfte noch weniger Sinn ergeben als die Verkehrspolitik der Bundesregierung. Ich gestehe mir ein, auf diese Weise nicht weiterzukommen, und klappe das Notebook frustriert zu.

Wenn ich etwas abgrundtief hasse, dann ist das ein Kopf voller Fragen in Verbindung mit einer zwanghaften Untätigkeit. Ich verfüge weder über einen Hebel noch über das Wissen, wo ich ansetzen sollte. Alles, was ich weiß, vielmehr glaube zu wissen, ist die Tatsache, dass dieses Gekrakel auf der Serviette von großer Bedeutung ist.

Okay, wenn ich hier nicht weiterkomme, dann eben woanders.

Die Dame am Empfang der Heeswaldklinik begrüßt mich freundlich am Telefon, nur um mir im nächsten Satz ebenso freundlich mitzuteilen, dass sie mir nichts über den Zustand von

Lisbeth Scholten sagen darf. Datenschutz. Ich beteuere, dass es nicht meine Absicht ist, mit Frau Scholten den Xantener Dom in die Luft zu sprengen. Keine Chance. Einzige Möglichkeit: hinfahren und nachsehen. Nach längerem Suchen finde ich meinen Autoschlüssel auf dem Waschbecken neben dem Klo. Ich kippe ein halbes Pfund Hundefutter in Manolos Napf und vertröste ihn auf später.

Auf dem Weg zum Parkplatz erreicht mich August Oppermann. An den hatte ich gar nicht mehr gedacht.

»Gibt Neuigkeiten im Vermisstenfall Heike«, begrüßt er mich amüsiert. »Am besten kommen Sie gleich mal vorbei.«

Ich sehe auf die Uhr. In der Heeswaldklinik dürfte ohnehin gleich der Mittagspapp serviert werden. Kann ich nicht ab, den Geruch. Also Planänderung. Ist von hier aus sowieso kürzer.

Das wichtigste Utensil bei einer ausgedehnten Fahrt über niederrheinische Landstraßen ist das Lenkrad. Halbwegs gerade verlaufende Straßen gibt es hier kaum. Ständig muss man vom Gas, um sich durch die nächsten Kurven zu schlängeln. Wer mal von Labbeck nach Uedem gefahren ist, weiß, was ich meine. Der Niederrhein ist so was wie die tellerflache Variante der Eifel. Dafür kann man bei Fahrtantritt meist schon sehen, wo man später ankommt. In meinem Fall ist das der Hof von August Oppermann, der mich mittig in der Einfahrt stehend in einem Blaumann empfängt, an dem sich jede Waschmaschine die Zähne ausbeißen würde.

»Ging ja flott«, begrüßt er mich an einem fetten Zigarrenstummel vorbei. Dann schlurft er los. Ich folge ihm entlang des Kuhstalls zum Rand einer Wiese.

»Gibt mittlerweile einen Zeugen. Der Jupp von nebenan. Seine Frau behauptet, sie habe die Heike vorgestern Abend da langlaufen sehen.« Oppermann zeigt auf einen Feldweg, der an der gegenüberliegenden Seite der Kuhwiese verläuft.

»Das fällt ihr jetzt erst ein?«

»Ich habe dem Jupp erst vor 'ner Stunde erzählt, dass mir 'ne Schwarzbunte stiften gegangen ist. Und da sacht seine Frau, sie habe die am Abend da langspazieren sehen. Hat sich noch gewundert, sacht sie.«

»Hm … sonst ist ihr nichts aufgefallen?«

»Ja, doch, das ist es ja: Sie hat Beine gesehen, und zwar vier.«

Ich finde das bei einer Kuh relativ normal.

»Wer dat war, konnte sie nicht erkennen, die Beine liefen auf der anderen Seite der Kuh.«

»Sie wollen damit sagen, jemand ist mit Ihrer Heike davonspaziert?«

Oppermanns Gesicht verschwindet kurzzeitig in einer übel riechenden Tabakwolke.

»Sieht so aus«, vernehme ich seine Stimme aus dem bläulichen Nebel.

Nach einem dreiminütigen Slalomlauf vorbei an den Hinterlassenschaften einer verdauungsstarken Rinderherde erreiche ich den asphaltierten Feldweg. Zu meiner Linken mündet dieser nach wenigen hundert Metern auf die Hauptstraße, also gehe ich in die andere Richtung. Zumal sich nicht weit entfernt ein kleines Wäldchen befindet, welches Kuh-Entführern im Notfall Deckung bieten könnte. In meinem Hinterkopf schafft sich der Gedanke Raum, den eines Privatdetektivs unwürdigen Job einfach aufzugeben. Der gehässige Teil in mir möchte Oppermann sogar einen Rinderbraten auf den Tisch knallen und jubelnd verkünden: Ich habe sie gefunden.

Wenige Meter vor dem Wäldchen finde ich das erste Indiz: einen Kuhfladen, mitten auf der Straße. Den spontanen Gedanken an einen DNA-Test verwerfend fällt mir eine Schneise am Waldrand auf, etwa einen Kuhhintern breit. Ich schlage mich durchs Unterholz und erreiche bereits nach wenigen Metern eine kleine Lichtung. Haufenweise Gras auf dem Boden, zweimal in verdauter Form, deutet einen ersten kleinen Ermittlungserfolg im Fall »Heike« an. Nur dass von selbiger nichts zu sehen ist. Rund um die Lichtung ist das Unterholz unversehrt, heißt: Es handelt sich um eine Sackgasse. Ich beschließe, dass der Teilerfolg als Ansatz für eine erste Rechnung an Oppermann ausreicht, und verschiebe weitere Nachforschungen auf … mal sehen.

Über die, na klar, kurvenreiche Balberger Straße erreiche ich Sonsbeck. Kurz hinter dem Ortseingangsschild setze ich spontan den Blinker. Will mir doch mal ansehen, welches Domizil Linda uns ausgesucht hat. Wenige Meter hinter einem Therapie- und Gesundheitszentrum biege ich in den Schwarzbruch ein und stehe kurz darauf vor dem Häuschen, das ich bislang nur von Bildern kannte. Ein Blick durch die gardinenlosen Fenster zeigt mir, dass die Vormieter das Weite gesucht haben. Ein kackbrauner Parkettboden fällt mir ins Auge, genau das Richtige für Manolo. Neben der Haustür haben die ehemaligen Bewohner einen Buchsbaum zurückgelassen, der ganz offensichtlich dreimal die Woche mit der Nagelschere in Form gehalten wurde. Der Weg in den Garten ist durch eine Garage versperrt. Eine Dame ungefähr in meinem Alter mit zwei Pekinesen an den perlenverzierten Leinen mustert erst mich, dann meine in gewaschenem Zustand strahlend weiße, momentan mehr erdfarbene Emma und stöckelt mit einem flehentlichen »Herr, lass diesen Kelch an uns vorübergehen« auf den Lippen von dannen. Mich diesem Wunsch vollumfänglich anschließend starte ich den Wagen.

Unterwegs nach Xanten zermartere ich mir den Kopf nach einem Kompromiss. Rein argumentativ bin ich in der Spur. Immerhin würden wir für das Haus in Sonsbeck im Laufe von zehn Jahren mehr bezahlen, als uns das Mobilheim der Börgers kosten würde. Die zusätzliche Platzmiete für die Doppelparzelle lasse ich mal außen vor. Nutzt alles nichts, wenn man die Kohle nicht hat. Meinen Bankberater zu überzeugen dürfte ein schwieriges, nein unmögliches Unterfangen sein angesichts eines seit Jahren bis an seine Grenzen und oft genug darüber hinaus ausgeschöpften Dispokredits. Ich hätte meinen Wunsch nach sechzig Mille vermutlich nicht mal zu Ende formuliert, da wäre ich schon unterwegs in die Anstalt. Sechzig Mille. Wenn ich die Suche nach Heike zweihundert Tage strecken könnte … Nee, dauert zu lange. Ich biege in die Zufahrtsstraße zur Klinik ein.

Dieses Mal sind alle Parkplätze besetzt. Ich steuere Emma an der kleinen Rettungswache vorbei zum Mitarbeiterparkplatz und habe dort die freie Auswahl. Nach einem kleinen Fußmarsch bei kuscheligen dreiunddreißig Grad erreiche ich die Pforte. Die durchaus realistische Möglichkeit, dass die Kripo heute dasselbe Ansinnen verfolgt wie ich, lässt mich die Polizeinummer verwerfen. Die Schwiegersohnnummer entfällt aus ähnlichen Gründen. Ich sollte es zur Abwechslung mal mit Ehrlichkeit versuchen. Also halbwegs zumindest …

»Von welcher Versicherung sind Sie denn, Herr Born?«

»Von der Xanten-Sonsbecker. Wir sind noch ziemlich neu auf dem Markt. ›Leben und sterben lassen‹ lautet unser Motto, haben Sie bestimmt schon von gehört. Möchten Sie vielleicht einen unverbindlichen Beratungstermin? Warten Sie, ich schau mal in meinen Kalender, wann …«

»Nicht nötig. Zimmer siebzehn, erster Stock links. Und bitte: Die Dame darf keine Aufregung …«

»Aber, aber, im Gegenteil«, winke ich lässig ab. »Frau Scholten darf sich über ein beachtliches Sümmchen aus der Unfallversicherung freuen. Möchten Sie nicht doch …«

Sie bedeutet mir, zu verschwinden, und widmet sich dem nächsten Besucher.

Drei Minuten später betrete ich das Zweibettzimmer, von dem eines leer ist. Lisbeth Scholten sieht mich niedergeschlagen an. Eine klare Flüssigkeit tröpfelt durch die Kanüle in ihrem linken Arm, der im oberen Bereich in allen erdenklichen Farben leuchtet.

»Lukas Born, Privatdetektiv. Ich komme im Auftrag von Marlies Brehme.«

Fühlt sich gut an, wieder der Richtige zu sein.

»Wer soll das sein?«, fragt sie misstrauisch.

Ups.

»Ja … also … Sie haben Ihren Enkel in der Nacht zum Sonntag … ähm … getroffen, kann man sagen.«

Sie senkt den Kopf, schließt für einen Augenblick die Augen. Sollte ich mich etwa falsch ausgedrückt haben? Okay, Zeit für sanfte Worte des Trostes. Eine meiner Stärken.

»Er ist bei dem Unfall ums Leben gekommen, das schon. Aber

Sie trifft dabei nicht die geringste Schuld, glauben Sie mir. Das hätte wirklich absolut jedem …«

»Der war schon tot«, fällt sie mir mit Grabesstimme ins Wort.

»Na, sehen Sie, da haben wir … *Bitte*?«

»Ich sagte: Der war schon tot.«

Genau das hatte ich auch verstanden. Bis hierhin allerdings nur rein akustisch.

»Vor einer Stunde waren eine Dame und ein Herr von der Polizei hier und haben mir mitgeteilt, dass mich keine Schuld trifft. Das sagt sich so leicht. Ich habe einen Menschen überfahren. Wissen Sie, wie sich das anfühlt?«

»Nein, das weiß ich nicht«, antworte ich, eine aufkommende Wut nur mühsam unterdrückend.

Es ist immer das Gleiche: Ich renne mir die Hacken ab, und meine Noch-Gattin hat es nicht nötig, mir elementare Ermittlungsdetails mitzuteilen. Ich muss ihr immer erst was liefern, bevor sie sich dazu herablässt, mir ein kleines Bröckchen vor die Füße zu werfen.

»Ist Ihnen irgendetwas aufgefallen, haben Sie jemanden gesehen, Frau Scholten?«

»Nein. Es ging alles ganz plötzlich. Es hat in Strömen geregnet, ich bin wirklich nicht schnell gefahren. Als ich in die Kurve kam, lag er da. Und dann … dann …«

Sie atmet schwer. Ihre Augen werden größer, auf ihrer Stirn schwillt eine Ader an. Ich springe hoch, schlage auf den Knopf an der Wand, renne auf den Flur, schreie. Eine Schwester stürmt herbei, gefolgt von einem Arzt.

Fünf Minuten später kommen die beiden entspannt aus dem Zimmer. Als ich Anstalten mache, wieder hineinzugehen, breitet der Doktor vor mir die Arme aus.

»Tut mir leid, die Patientin braucht jetzt absolute Ruhe.«

Der war schon tot.

Lisbeth Scholtens Worte gehen mir während der Rückfahrt einfach nicht mehr aus dem Kopf.

10

Montag, 13.46 Uhr

Am liebsten wäre ich direkt nach Krefeld durchgefahren und hätte ein ernstes Wörtchen mit Julia gewechselt. Ich muss unbedingt dieses verdammte Obduktionsergebnis sehen. Bringt leider nichts, sie würde mich abprallen lassen wie Yann Sommer einen Dreißig-Meter-Kracher aus dem Hinterhalt. Gut, ich habe die Serviette. Die ließe sich vermutlich gegen Einsicht in den Obduktionsbericht eintauschen. Das Problem: Sollten ihre Kriminaltechniker den Code entschlüsseln, würde ich das kaum von Julia erfahren.

Das Aufflackern der Reservelampe befördert einen leichten Hoffnungsschimmer in meine Gedanken. Immerhin ist mein Tankwart zugleich einer der fähigsten Kriminaltechniker nördlich der Isar und rein zufällig für dieselbe Behörde tätig wie Julia. Wenige hundert Meter vor Happy Eiland setze ich den Blinker Richtung Ursel. Über die Willicher Straße mit ihren engen Kurven gelange ich zum Anwesen von Wim Schrievers. Den Bauernhof haben seine Frau Mareike und er vor rund zehn Jahren gekauft, weil Wim Platz für sein Hobby brauchte: das Restaurieren von Oldtimern. Inzwischen hat er den ehemaligen Kuhstall zu einer Reparaturwerkstatt ausgebaut, die keinen Vergleich mit einem gewerblichen Betrieb zu scheuen braucht. Ich setze Emma rückwärts an das Heizölfass.

»Wim ist noch bei der Arbeit«, ruft Mareike aus dem Küchenfenster. Schade aber auch. Ich lege vierzig Euro unter den eigens dafür hingestellten Eimer und notiere: »Sechzig Liter, Gruß Lukas«. Ich habe den Türgriff bereits in der Hand, da rauscht ein britishgrünes Triumph TR3 Cabrio, unter Kennern »Froschauge« genannt, auf den Hof. Unter einer Lederhaube mit integrierter Fliegerbrille erkenne ich das rundum zufriedene Grinsen meines Kumpels.

»Wie machst du das eigentlich?«, will er wissen, während er das Auto abstellt.

»Was meinst du?«

»Na, dass dein Tank immer dann leer ist, wenn du Infos zu einem Mordfall brauchst. Oder sollte ich mich täuschen?«

Wim steigt aus, wir klatschen uns die Hände ab.

»Hast du zufällig den Obduktionsbericht dabei?«

Wim lacht lauthals.

»Woher wusste ich das nur? Nee, da sitzt deine Ex drauf. Kriegen wir doch sowieso nicht in die Finger, das weißt du doch.«

Wir gehen in die Küche. Mareike stellt ein Gedeck mehr auf den Tisch. Wim haucht ihr im Vorbeigehen einen Kuss auf die Wange.

»Es gibt Königsberger Klopse.« Mareike deutet auf einen Stuhl. Ehe ich mich schlagen lasse.

»Und«, will Wim später bei einer Tasse Kaffee auf der Bank im Garten wissen, »wieso hast du da schon wieder deine Finger drin?«

Ich berichte ihm von dem Auftrag und von meinen bisherigen Ergebnissen. Wim würde niemals etwas davon an Julia weitergeben. Er bedauert zwar bis heute, dass ich nicht mehr mit ihr zusammen bin, und noch viel mehr, dass ich nach meiner Suspendierung nicht über eine der vielen Brücken, die man mir gebaut hat, zurückgekehrt bin, akzeptiert aber meine Entscheidung, ohne sie dauernd zu hinterfragen. Am Schluss erzähle ich ihm von meinem Gespräch mit Lisbeth Scholten und dass ich seitdem von einem Gewaltverbrechen ausgehe. Wim hat sich eine Pfeife gestopft und pafft genüsslich. Dabei nickt er langsam und nachdenklich.

»Weißt du, was merkwürdig ist?«, will Wim wissen und schiebt die Antwort gleich hinterher. »Es gab keinerlei Spuren am Unfallort. Und du kennst mich: Wenn da Spuren gewesen wären …«

»Hättest du sie gefunden. Stimmt. Es hat in Strömen geregnet«, gebe ich zu bedenken.

Wim winkt ab. »Schleifspuren wären auf dem Asphalt nicht

mehr erkennbar, aber das meine ich nicht. Keine Spur von der Kleidung, keine Spur von einem zweiten Auto, nichts. Bis auf einen unbrauchbaren Fußabdruck eine Handbreit hinterm Grünstreifen. Der läuft doch nicht nackt dahin, um sich überfahren zu lassen. Und wenn das stimmt, dass der zu dem Zeitpunkt nicht mehr lebte, muss es erst recht Spuren geben.«

Das hatte ich vorhin völlig vergessen: Ich erzähle Wim von den Berichten, die Uwe im Archiv gefunden hat.

»Aha. Gut, dann verstehe ich das alles.«

Ich nicht.

»Was meinst du damit?«

»Der Flurfunk hat heute Morgen berichtet, dass die Mordkommission aufgelöst wird, sobald sein Auto gefunden wird und sich dadurch keine neuen Hinweise ergeben sollten.«

Ich gebe zu, meine Zweifel gehabt zu haben. Genau genommen habe ich die immer noch. Aber eine Mordkommission auflösen, solange es die geringsten Zweifel gibt, das würde Julia nicht machen.

Ich muss an den Obduktionsbericht kommen.

Im Auto meldet sich mein Handy. Der Anruf kommt von Julias Festnetzanschluss. Nanu, ist sie nicht im Dienst?

»Hallo, Dad«, begrüßt mich die niedergeschlagene Stimme meines Sohnes.

»Bastian, was ist los? Ist dein Handy kaputt?«

»Hab ich verloren. Kannst du mir fünfzig Euro leihen? Bitte.«

»Ähm … ja, natürlich. Wofür brauchst du das Geld?«

»Erzähl ich dir ein andermal. Ich brauch das aber bis Freitag, schaffst du das?«

»Ja …«

»Danke, Dad.«

Und aufgelegt. Ich mache mir allmählich Sorgen um meinen Sohn. Julia hat mir erzählt, dass er seit einigen Wochen sonderbar ist. Er hat seine geliebte Spielkonsole abgegeben, ist seit einem Monat in einem Karateverein, sein Mountainbike hat er einem

Mitschüler verkauft. Das legt nur einen Schluss nahe. Ich muss unbedingt ein ernstes Gespräch mit Bastian führen.

Neben der Ziegenwiese spielt eine Horde Kinder Fußball. Als Spielmacher mittendrin: Manolo. Er sieht kurz zu mir auf, bekommt prompt den Ball in die Flanke. Wütend schnappt er sich das Leder und trägt es durchs Tor. Der Rothaarige von den Krügers reklamiert Maulspiel.

An der Einmündung zum Sperlingsweg kommt mir Lindas Vater entgegen, er wirkt nervös. Mist, das ist mir total durchgegangen. Ich teile ihm mit, dass Tochter und Gattin noch zum Krankenhaus mussten.

Einen Small Talk mit Gerda später treffe ich an meiner Unterkunft ein. Ein hämmerndes Geräusch dringt durch die Fliegenschutztür. Nanu?

Kaum eingetreten, werde ich von einem nur allzu bekannten Duft und meinem neuen Nachbarn begrüßt. Jo ist damit beschäftigt, Frischhaltefolie vor die Fensteröffnung zu tackern. Ich bin baff, und dieser Zustand soll noch erhebliches Steigerungspotenzial bereithalten.

»Hi, Jo.« Ich deute auf das Arbeitsgerät mit dem schwarzweiß-grünen Stiel in seiner Rechten. »Der Hammer kommt mir bekannt vor.«

Jo gibt breit grinsend einen Blick auf seine Zahnlücken frei.

»Das glaube ich. Mann. Du bist wirklich der einzige Typ, den ich kenne, der seine Werkzeugkiste im Schlafzimmerschrank stehen hat. Da muss man erst mal drauf kommen. Na, was sagst du?« Er zeigt stolz auf die Folie, die ungefähr so glatt ist wie die Nordsee bei Windstärke acht. Auf dem Tisch kokelt sich gerade der Rest eines kapitalen Joints in die Platte. Jo trinkt die Dose Bier leer, stellt sie zu den beiden anderen auf den Tisch, wirft den Hammer mit Elan in die Werkzeugkiste und klatscht in die Hände.

»So, muss mal wieder. Weißt ja, wo das hinkommt«, kurzer Nicker auf die Kiste, »und danke fürs Bier.«

Schon ist er weg, der Jo. Einen Bewohner zurücklassend, der sich fragt, ob er so was, in der Art zumindest, schon mal erlebt hat. Sieht so aus, als ob hier Redebedarf besteht.

Ich räume die Hinterlassenschaften meines Besuchers weg, kippe mir den letzten Rest Kaffee in einen halbwegs sauberen Pott und setze mich damit an den Tisch. Im Grunde genommen, lautet mein erster klarer Gedanke, könnte ich mich der allgemeinen Meinung anschließen. Ich könnte Marlies Brehme mitteilen, dass es sich tatsächlich um einen – wenn auch sonderbaren – Unfall gehandelt habe, und ihr die Schlussrechnung präsentieren. In meinem Bauch beginnt es zu rumoren. Die Abteilung Fallanalyse in meinem Gehirn ist strikt dagegen.

Der war schon tot.

Tote laufen weder nackt durch die Gegend, noch legen sie sich vor ein Auto. Wozu auch? Gut: Also mal angenommen, jemand hat ihm die Kerze ausgepustet und ihn auf die Straße gelegt, damit es wie ein Unfall aussieht. Dann würde das spätestens bei der Obduktion ans Tageslicht kommen. Genau das ist es jedoch offensichtlich nicht. In meinem Gehirn zeichnet sich ein ausgelatschter Kreis ab, so oft haben sich die Gedanken am Ausgangspunkt getroffen. Eddys Ausdruck liegt auf der Anrichte neben mir und grinst mich höhnisch an.

Vielleicht hat mein Genius inzwischen eine oder wenigstens den Hauch einer Idee. Wäre nicht das erste Mal, dass er mich damit überrascht.

Ich treffe den App-Entwickler wie meistens im Garten an, auf eines seiner zahlreichen Smartphones glotzend. Ohne die Augen vom Display abzuwenden, hebt er die Hand zum Gruß. Ich beobachte ihn eine Zeit lang, wie er mit dem Zeigefinger wild das kleine Fenster streift, flucht, weiterstreift, noch mal flucht und schließlich einen Freudenschrei ausstößt.

»Da, versuch's auch mal.« Er hält mir das Teil mit fickrigen Fingern vor die Nase. Es dreht sich immer noch um die Klorollen-App. Ich tu ihm den Gefallen und rolle einige Dutzend der virtuellen Blätter ab. Plötzlich bimmelt und blinkt es wie verrückt, und im nächsten Bild ist die Rolle wieder aufgewickelt.

»Da hast du in die Scheiße gegriffen«, erläutert Eddy sichtlich vergnügt, rollt die Rolle vorsichtig ab, bis ein Blatt erscheint, auf dem ein braunes Häufchen zu erkennen ist. »Wenn du das anfasst, ist das Spiel aus.«

»Aha. Hammer, das Spiel«, lobe ich den Meister rasch, um das Gespräch in die von mir gewünschte Richtung zu lenken. »Äh … wegen der Serviette. Rosi und Katja meinen, es könnte sich bei den Buchstaben und der Zahl vielleicht um ein Kennwort handeln. Würde dir das vielleicht weiterhelfen?«

»Was? Nee, Quatsch, es war eine Adresse. Ich habe sie dir aufgeschrieben. Der Zettel müsste drinnen irgendwo liegen. Sag mal, was hältst du davon, wenn ich als kleinen Gag noch das Geräusch einer Klospülung einbauen würde?«

Es gibt sie immer wieder: diese Augenblicke, in denen mir extrem starke Zweifel kommen, ob sich Eddy noch in unserer Welt befindet oder sich längst in irgendeinen virtuellen Kosmos katapultiert hat. Da zermartere ich mir den Kopf, lasse meine Gehirnzellen rotieren, bis sie mir wie heißes Popcorn durch die Murmel knallen, und der große Meister erwähnt in einem lapidaren Nebensatz, dass er die Lösung längst hat. Ich kann sehr geduldig sein. Aber irgendwann ist Schluss damit, und dieser Punkt ist genau jetzt gekommen.

»WO IST DER ZETTEL?«

Eddy zuckt zusammen.

»Was bist du denn so verspannt? Warte, ich hole ihn.«

Ich folge ihm. Eddy schiebt Kartons hin und her, guckt unter Tastaturen, wühlt in Schubladen und Schränken, zieht den Rollstuhl weg und krabbelt unter den Tisch. Junge, wenn du den verbummelt hast, ich …

»Da isser ja.«

Puh.

»Küvenkamp«, lese ich.

»War gar kein U.« Er deutet auf den zweiten Buchstaben.

»Wie hast du das gemacht?«, will ich wissen.

»Ich habe die Buchstaben durch ein Programm gejagt, in dem sich alle Straßennamen der umliegenden Ortschaften befinden. Diese Kombination in Verbindung mit der Anzahl und Breite der Lücken trifft nur auf diese eine Straße zu.«

»Die Hausnummer konntest du nicht herausbekommen?«

»Drei, fünf oder neun«, antwortet er trocken.

Ich sehe ihn fragend an.

»Die Null dürfte wie gesagt nicht in Frage kommen. Und da es dort nur ungerade Hausnummern gibt, fallen die Sechs und die Acht ebenfalls aus.«

Auf dem Weg zum Parkplatz kommen mir Linda und ihre Mutter entgegen. Lindas Gesichtsausdruck spricht Bände. Über drei Stunden haben die Ärzte ihre Mutter untersucht und sind zu dem niederschmetternden Ergebnis gekommen, dass sie wohl bald in ein Pflegeheim muss. Als ob sie die Diagnose bestätigen will, flüstert mir Lindas Mutter verschwörerisch ins Ohr, dass sie entführt worden sei und ich die Polizei verständigen solle. Linda schüttelt resigniert den Kopf.

Gedanklich immer noch bei den beiden biege ich eine Viertelstunde später in den Küvenkamp ein. Die Straße verläuft fast schnurgerade durch das Xantener Gewerbegebiet. Ich schalte runter, fahre mit knapp dreißig an einem Sonnenstudio vorbei, es folgen eine Kfz-Werkstatt und ein Gashändler. Eddy hat recht, auf der anderen Straßenseite verdecken Bäume die Sicht auf das dahinterliegende Industriegebiet. Vor mir sind einige Lkw-Auflieger abgestellt. Ich ziehe Emma auf die linke Spur. Vorbei an zweien dieser Auflieger, ich will gerade hochschalten, da fällt mir ein dunkelblauer Astra ins Auge.

Der Wagen ist mit kleineren Dellen und Kratzern übersät, dazwischen blüht der Rost. Beim TÜV hat man die Karre schon vor drei Monaten erwartet, verrät mir das Nummernschild. Ich werfe einen Blick ins Innere und bin versucht, ein Foto davon zu machen. Nur falls Linda wieder mal meint, in meinem Auto herrsche Unordnung. Erst jetzt fällt mir die Fahrertür auf, die einen halben Zentimeter offen steht, als hätte der Wind sie zugemacht oder ein in großer Eile befindlicher Fahrer. Ich lasse mich in den verhunzten Fahrersitz fallen und sehe mich um. Leere Hamburger-Schachteln auf dem Beifahrersitz, im Fußraum Dosen eines Energydrinks vom Discounter, auf der Rückbank Pizzakartons, ein übel aussehendes Handtuch und ein zerschlissener Parka. In den Taschen finde ich einige zerknüllte Tankbelege und einen Parkschein.

Ich öffne das Handschuhfach. Zwei kleine Fläschchen mit einer durchsichtigen Flüssigkeit fallen mir ins Auge. Ich schraube eines davon auf und halte es mir unter die Nase. Riecht nach nichts. Ich nehme einen Tropfen auf die Zunge. Der leicht seifige Geschmack lässt keinen Zweifel. Ich lege das Fläschchen wieder zurück. Sollen sich Julias Leute drum kümmern.

Als ich mich umdrehe, staune ich nicht schlecht: Der Zündschlüssel steckt noch im Schloss. Lenni muss es verdammt eilig gehabt haben.

Im Aussteigen nehme ich das Navi mitsamt Saugnapf vom Armaturenbrett. Darum soll sich mein persönlicher Kriminaltechniker kümmern. Spart 'ne Menge Bettelei um Infos und könnte für Bonuspunkte bei anstehenden Verhandlungen mit Julia sorgen.

Ich sehe mich ein wenig um. Neben mir erstreckt sich ein Betriebshof, auf dem einige Tanklastzüge abgestellt sind. Auf der anderen Seite stehen Container, ein Gabelstapler, Paletten mit Baumaterial. Im Hintergrund befindet sich eine Lagerhalle, deren Rolltore verschlossen sind. Hinter einer kleinen Baracke schlurft ein korpulenter Mittfünfziger hervor, dessen Bauch von einer Latzhose umspannt wird. Ich winke ihn zu mir.

»Lukas Born, Privatdetektiv. Sagen Sie, gibt es auf diesem Gelände eine Überwachungskamera?«

»Warum willst 'n das wissen?«

»Scheint so, als wäre hier vorletzte Nacht ein Verbrechen verübt worden.«

»Bei uns inne Firma?«

»Nein, davor.« Mann, Kerl, mach's doch nicht so kompliziert.

Er dreht sich schwerfällig um und zeigt mit dem ausgestreckten Arm auf einen Bereich über der Eingangstür. Jetzt erkenne ich die Kamera auch. Sie ist genau auf uns und somit auf Lennis Karre ausgerichtet. Glück muss man haben.

»Funktioniert aber schon lang nich mehr. Dat Ding hängt da

nur noch zur Abschreckung. Hier is ja nachts auch keine Sau unterwegs.«

Er schlurft davon. Was zum Teufel hat Lenni in dieser – mitten in der Nacht anscheinend gottverlassenen – Gegend gewollt? Und vor allem: Wer hat ihn hierhin gelotst?

Erneut überkommt mich der Drang, nach Krefeld durchzufahren und meine Trümpfe gegen das Obduktionsergebnis einzutauschen. Ein kurzer Anruf beendet das Vorhaben. Dass Julia um siebzehn Uhr nicht mehr im Büro ist, bedeutet, dass sie den Fall tatsächlich abschließen will. Während einer laufenden Mordermittlung haben wir uns oft mitten in der Nacht zwei, drei Stunden Schlaf auf einem Feldbett im Keller gegönnt und danach mit einem extrastarken Kaffee als Muntermacher weiterermittelt.

Ich treffe Linda auf Lissys Terrasse. Vor ihr steht ein Glas Wein, auf ihrem Deckel die Quittung für drei weitere.

»Das muss jetzt mal sein«, begrüßt sie mich. Ich setze mich neben sie, lege meinen Arm um ihre Schulter. Wir schweigen uns eine Weile an. Ist manchmal besser als ein aufwühlendes Gespräch. Lissy stellt mir ein Bier hin.

»Ich habe Hunger.« Linda sieht mich unerwartet mit dem Ansatz eines Lächelns an. »Die Spaghetti liegen mit dem Rest, der sich auf dem Tisch befand, im Garten. Mutti hat alles umgeworfen und um Hilfe geschrien. Mein Vater kümmert sich um sie. Ich weiß nicht, wie lange er das noch kann.«

Ohne dich schafft er es nicht, möchte ich erwidern, und dass ein Umzug nach Sonsbeck allein schon deshalb nicht in Frage kommt. Ich ahne, dass sie dasselbe denkt, und verzichte darauf.

Nach dem Essen geht es ihr schon wieder besser. Bei einem weiteren Glas Wein und einem Pils lenken wir uns mit möglichen Strategien für die Suche nach Heike ab.

»Du könntest Uwe bitten, ein Fahndungsfoto zu veröffentlichen.«

»Gute Idee.«

»Vielleicht trägt Heike einen Chip, den könnte Eddy bestimmt orten, und zack: Auftrag erledigt.«

Wir albern noch ein wenig herum, als Gerda sich zu uns setzt und mich so merkwürdig ansieht.

»Da hast du aber einen netten Nachbarn bekommen.«

»Hat er dich angebaggert?«

Sie dreht verlegen den Kopf weg.

11

Dienstag, 7.56 Uhr

»Guten Morgen, Langschläfer! Frühstück ist fertig«, vernehme ich Lindas Stimme im Halbschlaf.

»Wie spät?«, murmele ich, noch halb damit beschäftigt, einen Serienkiller mit der Vorliebe für Junkies zur Strecke zu bringen.

»Gleich acht, ich habe um neun einen Termin bei meiner Frauenärztin.« Der dezente Duft ihres Parfüms steigt mir in die Nase. Mein linker Arm wandert um ihre Hüfte. »Zu spät, ab unter die Dusche.«

Während ich den Tisch abräume, überdenke ich meine weitere Vorgehensweise. Ich muss auf jeden Fall mit Julia reden. Gute Argumente habe ich ja. Apropos. Mit der Auswertung des Navis ließe sich meine Verhandlungsposition möglicherweise weiter verbessern.

Ich werfe ein paar Stöckchen in die umliegenden Felder. Ohne seinen Frühsport knöttert mein Freund den ganzen Tag. Nachdem seine Zunge im Stehen den Boden berührt, machen wir uns auf den Weg zu Eddy. Auch wenn die Chance, ihn um diese Zeit außerhalb seiner Matratze anzutreffen, denkbar gering ist. Anstelle der erwarteten Grabesstille vernehme ich aus seinem Büro das klackernde Geräusch einer ausgeleierten Tastatur.

»Was machst du denn mitten in der Nacht hier?«, begrüßt mich Eddy. Ich ziehe mit einem Ruck das Rollo hoch, er blinzelt mich an.

»Die KloRo geht in zwei Wochen an den Start, da müssen vorher einige Verträge unter Dach und Fach sein, sonst gibt es keine Kohle.« Es klingt, als wolle er sein Image des ausschlafenden Künstlers retten.

Ich lege das Navi neben die Tastatur. »Lennis Karre stand tatsächlich am Küvenkamp. Kannst du da was mit anfangen?«

Eddy kramt einen kleinen Kasten hervor, an dessen einem

Ende ein Netzstecker und an dessen anderem die Aufnahme für einen Zigarettenanzünder baumelt. Eddy besitzt die zweitgrößte Adaptersammlung Europas, nur der russische Geheimdienst hat mehr. Würde man nebenan ein Atomkraftwerk errichten und von dort Kabel zu Eddys Parzelle legen, er hätte garantiert genügend Adapter, um es ans Netz zu bringen.

Nach dem Einstecken fährt das Navi hoch. Eine halbe Minute später erscheint ein Kartenausschnitt mit der bekannten Adresse. Ich will die Karte verkleinern, um herauszufinden, welche Route Lenni gefahren ist, da vermeldet eine Frauenstimme: »Die Route wird neu berechnet«, und schwups zeigt mir das Display an, dass wir uns auf dem Campingplatz Happy Eiland befinden. Verdammte Hacke.

»Ich kümmere mich gleich darum«, sagt Eddy und öffnet das Fenster der Textverarbeitung. Ich versuche es mit dem üblichen die totale Abhängigkeit ausdrückenden Blick. Keine Chance. Eddy hat seine ganz eigenen Prioritäten. Da kann dann auch mal die Vermarktung einer hirnrissigen Klopapier-App einen vermeintlichen Mordfall ausstechen.

Mit einem Kauknochen überrede ich Manolo, auf mein Heim aufzupassen und niemanden reinzulassen. Dabei zeige ich unmissverständlich auf die Frischhaltefolie an der Wand zu Jos Parzelle.

Eine knappe halbe Stunde später müht sich Emma auf der Autobahn zentimeterweise an einer Lkw-Kolonne vorbei und schafft es auf diese Weise wieder einmal in die Verkehrsnachrichten. Hinter mir ist ein Lichthupenkonzert im Gange, einige meiner Verfolger wedeln im Takt dazu über die linke Spur. Ich habe ein Einsehen und quetsche Emma zwischen zwei Sattelzüge. Aber nur, weil ich an der Abfahrt Gartenstadt runtermuss und mich der nächste Überholvorgang nach Düsseldorf getrieben hätte.

Wie immer stelle ich Emma auf dem Parkplatz der Industrie- und Handelskammer ab, der an das Präsidium angrenzt.

Am Eingang grüßt mich Werner Bonekamp, einer der stetig weniger werdenden Mitarbeiter des Hauses, die mich noch aus meiner aktiven Zeit kennen. Zwei Minuten später stehe ich vor meiner telefonierenden Noch-Gattin. Ihre Mimik verrät mir, dass sie nicht unbedingt von quälender Sehnsucht geplagt auf meinen Besuch gewartet hat. Eben bei Eddy habe ich noch rasch die einzelnen Lagen der Serviette fein säuberlich übereinandergelegt und mit der flachen Hand bei siebenunddreißig Grad gebügelt. Soll mir keiner vorwerfen, ich würde Beweismittel manipulieren oder gar zerlegen. Ich doch nicht.

Gelangweilt zähle ich die vertrockneten Blätter des Ficus elastica auf der Fensterbank, unterbreche mit der flachen Hand den Paarungsakt zweier Stubenfliegen und will gerade den Zeigefinger in die Nase stecken, als mir Beachtung widerfährt.

»Was willst du?«, fragt sie mich in derselben Sekunde, in der sie das Gespräch beendet. Ich versuche es mit der Wahrheit. Ist sie nicht gewohnt, das könnte sie nervös machen.

»Ich würde gerne einen Blick in den Obduktionsbericht werfen, wenn's recht ist.«

Ihre Pupillen huschen tatsächlich für eine Millisekunde zur linken Seite ihres Schreibtisches, zu dem grünen Ordner ganz oben im Ablagekörbchen. Ich nutze das Überraschungsmoment und ziehe mit einer flinken Bewegung die Serviette aus der Tasche.

»Dieses abstrakte Kunstwerk«, ich falte sie auseinander und halte sie in Julias Blickfeld, »war die letzte Botschaft des Opfers an die Nachwelt.«

Sie will danach greifen, ich ziehe meine Hand zurück. »Dieser Lenni hat etwas daraufgekritzelt und es, als Linda ins Zimmer kam, hektisch durchgestrichen. Kurz darauf hat er sich aus dem Krankenhaus entlassen. Den Rest kennst du ja.«

»Her damit, das muss in die KTU. Ist schon schlimm genug, dass du das verunreinigt hast.« Fordernd streckt sie den Arm aus. Ich werfe einen dezenten Blick auf die Akte. Sie stößt hart ihren Atem aus.

»Vielleicht könnte ich dir auch noch was zu Lennis Meisterwerk erzählen. Was war das denn noch gleich?« Ich raufe mir nachdenklich die Haare.

Wortlos fischt sie den Obduktionsbericht vom Stapel und reicht ihn mir im Tausch gegen Lennis Vermächtnis.

»Der hat sich selbst aus dem Leben geschossen, wie es aussieht. Steht alles dadrin.«

Ich schlage den Bericht auf und kippe schon bei der Lektüre der ersten Seite vom Stuhl.

»Eins Komma eins Promille Alkoholgehalt?«

»So ist es«, nuschelt Julia, während sie die Serviette im Licht der Schreibtischlampe inspiziert.

»Lenni trinkt keinen Alkohol«, zitiere ich seine Freunde.

»Trank«, gibt sie zurück und sieht mich mitleidig an.

»Ich weiß, was hier steht. Glaub mir, der hat den ganzen Abend über nur Wasser getrunken.«

»Den ganzen Abend? Bekommst du deine Aufträge jetzt schon vorher?«

Ich berichte ihr von unserem Konzertbesuch im Sonsbecker Zelt, ohne zu verschweigen, dass das spätere Opfer sich da schon in einem desolaten Zustand befand. Ich erzähle ihr auch von dem Eindruck Lindas, dem zufolge er eine ganze Batterie an Drogen intus gehabt haben dürfte. Julia nickt und deutet auf den Bericht in meiner Hand. Ich blättere mich durch. In seinen Haaren hat der Herr Doktor eine gefährlich hohe Konzentration von Gamma-Hydroxybuttersäure festgestellt. Ich schieße hoch.

»Da«, ich tippe mit dem Zeigefinger auf die entsprechende Passage, »GHB! Man hat ihm also K.-o.-Tropfen verabreicht und dann …«

Lukas, räumst du jetzt bitte dein Zimmer auf, dieser Tonfall. »Auf diese Idee könnte man kommen, wenn es sich bei dem Opfer um ein unschuldiges Mädchen vom Lande gehandelt hätte, das mal in das Nachtleben der Großstadt eintauchen wollte. Bei unserem Klienten allerdings nicht.«

»Was macht dich so sicher?«

Sie kramt in einer Akte, zieht kurz darauf einige Fotos hervor und wirft sie mir hin.

»Das haben wir in seiner Wohnung gefunden.«

Neben Lennis Bett, ich erkenne es am Bezug, befindet sich ein offener Schuhkarton auf dem Fußboden, darin stehen fein säuberlich aufgereiht rund zwanzig kleine Fläschchen.

»Liquid Ecstasy. Flüssiges GHB, wenn du so willst. Ein ganz gefährliches Zeug. Zwischen grenzenloser Ekstase und einem Herzstillstand liegen nur wenige Tropfen. Wenn dann noch Alkohol ins Spiel kommt, ist es vorbei. Da reichen laut Doc viel weniger als eins Komma eins.«

Ich fasse es nicht.

»Julia, warum sollte er Alkohol trinken, wenn er auf Liquid Ecstasy steht? Das ist absurd.«

»Vielleicht war Liquid Ecstasy aus. In Sonsbeck mitten in der Nacht an Nachschub zu kommen, stelle ich mir schwer vor.«

Ich schüttele den Kopf.

»Ach so, gibt es das Zeug dort an der Tanke?«

»In seinem Handschuhfach liegen zwei volle Pullen, das hätte für eine ganze Woche gereicht.«

Auf Julias Gesicht breitet sich eine Art Sonnenfinsternis aus. Hätte ich das mit dem Auto früher erwähnen sollen? Scheint so. Mit einem Satz hechtet sie aus dem Sitz, schickt zwei Blitze der Sorte, die einen zur Salzsäule erstarren lassen, und steht eine halbe Sekunde später schnaubend am Fenster, die Arme in die Hüften gestemmt, dass es schon beim Zusehen wehtut. Plötzlich fährt sie herum.

»Es reicht mir langsam, Born! Du schneist hier rein, schmeißt mir ein Beweisstück hin, das vermutlich seit gestern in deinem, ich wiederhole: in deinem Besitz ist, und erwähnst dann so völlig nebenbei«, sie rudert mit den Armen durch die Luft, als wollte sie dem Ventilator Konkurrenz machen, »dass du das Fahrzeug des Opfers gefunden hast, nach dem sämtliche Polizisten im Kreis seit Sonntagmorgen suchen!«

»Na ja, das eine hängt mit dem anderen zusammen. – Machst du eigentlich noch deine Atemübungen?«

»Treibe es nicht auf die Spitze, Born! Du sagst mir jetzt sofort, wie du an das Auto gekommen bist und wo es sich befindet!«

»Am Küvenkamp in Xanten. Die Adresse steht auf der Serviette. Nun … irgendwie jedenfalls. Ich weiß das doch auch erst seit gestern Abend.«

Sie joggt um mich herum, greift sich die Serviette und hält mir das rot leuchtende Quadrat unter die Augen. Ich zucke hilflos die Schultern.

»Hat mein Kriminaltechniker rausgefunden.«

Sie setzt sich hinter den Schreibtisch und füllt die nächsten drei Minuten mit eisiger Stille. Die Erfahrung hat mich gelehrt, dass es manchmal besser ist, sie in Ruhe ausschweigen zu lassen. Scheinbar sinnentleert kleben ihre Augen auf dem roten Viereck.

»Wir werden Eddy einstellen«, sagt sie leise.

»Den könnt ihr nicht bezahlen. Übrigens, wenn du mich fragen würdest, täte ich einen Espresso nehmen.«

Ah. Ein winzig kleines Lächeln, ein Hauch davon. Immerhin. Dauert meist ein wenig, bis sie meine Fähigkeiten würdigt.

»Mach dir selber einen! Und mir auch!«

Kaum haben die letzten Tropfen gurgelnd das Röhrchen verlassen, beginnt der konspirative Teil unseres Gesprächs.

»Warum hat er den Wagen in Xanten stehen gelassen?«

»Das ist die große Frage.« Ich stelle ihr den Espresso hin. »Der Tank ist jedenfalls halb voll. Der Zündschlüssel steckt, die Fahrertür ist zugefallen. Der muss es verdammt eilig gehabt haben …«

»Und läuft dann wie viel Kilometer zum Unfallort?«

Ich strecke sieben Finger in den Raum.

»Sieben? Nachts? In dem Zustand? Bei strömendem Regen?«

»Sag ich doch.«

Ich gebe ihren Gedanken die Zeit, zu reifen, nippe genüsslich an meinem Espresso. Unvermittelt drängt sich eine Frage in mein Bewusstsein.

»Was ist eigentlich mit der Freundin? Meine Mandantin sagt, sie sei als vermisst gemeldet.«

Julia nickt.

Ich warte.

»Was soll damit sein? Das Mädchen ist erwachsen, kann tun und lassen, was es will.«

»Komm schon …«

»Wir waren gestern bei ihrem Vater, einem gewissen Tamme van Tossens. Der behauptet steif und fest, Lennart Brehme habe seine Tochter zuerst drogenabhängig gemacht und sie später umgebracht. Laut seiner Aussage wollte Maren im Sommer nach Philadelphia fliegen, an der dortigen Uni ein Gastsemester belegen. Sie wollte ein neues Leben ohne Drogen und Stress beginnen und habe deshalb mit ihm Schluss gemacht. Lennart habe das nicht akzeptieren wollen, sie auf Schritt und Tritt verfolgt, ihr das Leben zur Hölle gemacht.«

»Meine Mandantin sagt, er habe damit gedroht, ihn umzubringen.«

»Hat er. Aber er hat auch ein Alibi.«

»Könnte also genau so gewesen sein.«

»Ja und nein. Die Kollegen hatten damals Mitschüler, Lehrer und Freunde befragt. Zwischen ihr und ihrem Vater herrschte ein sehr angespanntes Verhältnis. Es gab nicht wenige, die damit gerechnet hatten, dass sie gleich nach der letzten Abifeier ihre Sachen packt. Und glaub mir: Wenn du den Vater mal kennenlernst, verstehst du das.«

Julia reicht mir zum Abschied einen Zettel mit der Adresse. »Lukas?«

Ich habe die Hand an der Türklinke, drehe mich zu ihr herum. Sie wirkt nervös.

»Bastian macht mir Sorgen.«

»Er wird abgezockt ...«

»Ja, das sieht so aus. Er redet nicht mit mir.«

»Weil er Angst hat«, erwidere ich.

Julia presst die Lippen aufeinander. »Ich war gestern beim Direktor. Er hat den gleichen Verdacht, aber nichts in der Hand. Es handelt sich um drei Jungen aus der Oberstufe. Ihr Anführer ist Vincent Koch, Sohn von ...«

»Doppeldoktor Koch?«

Julia nickt.

Der härteste Staatsanwalt des Landes. Es soll Verteidiger geben, die ein Mandat ablehnen, wenn sie erfahren, dass sie es mit ihm zu tun bekommen.

»Ich kümmere mich drum.«

»Sei vorsichtig. Denk an Bastian, ja?«

»Ich regele das wie der nette Onkel vom Jugendamt, okay?«

Aus ihrer Mimik schließe ich, dass sie genau das befürchtet.

Von hier bis zum Ricarda-Huch-Gymnasium sind es nur knapp vierhundert Meter. Die erste Pause dürfte gleich beginnen, ich nutze die Gelegenheit.

Bastian steht am Rand des Schulhofes im Gespräch mit einer Klassenkameradin. Als er mich erkennt, gibt er ihr ein Zeichen und läuft auf mich zu.

»Boah, Dad, das ist klasse, dass du es so schnell geschafft hast.«

Ich gebe meinem Sohn den Fuffi. Er bedankt sich und will gleich wieder zurück. Ich halte ihn an der Schulter zurück.

»Du wirst abgezockt, stimmt's?«

Er sieht betreten zu Boden, nickt langsam. »Du darfst dich nicht einmischen, die machen mich sonst kalt, haben sie gesagt. Bitte, Dad.«

Ich schüttele den Kopf, er sieht mich an. In seinen Augen steht die blanke Angst.

»Wer ist es?«

»Echt ...«

»Wer?«

Stumm deutet er auf drei hagere Typen, die im Schatten einiger Bäume stehen. Der Typ in der Mitte fällt mir besonders ins Auge. Er trägt ein T-Shirt mit dem grafisch in allen Farben überzeichneten Konterfei von David Bowie. Seine Füße stecken in orange leuchtenden Sneakers, auf dem Kopf sitzt ein Käppi in exakt dem gleichen Farbton.

Ich gebe Bastian mein altes Handy mit der Prepaidkarte, das ich für gewisse Zwecke nutze.

»Wenn es Probleme gibt, rufst du mich sofort an. Vertrau mir, mein Junge.«

12

Dienstag, 12.10 Uhr

Auf Happy Eiland ist im Sommer ziemlich viel los. Erkennbar wird das am Mangel an Parkplätzen. Als Dauergast darf ich Emma zwar auf meiner Parzelle parken, was aber den Nachteil mit sich bringt, im Schritttempo dort hin- und wieder zurückfahren zu müssen. Eine nervenaufreibende Angelegenheit, vor allem, wenn man es eilig hat.

Ich stelle Emma kurzerhand auf die lange Spur, die eigentlich ankommenden Gespannen und Wohnmobilen vorbehalten ist. Vor Lissys Bistro erkenne ich meinen neuen Nachbarn, der mit einer Brötchentüte in der Hand in ein Gespräch mit unserem Platzwart verwickelt ist. Gute Gelegenheit für eine kleine erzieherische Maßnahme.

Die unverschlossene Tür lädt zu einer Besichtigung von Jos kleinem Reich ein. Ich ärgere mich, nicht besser vorbereitet zu sein. Eine Atemschutzmaske beispielsweise wäre nicht schlecht gewesen. Die Raumluft ist eine diffuse Mischung aus dem erkalteten Rauch unzähliger Joints, Schweiß und den Fürzen der letzten Nacht. Reflexartig will ich die Dachluke öffnen. Auf dem Bett stehend muss ich mich ordentlich dagegenstemmen. Endlich öffnet sie sich, begleitet vom Geräusch reißenden Silikons. Ups. Ich gehe nach hinten durch, wühle ein wenig in den Schubladen, ziehe ein Knäuel Wäsche aus dem Schrank und lege es davor, stoße ein geöffnetes Glas Instantkaffee von der Spüle ins Becken und eine Tasse auf den Boden und lasse danach das Gesamtwerk ein wenig auf mich wirken.

»Was machst du hier?« Jo steht wie versteinert neben dem schmalen Bett, seine Rechte umkrampft die Brötchentüte.

»Du, mir sind die Filtertüten ausgegangen. Bei dir habe ich auch keine gefunden. Du weißt ja, wo alles hinkommt.« Ich deute auf das Chaos. »Ich gehe mir gleich bei Lissy welche holen.«

»Hey … so geht das aber nicht, Kumpel«, brüllt er mir hinterher.

Ich drehe mich zufrieden um.

»Freut mich, dass wir uns einig sind.«

Einsame Stille empfängt mich im eigenen Heim. Wie es aussieht, hat sich mein Wachhund in einem unerhörten Fall von Arbeitsverweigerung dazu entschlossen, sich anderweitig zu vergnügen, statt wie besprochen während meiner Abwesenheit aufzupassen.

Ich setze mich an den Tisch und schmeiß mein Gehirn an. Dauert nicht lange, und die Gewissheit breitet sich aus, tatsächlich und ohne jeden Konjunktiv einen Mordfall an der Backe zu haben. Was wiederum etliche Aufgaben mit sich bringt. Da wäre zum einen die Umfeldermittlung. Wer sind seine Freunde? Was wissen sie über ihn? Was trieb ihn an? Maren fällt mir ein, das vermisste Mädchen könnte ein Schlüssel sein. Wie war die Beziehung zu ihr? Wo hat Lenni sich in den letzten Tagen vor seinem Tod aufgehalten, mit wem stand er in Kontakt und warum? Dazu dürfte mir Eddy bald etliche Daten aus dem Navi liefern, die ausgewertet werden wollen.

Nebenbei steckt mein Sohn in Schwierigkeiten, und eine Kuh namens Heike wird noch vermisst.

Hilft alles nichts, ich brauche Verstärkung. Außerdem benötige ich dringend mehr Informationen. Ein Foto von Lenni wäre nicht schlecht. Ich rufe meine Auftraggeberin an.

»Einige aus seiner Clique kenne ich. Ich werde Ihnen die Namen und, soweit ich sie weiß, die dazugehörigen Adressen aufschreiben«, verspricht mir Marlies Brehme. »Fotos von Lenni habe ich etliche, ich suche Ihnen mal ein paar neuere raus.«

»Vielen Dank! Wann kann ich mir die Sachen abholen?«

»Abholen? Ähm … ja, das können Sie natürlich gerne machen. Ich könnte sie Ihnen aber auch schicken. Per WhatsApp oder E-Mail, was Ihnen am liebsten wäre …« Sie hüstelt höflich.

Oh, Oma ist online. Damit hatte ich nicht gerechnet.

Fünf Minuten später trudeln die ersten Mails meiner Klientin ein. Ich entscheide mich für eine Porträtaufnahme Lennis und drucke das Bild aus. Jetzt gilt es noch, meine Truppe zu aktivieren. Manolo kann sowieso eine kleine Platzrunde gebrauchen.

»Klar sind wir dabei!« Ich habe die Frage knapp zur Hälfte ausgesprochen, da fallen mir Katja und Rosi einstimmig ins Wort. »Wir trommeln die anderen gleich zusammen. SoKo-Sitzung um sieben bei Lissy, ist das okay?«

»Ja.« Ich muss ein Lachen unterdrücken.

Uwe ist nicht auf dem Platz, dann werde ich mal nachsehen, ob Eddy inzwischen mit der Vermarktung seiner Klorollen-App fertig ist und sich einer sinnhafteren Aufgabe widmen kann.

Die Beine ausgestreckt, Handy am Ohr, treffe ich meinen Hoffnungsträger im Gartenstuhl an. Offenbar steckt er in finalen Verhandlungen seiner neuesten Entwicklung. Beiläufig schiebt er Manolo ein angebissenes Käsebrötchen ins Maul. Während er mit Summen um sich wirft, mit denen ein chronisch klammer Privatdetektiv wie ich vermutlich in seinem gesamten Leben nicht in Berührung kommen wird, deutet Eddy auf die leere Brausedose vor sich und streckt mir zwei Finger entgegen.

Mit den Getränken in der Hand und einen halben Schritt in der Tür erkenne ich Lennis Navi auf dem Schreibtisch, das Kabel fein säuberlich darum gewickelt, Saugnapf obendrauf.

Von Ungeduld getrieben, stelle ich eine Dose Bier vor ihm ab, trinke meine auf ex leer und bleibe auf den Füßen wippend vor ihm stehen. Die Wirkung lässt nicht lange auf sich warten.

»Peter, ich melde mich gleich noch mal …« Eddy beendet das Gespräch und wirft mir einen genervten Blick zu.

»Sorry, wegen dem Navi, konntest du …?«

Begleitet von einem Seufzer, so abgrundtief wie mein Dispo, schwingt er sich aus dem Stuhl und geht rein. Mit einem Griff zieht er eine Kladde vom Ablagekörbchen und wirft sie mir hin. Mein Gesicht muss Ähnlichkeit mit einem Fragezeichen haben.

»Das wolltest du doch haben.«

Ich schlage das Werk auf und sehe jede Menge Kartenausschnitte und Tabellen.

»Das sind die Routen der letzten acht Wochen, mehr war

nicht zu holen im Onlinespeicher des Anbieters. War ein ganz schöner Raser, dein Lenni. Unter achtzig im Ort hat er es kaum gemacht.«

Muss am Ecstasy liegen, denke ich. Ich erzähle Eddy von dem Gespräch mit Julia und dem Ergebnis des Obduktionsberichtes.

»Das klingt megafaul. Ich kenne niemanden, der Liquid Ecstasy und Alkohol verbindet. Kommt nicht gut.«

Ich frage mich, woher er das weiß. Mit Drogen hat unser Eddy so wenig an der Mütze wie ein Dominikanerpater mit einem Swingerclub.

»Bevor ich das jetzt alles durchackere«, ich halte die Kladde hoch, »ist dir vielleicht was aufgefallen?«

Eddy nickt, nimmt sie mir ab und blättert zur vorletzten Seite. »Lenni war in der Nacht zuvor schon einmal in der Gegend.« Er zeigt auf einen Kartenausschnitt bei Xanten. Inmitten von Feldern und Wiesen befindet sich ein roter Punkt. »Fingerhutsweg 39. Laut Navi war er am Samstagmorgen, um ein Uhr zwölf, dort.«

Ich sehe mir den Kartenausschnitt näher an. »Was will der denn mitten in der Nacht in der Pampa?«

Eddy legt das Navi samt Saugnapf auf die Kladde und drückt mir alles in die Hand. »Ein bisschen was musst du schon selber rausfinden.«

Mit der Einladung zum abendlichen SoKo-Treffen bei Lissy verabschiede ich mich.

Auf dem Weg zum Parkplatz schaue ich bei Linda vorbei, um ihr Bescheid zu geben, dass ich bei Lissy esse und vorher noch mal wegmuss.

»Nimmst du mich mit? Wir könnten anschließend in der Stadt noch ein Eis essen. Außerdem ist Milch alle.«

Linda stellt eine kleine Kühltasche in den Fußraum. Kurz darauf fahre ich an der Kreuzung Furth mit dem seit Ewigkeiten leer stehenden Chinarestaurant geradeaus. Über die sich an kleinen Wäldchen und Forellenteichen vorbeischlängelnde Straße gelangen wir schließlich zum Schrammenbruchshof am Grenzdyck. Die überdachte Milchtankstelle ist längst kein Geheimtipp mehr. Linda zapft zwei Liter in die mitgebrachten Flaschen, ich schnappe mir ein Sixpack Eier und werfe einige Münzen in die Kasse.

Eine Viertelstunde später biegen wir in den schmalen, asphaltierten Fingerhutsweg ein. Nach dreihundert Metern gelangen wir an ein mit roten Backsteinen verkleidetes Haus. Ich stelle Emma im Schatten einiger Buchen ab.

»Scheint so, als wäre keiner zu Hause«, bemerkt Linda, nachdem ich bereits fünfmal den Klingelknopf im Messingteller gedrückt habe.

»Komm, lass uns ums Haus gehen.«

Sie zieht mich am Arm mit. Wir gehen um den Stall herum. Ich bin baff. Von Maisfeldern umrandet erstreckt sich vor uns eine mindestens vier Hektar große Wiese mit zahlreichen Obstbäumen.

»Da ist jemand.«

Ich folge Lindas Arm zu einer älteren Dame, die auf einer Leiter steht und Kirschen pflückt. Sie sieht uns und erschrickt.

»Entschuldigung, Frau Dornbusch.« Dieser Name stand jedenfalls unterhalb der Klingel. »Es hat niemand geöffnet, da sind wir …«

»Schon gut. Wissen Sie, hier kommen selten Fremde her. Eigentlich besucht mich gar niemand, außer meiner Tochter. Ich nehme an, Sie sind von der Kriegsgräberfürsorge. Ich habe bereits einige Unterlagen rausgesucht, wollen wir direkt ins Haus gehen?«

Frau Dornbusch sieht uns mit kleinen, neugierigen Augen an. Sie dürfte um die achtzig sein. Ihre schlohweißen Haare hat sie zu einem Zopf gebunden.

»Ich fürchte, das ist ein Missverständnis. Mein Name ist Lukas Born, ich bin Privatdetektiv. Das ist meine Mitarbeiterin Linda Wagner.«

»Privatdetektiv, wie aufregend. Und Sie kümmern sich um Vorsorgevollmachten? Das hat doch früher immer der Herr Krüger gemacht. Ach nein, der ist ja beim Friedhofsamt. Wer war das denn noch gleich …?«

Linda sieht mich lächelnd an.

»Nein. Wir sind hier, weil wir jemanden suchen.« Ich ziehe das Bild von Lenni aus der Tasche und reiche es der Dame. »Kennen Sie diesen Mann?«

Ihre mageren Hände greifen nach dem Ausdruck. Sie führt ihn dicht vor ihre Augen. Dann schürzt sie die Lippen und greift in ihre Kitteltasche.

»Tut mir leid, ohne meine Lesebrille hat das keinen Zweck.« Sie setzt sie auf, betrachtet das Bild erneut und wirkt nach wenigen Sekunden völlig verändert. Jede Fröhlichkeit ist gewichen, eine leichte Blässe breitet sich über ihr Gesicht aus. Mit zittrigen Händen gibt sie mir das Blatt zurück. »Das war am Freitag, mitten in der Nacht. Ich glaube, es war halb zwei, da hat es Sturm geklingelt. Ich lag natürlich im Bett. Ich habe das Schlafzimmerfenster geöffnet und gefragt, wer da ist. Er schrie, ich solle ihn reinlassen, sonst würde ein Unglück geschehen. Der junge Mann war völlig außer sich.«

»War er verzweifelt oder wütend?«

Sie wiegt den Kopf zögerlich hin und her. »Ich glaube, er war verzweifelt«, sagt sie mit fester Stimme und schiebt ihre Lesebrille zurück in die Kitteltasche.

»Ich nehme an, Sie haben diesen Mann nie zuvor gesehen?«

Sie schüttelt den Kopf, immer noch konsterniert von dem nächtlichen Vorfall.

»Nein. Mir … ist das unerklärlich. Ich meine, sehen Sie sich um. Hierher verirrt sich niemand. Noch nicht einmal der Herr Krüger von der Kriegsgräberfürsorge.«

Stimmt, denke ich. Lenni war ganz bewusst hier. Aber warum?

»Leben Sie alleine hier?«

»Nein. Wir hatten früher eine Landwirtschaft. Vor dreizehn Jahren ist mein Mann gestorben, die Kinder sind längst weggezogen, haben eigene Familien. Vor ein paar Jahren hat eine Immobiliengesellschaft aus Wesel den Hof gekauft. Mir hat man notariell ein Wohnrecht auf Lebenszeit eingeräumt. Die Wohnung im Erdgeschoss hat Professor Lammert gemietet, er ist

Arzt in Wesel. Wenn er in Rente ist, möchte er mit seiner Frau hierherziehen, hat er gesagt. Der ist sehr freundlich. Er fragt mich jedes Mal, wenn wir uns begegnen, wie es mir geht. An meinem Geburtstag hat er mir Blumen mitgebracht.«

»Warum kommt er denn so häufig, wenn er noch gar nicht hier wohnt?«, spricht Linda meinen Gedanken aus.

Frau Dornbusch lächelt milde. »Das ist so ein richtiger Heimwerker. Der hat das Badezimmer ganz alleine hergerichtet, die Türen und Fenster hat er ausgewechselt, sogar eine Wand hat der gemauert. Na ja, ab und an haben ihm Freunde geholfen. Alles kann man ja nicht selber machen.« Sie sieht uns fragend an, wir geben ihr recht. »›Frau Dornbusch‹, sagte er mal, ›das ist für mich ein richtig schöner Ausgleich zur täglichen Arbeit. Es macht mich glücklich, etwas mit eigenen Händen zu schaffen.‹ Seine Frau darf übrigens erst kommen, wenn alles fertig ist. Ist das nicht schön? Wie ein Vogel, der seiner Partnerin ein Nest baut.«

Fehlen dann nur noch die Eier, denke ich. Nach allem, was Frau Dornbusch uns erzählt, kann ich mir keinen Reim darauf machen, was Lenni hierhergetrieben haben könnte.

»Hatten Sie den Eindruck, dass der junge Mann Sie kennt? Sind Sie sich vielleicht schon mal irgendwo begegnet?«

Mit einem kleinen Ruck verschwindet ihre gerade wieder zurückgekehrte Fröhlichkeit. Ihre Mimik verrät mir, dass sie seit dieser Nacht an nichts anderes mehr denkt.

»Am ehesten hat er mich an Janusz erinnert. Einen polnischen Erntehelfer, der früher regelmäßig kam. Er sah ihm sehr ähnlich. Aber Janusz muss inzwischen schon über vierzig Jahre alt sein. Das passt nicht.«

Ich suche nach einem weiteren Ansatz. Es muss einen Grund für den nächtlichen Besuch geben, und die Wahrscheinlichkeit dürfte sehr groß sein, dass die Seniorin ihn kennt.

»Was kann er mit ›Unglück‹ gemeint haben? Sind Sie in der letzten Zeit von irgendjemandem bedroht worden?«

Wieder schüttelt sie den Kopf. »Ich habe wirklich keine Ahnung. Es kann sich nur um eine Verwechslung handeln, auch wenn das unwahrscheinlich klingt.«

Eine Straße mit dem Namen Fingerhutsweg lässt sich nicht verwechseln. Was die Hausnummer angeht, schon eher. Ein einfacher Zahlendreher könnte die Erklärung sein. *Könnte.*

»Wie ging es weiter? Haben Sie die Polizei verständigt?«

»Das wollte ich, es war dann aber nicht mehr nötig. Ich habe ihm ein letztes Mal energisch zu verstehen gegeben, dass ich ihn nicht ins Haus lasse. Von einem Moment zum anderen war der Spuk vorbei. Der junge Mann verstummte, sackte in sich zusammen, stieg ins Auto und brauste davon. In diesem Augenblick hat er mir fast schon ein wenig leidgetan. Meinen Sie, dass er noch mal wiederkommt?«

»Nein, das wird er nicht.«

Kurz bevor wir das Stallgebäude erreicht haben, ruft Frau Dornbusch noch einmal nach uns. Ich drehe mich um, sie breitet die Arme aus.

»Was ist jetzt mit der Vorsorgevollmacht?«

»Der Kollege kümmert sich darum!«

»Puh.« Linda sieht mich ernst an, während ich Emma wende. »Der wird es bald ähnlich gehen wie meiner Mutter.«

»Hm … war wahrscheinlich ein richtiger Schreck für sie«, antworte ich, damit beschäftigt, den Hauch einer Erklärung zu finden.

Rund einen Kilometer von der Eisdiele Santin entfernt zockeln wir hinter zwei Radfahrern her, die nebeneinander über den Westwall strampeln. Die Fahrradzonen in Xantens City gehören zum neuen Verkehrskonzept der schwarz-grünen Ratsmehrheit. Man kann sich jetzt in Ruhe die Schönheit der Domstadt zu Gemüte führen. Die Vordenker im Rathaus haben sich eine Art automobile Version der Reise nach Jerusalem ausgedacht, indem sie Parkplätze in Grünflächen umgewandelt haben. Mit der Folge, dass es praktisch immer und überall einen freien Parkplatz weniger gibt als Parkplatzsuchende.

»Ob jemand darüber nachgedacht hat, welche Abgasmengen hier in die Luft geblasen werden, weil die Leute stundenlang einen freien Platz suchen?«, will Linda wissen.

Ich fürchte, nein. Immerhin hat meine Suche nach einer Viertelstunde auf der Scharnstraße ein Ende.

Trotz sommerlicher fünfunddreißig Grad finden wir einen freien Tisch am Rande des Marktplatzes.

»Ich frage mich die ganze Zeit, was Lenni mit einem ›Unglück‹ gemeint haben könnte.« Linda stochert nachdenklich in ihrem Krokantbecher. »Kann es sein, dass er verfolgt wurde?«

»Stimmt. In dieser einsamen Gegend, mitten in der Nacht, müsste es ihm aufgefallen sein. Aber wir dürfen nicht vergessen, dass er drogenabhängig war. Solche Menschen handeln nicht immer rational.«

Linda will sich mit dieser zugegebenermaßen hilflos klingenden Erklärung nicht zufriedengeben. Ich auch nicht, wenn ich ehrlich bin. Denn Fakt ist nun mal, dass er am nächsten Tag wenige Kilometer entfernt ermordet worden ist. Und Fakt ist auch: Das Haus von Frau Dornbusch liegt ungefähr auf halber Strecke zwischen Lennis Wohnung und dem Unfallort.

Auf dem Rückweg springt mich ein alter Gedanke an, den ich leichtfertig verworfen habe.

»Ist es möglich, dass Lenni in der Nacht bei euch im Krankenhaus Besuch bekommen hat?«

»Nein, das wüsste ich.«

»Du könntest in einem der Zimmer gewesen sein, während der Besucher kam.«

»Dazu müsste der Besucher erst mal ins Haus kommen. Das heißt, er müsste vorne klingeln und sich anmelden. In diesem Fall hätte die Kollegin bei uns nachgefragt. Und nein, die Notaufnahme ist nachts ebenfalls geschlossen.«

13

Dienstag, 18.45 Uhr

Auf Happy Eiland angekommen, ist es bereits Viertel vor sieben. Ich gehe direkt zum Bistro von Lissy durch. Im überdachten Eingangsbereich liegt Manolo quer vor der Tür und kaut an etwas. Aus der gemütlichen Sitzecke unter dem Dach winken mir Leni und Bernd zu. Leni arbeitet als Gerichtsschreiberin und Bernd beim Katasteramt. Die beiden sind die Idealbesetzung für den Job des Schriftführers, zudem kennen sie den Niederrhein wie ihre Westentasche, radeln jede freie Minute durch die Landschaft.

»Wir haben direkt zu Abend gegessen.« Bernd schiebt die Teller zur Seite. »Uwe hat vorhin von seinen Recherchen geplaudert, scheint ja wieder ein schwieriger Fall auf uns zuzukommen.«

Das ist das Problem: Eigentlich soll die Happy-Eiland-SoKo mir zuarbeiten, Recherchen übernehmen, für die mir die Zeit fehlt, oder Nachbarn befragen. Leider sehen sie sich zusehends als private Mordkommission. Ich muss die Truppe immer wieder bremsen, damit sie nicht aus dem Ruder läuft. Katja und Rosi trudeln ein, gefolgt von Eddy und Uwe, der wissen möchte, wofür man eine Klorollen-App braucht. Berechtigte Frage, finde ich.

»Dienstag, neunzehn Uhr, SoKo Happy Eiland vollzählig erschienen«, meldet Leni und notiert das auf ihrem großen Block. Kommt selten vor, dass wir auf ihr Protokoll zurückgreifen müssen, aber Leni besteht darauf. Ich kläre die Truppe zunächst in groben Zügen über den aktuellen Ermittlungsstand auf. Bei den Ereignissen vom Nachmittag angekommen, entsteht Unruhe.

»Was wollte der da?«, will Leni wissen.

»Ich glaube, das herauszufinden, sind wir hier«, wirft Uwe ein und liegt damit goldrichtig.

»Ich denke, dass er die Dame mitten in der Nacht aus dem Bett klingelt, hat einen triftigen Grund: Es war Eile geboten. Daraus schließe ich, dass Lennart unmittelbar zuvor eine Information erhalten hat. Von wem auch immer«, folgert Bernd.

»Nicht unbedingt.«

Ich konfrontiere ihn mit der Aussage seiner Oma, der zufolge das Opfer unter Wahnvorstellungen litt, die so weit gingen, dass wahlweise der russische Geheimdienst oder die italienische Mafia hinter ihm her waren. Uwe schlägt die Hand auf den Tisch.

»Ja, klar. Und am Freitag hat er erfahren, dass Aliens auf dem Hof dieser Oma gelandet sind und es seine Aufgabe ist, die Welt zu retten. Kann es nicht sein, dass wir es mit einem komplett durchgeknallten Junkie zu tun haben? Ich meine, habt ihr euch den am Samstag mal angesehen?«

»Also ich finde, Uwe hat recht«, meldet sich Rosi zu Wort, »wir sollten die Möglichkeit in Betracht ziehen, dass Außerirdische unseren Lennart mit einer Wunderdroge getötet, ihn dann ausgezogen und auf die Straße gelegt haben. Die Klamotten liegen jetzt wahrscheinlich in irgendeiner Ecke ihres Raumschiffs.«

Uwe schnauft. Ich frage mich, ob ich die Sache mit den Wahnvorstellungen nicht lieber hätte für mich behalten sollen. Andererseits müssen wir alles in Betracht ziehen, selbst wenn es uns nicht gefällt.

»Leute, ich will damit nur sagen, dass es für den nächtlichen Besuch bei Frau Dornbusch nicht unbedingt einen logischen Hintergrund geben muss. Aber es ist nun mal Fakt, dass er am nächsten Tag nur wenige Kilometer entfernt getötet wurde. Und das höchstwahrscheinlich nicht von der Mafia oder dem russischen Geheimdienst.«

»Na, wieder in geheimen Ermittlungen?«

Lissy steht neben mir und nimmt die Bestellung auf. Nachdem sie weg ist, wirft Eddy einen Aspekt auf, dem ich bislang keine Beachtung geschenkt habe.

»Eine ausgeprägte Drogensucht will finanziert sein. Wissen wir, woher er das Geld dafür hat? Könnte es sein, dass er gedealt hat und dabei irgendeinem Clan ins Gehege gekommen ist?«

Ein Moment nachdenklicher Stille entsteht. Ich lasse die Frage eine Weile im Raum stehen und setze derweil die Liste mit Lennis Freunden, die mir Frau Brehme geschickt hat, in die WhatsApp-Gruppe »HE SoKo«. Sekunden später plingen und summen die Handys der anderen.

Ich kläre sie auf.

»Leider fehlen die meisten Adressen, vermutlich werden das auch nicht alle Kontakte sein.«

Katja blättert die Liste durch, Rosi sieht ihr über die Schultern und lacht.

»›Nicht alle‹ ist gut. Es ist nur eine vollständige Adresse angegeben, bei den anderen Namen steht maximal der Wohnort.«

»Wenn wir einen haben, bekommen wir auch die anderen heraus«, winkt Katja ab.

Eddy verteilt Schnellhefter an die fünf. »Das sind Ausdrucke der Strecken, die Lenni in den letzten acht Wochen gefahren ist. Vielleicht helfen die weiter. Ausgewertet werden müssen sie wohl auf jeden Fall.«

Er sieht mich fordernd an, und ich nicke ihm zu. Katja und Rosi wollen sich um die Befragungen im Freundeskreis kümmern. Leni und Bernd wollen versuchen, alles über den Hof am Fingerhutsweg herauszubekommen. Ich gehe der Drogengeschichte auf den Grund. Uwe will sich im Zeitungsarchiv auf die Suche nach Hintergründen begeben. Mit Blick auf Eddy sehe ich plötzlich das Mädchen mit dem Handy in der Hand vor mir.

»Versucht bitte als erstes, Lennis Handy zu bekommen. Das könnte uns enorm weiterhelfen.« Damit dürfte Eddy dann auch beschäftigt sein.

Lissy bringt die Getränke. Manolo trottet schwerfällig hinter ihr her. Wenn ich ihn nicht besser kennen würde, würde ich denken, er ist pappsatt.

»Da ist noch etwas: Lennart hat im Krankenhaus eine Nachricht bekommen und eine Adresse auf eine Serviette gekritzelt. Dort habe ich sein Auto gefunden, in einem nachts völlig verlassenen Gewerbegebiet. Besuch hatte er laut Linda nicht, sein Handy hatte er bei dem Sturz im Zelt verloren. Da er sich kurz darauf sogar ein Taxi bestellt hat, muss er irgendwie an Ersatz gekommen sein. Fragt bitte seine Freunde, ob ihm vielleicht irgendjemand sein Handy geliehen hat.«

»Woher sollte der unbekannte Anrufer dann die Nummer haben?«, will Uwe wissen.

»Das kann uns vielleicht die junge Dame sagen, die im Besitz von Lennarts Handy ist«, antworte ich, mir durchaus darüber im Klaren, wie unwahrscheinlich das alles ist. Die Blicke der anderen verraten mir, dass sie ähnlich denken.

»Dann hätten sie ihm ja gleich sein Handy zurückgeben können«, findet Rosi völlig zu Recht.

»Ja. Aber es ist nun einmal so, dass Lennart diese Adresse im Krankenhaus zugespielt wurde.«

Wir lassen den Abend locker ausklingen. Gegen zehn sitze ich mit Uwe alleine im Biergarten. Er macht Beate, Lissys Bedienung, das »Noch zwei Bier«-Zeichen und deutet auf unsere halb leeren Gläser.

»Was sagt eigentlich Julia dazu?«

»Die weiß auch nicht mehr als wir.« Ich setze das Glas an und leere es. Geht hier immer sehr flott mit den Getränken.

Uwe zieht das Handy aus der Hemdentasche und hält es ans Ohr. Ich habe gar kein Klingeln vernommen.

»Was? Hat der gesoffen? ... Nicht. ... Sicher? ... Okay, dann ruf Olaf an, der wohnt in der Nähe! Wir brauchen ein Foto. ... Natürlich Querformat. Tschüss.«

Fassungslos steckt er das Telefon wieder zurück.

»Das gibt es nicht. Da denkst du, du hast jeden Blödsinn erlebt, und dann so was.« Beate stellt zwei Halbe vor uns ab. Uwe hebt den Krug und prostet mir zu. Nach einem kräftigen Schluck atmet er tief durch.

»Richtung Uedem gehen zwei Blagen mit 'ner Kuh Gassi. Mitten auf der Straße. Sach ma, ist das normal?«

»WAS? Ich muss los!«

Ich lasse Uwe mit einem Gesichtsausdruck zurück, der meinen geistigen Gesamtzustand in Frage stellt. »Schreib's an!«, rufe ich in Beates Richtung und stehe zwölf Komma fünf Sekunden später auf der Parzelle von Lindas Eltern.

»Da hat es aber einer eilig«, bemerkt Lindas Vater süffisant. Meine Freundin sieht mich zweideutig lächelnd an.

»Los, wir haben einen Einsatz. Du musst fahren, ich habe …«

»Ein bisschen viel getrunken«, fällt sie mir ins Wort, »und ich fahre heute garantiert nirgendwo mehr hin.«

»Bitte, es geht um einen höchst brisanten Entführungsfall.«

»Das ist was anderes.« Sie zieht mich am Arm zu ihrem Auto. »Wir müssen Heike retten!«, ruft sie ihrem Vater zu.

Mit durchdrehenden Reifen verlassen wir Happy Eiland.

»Schnell«, sie deutet auf das Handschuhfach, »das Blaulicht aufs Dach.«

»Typisch. Da kümmert man sich um entlaufene Tiere, ganz wie die Geliebte es wünscht, und wird verarscht.«

»Alles prima.« Sie tätschelt meine Hand. »Gut, dass ich eine Hängerkupplung habe.«

»Was?«

»Na, irgendwie müssen wir Oppermann doch die Heike zurück…«

Ihre letzten Worte gehen in Lachen unter. Ich blättere mich durch meinen verknitterten Notizblock und reiße schließlich die Seite ab, auf die ich Heikes Nummer gekritzelt habe.

Kurz hinter der Abbiegung nach Uedemerbruch tanzt das Blaulicht eines quer auf der Straße parkenden Streifenwagens durch die Abenddämmerung. Linda bringt den Wagen einen halben Meter vor der Beifahrertür des Polizeiwagens zum Stehen. Prompt kommt einer der Beamten an die Fahrertür und klopft an die Scheibe.

»Junge Frau, wenn ein Streifenwagen quer zur Fahrtrichtung auf der Fahrbahn steht …«

»Wir sind im Einsatz«, unterbreche ich den Mann, springe aus dem Wagen und gehe schnellen Schrittes um das Verkehrshindernis.

»Halt!«, brüllt es hinter mir. »Wo wollen Sie hin?«, von vorne.

Wenige Meter vor uns steht Heike, daneben zwei bedröppelt

dreinblickende Kinder. Sie erinnern mich stark an Tommy und Annika aus den Pippi-Langstrumpf-Filmen. Der Polizist baut sich bildschirmfüllend vor mir auf. Zeit für eine Erklärung.

»Mein Name ist Lukas Born. Ich bin Privatdetektiv und mit dem Entführungsfall dieser Kuh betraut.«

Okay, ich gebe zu, es handelt sich um einen Satz, der in einem Polizistengehirn in die falsche Abteilung durchgeleitet werden könnte. Aber mich deswegen gleich amüsiert nach meinem Getränkekonsum der letzten vierundzwanzig Stunden zu fragen und ob ich Drogen nehme, geht zu weit. Finde ich.

»Hier.« Ich reiche ihm den Zettel mit Heikes Nummer. »Die gleiche dürfte sich im Öhrchen der Kuh befinden. Sie heißt übrigens Heike.«

Er lässt seinen von starken Zweifeln an meiner Zurechnungsfähigkeit geprägten Blick zum Entführungsopfer gleiten.

»Heike?«

Heike hebt sanft den Kopf und der Beamte die linke Augenbraue. Dann zottelt er los, dreht Heikes rechtes Ohr auf links und vergleicht die Zahl. Zwei Blicke auf das gelbe Plastikschild, zwei auf den Zettel, dann folgt der große Augenblick: die höchstamtliche Bestätigung.

»Scheint, dass Sie recht haben.«

»Die Kuh gehört August Oppermann.« Ich nenne ihm die Adresse. »Am besten organisieren Sie einen Viehtransporter und lassen Heike dorthin bringen.«

»NEIN!«, schreit das Mädchen aus Leibeskräften. Ein Fasanenpärchen schießt aufgeregt in die Luft, ein Hase ergreift die Flucht. »Dann wird sie geschlachtet!«

»Gibt saftige Steaks«, bemerkt der einfühlsamere der beiden Beamten, während sein Kollege die Wache damit überfordert, am späten Abend einen Viehtransporter aufzutreiben.

Linda tröstet derweil die Kinder. Ich gehe einige Schritte ins abgeerntete Kornfeld und rufe Oppermann an, um ihm die frohe Botschaft zu übermitteln.

»Watsachse?« Fetter Rülpser. »Junge, dat hasse aber fein … hasse dat.« Scheint so, dass sich Frühstückskorn auch für die

Abendstunden eignet. »Moment … muss eben die Autoschüssel … schlüssel …«

»Nein!«, schreie ich dazwischen. »Heike wird Ihnen gleich gebracht.«

»Dassschön … Tschüss.«

In Lissys Biergarten sitzt noch eine Handvoll Sommergäste im Kerzenschein unter dem kleinen Vordach. Beate räumt die Tische ab, wir machen uns auf den Heimweg.

»Ich bin stolz auf dich. Eine entführte Kuh zu finden, das schafft nicht jeder.«

Ich gebe ihr einen Klaps auf den Po, und wir verabschieden uns. Wenn Linda Frühdienst hat, schläft sie am liebsten in ihrem eigenen Bett.

Manolo kommt uns entgegen, hebt an der Nachbarparzelle noch mal kurz das Beinchen und lässt sich kurz darauf von mir den Hals kraulen.

»Hallo, Nachbar, Lust auf eine Friedenspfeife?«

Ich hatte Jo nicht bemerkt, der im Halbdunkel vor seinem äh … Wohnmobil sitzt. In der Hand einen Joint, der mich entfernt an einen Kaffeefilter erinnert. Warum nicht?

Kaum habe ich in dem Campingstuhl mit den ausgeleierten Federn Platz genommen, hält er mir die Tüte hin. Ist lange her. In der Polizeiakademie, abends hinterm Haus. Als der Ausbilder um die Ecke kam, gab's mächtig Ärger. Angeschissen hat er uns aber nicht. Ich nehme einen kräftigen Zug. Huihuihui.

»Ist da kein Tabak drin?«

Jo sieht mich entgeistert an.

»Nö. Das machen nur Leute, die sich Cola in den Whisky kippen. Mach dir keinen Kopp, das ist biologisch angebautes Gras, schädelt nicht am nächsten Tag und macht Spaß.«

Mit der Tüte in der Hand kommt mir ein Gedanke.

»Sag mal, warum werfen manche Leute Liquid Ecstasy ein, wenn das Zeugs hier so prima ist?«

Jo wackelt träge mit dem Kopf.

»Verstehe ich auch nicht. Ecstasy ist ein Teufelszeug. Ein Tropfen zu viel und es wird dunkel in der Birne. Wird am Preis liegen. Wenn du einen guten Dealer kennst, kriegst du den Trip für zwei, drei Euro. Da kann Gras nicht mithalten, Koks sowieso nicht.«

Einige kräftige Züge später finde ich, dass mein neuer Nachbar ganz in Ordnung ist, und überhaupt – ich könnte die Welt umarmen. Es dauert nicht lange, bis mein Verstand endgültig im Haschisch-Nebel versinkt und unsere Gespräche das intellektuelle Niveau einer AfD-Debatte über gute und schlechte Flüchtlinge erreichen.

14

Mittwoch, 10.40 Uhr

Ist ein blödes Gefühl, wenn der bleischwere Tiefschlaf in sanftes Schlummern übergeht und die Erkenntnis reift, die letzten vierzig Jahre verpennt zu haben. Ich muss in irgendeinem Seniorenstift vor mich hinvegetieren, mit schrumpeligen Murmeln in der Hose und einer Haut wie ein vergammelter Apfel. Ein engagierter Pfleger wäscht mir mit einem rauen Waschlappen das Gesicht ab. Erste Gedanken dringen aus den Tiefen meines Bewusstseins an die Oberfläche und wischen die Bilder weg. Schwerfällig hebe ich mein rechtes Augenlid und blicke direkt in die fordernden Augen meines Hundes, der mit der Brötchentüte um den Hals neben meinem Bett hockt, und das vermutlich schon seit Stunden. Ich ziehe Hose und Schuhe aus, befreie Manolo von der Tasche und schleppe mich unter die Dusche.

Das kalte Wasser bringt die Erinnerungen an den gestrigen Abend zurück. Ich fühle mich seltsam fit. Keine Kopfschmerzen, kein Kater, nichts. Ich streife mir das inzwischen arg verwaschene T-Shirt der Hosen mit dem skelettierten Bundesadler über, spring in die Jeans, sammle zwei leere Bierdosen vom Küchenboden und stelle den Wasserkessel auf die Platte. Manolo sitzt inzwischen aus taktischen Gründen mittig vor dem Kühlschrank. Ich reiße ein Brötchen auseinander, klatsche eine Portion Leberwurst drauf und werfe ihm das Ganze ins Maul.

Mit einem Pott Kaffee setze ich mich an den Küchentisch, vor mir Eddys Kladde mit den Orten, die Lenni in den letzten acht Wochen besucht hat. In den ersten beiden Wochen ist ein halbes Dutzend Mal die Route Xanten–Elten ausgedruckt. Maren wohnte dort, fällt mir ein und auch, dass die beiden sich schon Monate vorher getrennt hatten. Hat er sie tatsächlich gestalkt? Scheint so.

Viermal war er in diesen acht Wochen in Arnheim, notiere

ich in die nächste Zeile. Bestimmt nicht, um Käse einzukaufen. Der vergrößerte Kartenausschnitt darunter zeigt, dass er seinen Wagen auf einem großen Parkplatz in der City abgestellt hat. Dürfte also schwer bis unmöglich werden, herauszufinden, wo und vor allem welche Mengen Ecstasy er dort gekauft hat. Genau das ist aber die entscheidende Frage: Hat Lenni im großen Stil gedealt und ist damit Leuten in die Quere gekommen, die keinen Spaß verstehen, oder nicht?

Ich blättere weiter in dem Ordner, auf der Suche nach Auffälligkeiten. Immer wieder tauchen Fahrten nach Wesel auf. Ich vergleiche die Längen der Routen. Bis auf zwei Ausnahmen immer exakt sechsunddreißig Komma drei Kilometer und immer zum Evangelischen Krankenhaus. Ich finde mein Handy nach einer zwanzigminütigen Suche im Gemüsefach des Kühlschranks, neben drei Dosen Bier. Auweia, was für ein Abend. Marlies Brehme nimmt das Gespräch nach dem zweiten Freizeichen an.

»Frau Brehme, eine Frage: War Lenni krank?«

»Nicht dass ich wüsste, warum möchten Sie das wissen?«

»Er ist in letzter Zeit häufig zum Evangelischen Krankenhaus nach Wesel gefahren.«

»Warum das? Selbst wenn, wir haben in Emmerich ein Krankenhaus ganz in der Nähe, und in Xanten ist doch auch eines. Ich verstehe das nicht.«

Ich auch nicht, denke ich und bedanke mich freundlich bei meiner Klientin, nicht ohne ihr vorher mitzuteilen, dass sich meine Ermittlungen auf einem guten Weg befinden. Na ja, zumindest in die Richtung gehen.

»Das ist gut. Ich … wollte Sie auch gerade anrufen. Lenni wird am Samstag beerdigt. Ich habe Ihnen eine Karte schicken lassen, da steht alles drauf.«

Wie weiter vorgehen? Ins Evangelische Krankenhaus marschieren mit der Frage auf den Lippen, ob dort ein gewisser Lennart Brehme in Behandlung war, kann ich mir schenken. *Datenschutz, Sie verstehen?* Erspart viel Sucherei. Mit Lennis Bild dort hausieren zu gehen überlasse ich meiner SoKo, das dürfte ziemlich gefahrlos sein. In meine Überlegungen platzt der Anruf von August Oppermann. Den hatte ich völlig vergessen.

»Ich wollte nur Bescheid geben, dass Heike quietschvergnügt auf der Weide steht. Die haben sie mir gestern Abend noch gebracht.«

»Prima. Hat man Ihnen gesagt, wer die beiden sind, die Heike entführt haben, und warum?«

Oppermann lacht vergnügt.

»Laura und Julian, Freunde von meinen Enkeltöchtern Sofie und Anna. Die sitzen übrigens gerade alle vier in der Küche und trinken Kakao.«

»Sie bieten dreisten Entführern Kakao an?«

Oppermann kichert. Er scheint Gefallen an dem Gespräch zu finden.

»Ja … war ja eigentlich alles meine Schuld. Ich habe Sofie und Anna damit gedroht, Heike zum Schlachthof zu bringen, wenn sie sich nicht mal langsam um die Hausaufgaben kümmern. War natürlich Quatsch, aber die haben das geglaubt, es ihren Freunden erzählt und … na ja.«

»Tja, dann mache ich mal die Rechnung fertig.«

Vor dem Verfassen der Rechnung sehe ich mir das bittere Ende meines aktuellen Kontoauszugs an. Der dicke Balken, gefolgt von einer vierstelligen Zahl vor dem Komma, befeuert die Phantasie ungemein.

Dreiunddreißig Stunden konzentrierte Observation, der Einsatz eines auf entlaufene Kühe spezialisierten Suchhundes, kriminaltechnische Auswertungen und Abgleiche von Rinderklauen sowie eine umfangreiche, kilometerfressende Umfeldermittlung bilden eine Endsumme, die dafür sorgen dürfte, dass der Bankautomat meine Karte mal nicht einbehält. Eingetütet, Marke drauf und ab geht die Post.

Eddys Verdacht, Lenni könnte einem Drogenkartell in die Quere gekommen sein, plätschert immer noch wie ein Rinnsal durch meinen Verstand. Es gibt Junkies, die auf diese Weise ihre Sucht finanzieren. Aber in großem, Stress verursachendem Stil, das kann ich mir bei Lenni nicht vorstellen, dafür kam der mir viel zu hibbelig vor. Immerhin war er gerade erst wegen Drogenhandels zu einer Bewährungsstrafe verurteilt worden, mahnt mich eine innere Stimme. Dann frage ich mich allerdings, was er mit diesem Ecstasy-Zeug angesichts von Preisen um die drei Euro pro Trip verdienen wollte. Das muss mir ein Fachmann verraten. Ich habe auch schon eine Idee, wer das sein könnte.

Meine Kontakte zur Polizei werden von Jahr zu Jahr dünner. Viele sind inzwischen in Pension, andere sind nach meiner Zeit eingestellt worden, und nicht ganz so viele haben mich noch nie gemocht. Bei Siggi Krings trifft nichts von alledem zu. Wir besuchen seit zwanzig Jahren immer mal wieder gemeinsam Heimspiele der Gladbacher Borussia. Er lebt in Rumeln-Kaldenhausen, praktisch auf dem Weg zum Stadion. Heute besuche ich ihn zum ersten Mal in seinem Duisburger Büro. Siggi ist einer der erfolgreichsten Drogenfahnder des Landes.

»Kaffee?« Ich habe mein Kommen vorher angekündigt. Wir setzen uns an den Besuchertisch. In der Ecke steht ein Kübel mit einer Pflanze, die mir bekannt vorkommt.

»Hanf. Nutzhanf«, schiebt er hinterher. Humor hatte unser Siggi immer schon. Nach einem ausführlichen Gespräch über Zu- und Abgänge zur neuen Saison, unsere Titelchancen und die Frage, ob der ewige Jantschke noch eine Saison dranhängt, komme ich zur Sache.

»Mein Kunde stand auf Liquid Ecstasy, in seiner Wohnung habe ich einen ganzen Schuhkarton voll mit dem Zeug gefunden. Ich frage mich, wie der das als Hartzer finanziert hat. Kann es sein, dass er damit gedealt hat? Würde sich das lohnen?«

Siggi lehnt sich entspannt zurück, reibt mit der flachen Hand über den Dreitagebart, der sein hageres Gesicht noch schmaler wirken lässt. Aus dem linken Ärmel seines olivgrünen Shirts ragt die untere Hälfte der Gladbach-Raute. Er hatte sich das Tattoo nach dem Abstieg 2007 in einer Mischung aus Enttäuschung und Trotz in den Oberarm stechen lassen.

»Also zunächst mal: Liquid Ecstasy ist nur eine andere Bezeichnung für GHB, Gamma-Hydroxybuttersäure …«

»K.-o.-Tropfen«, werfe ich ein.

»Das ist ein Verwendungszweck, ja. Unter dem Label Liquid Ecstasy ist die Substanz megaangesagt in der Partyszene. Geringe Mengen führen zu Euphorie, völliger Enthemmung und sexueller Stimulation. Aber genau da liegt der Haken: ein bis zwei Tropfen zu viel und das war's. Deshalb verteilen viele Clubs an der Theke Plastikpipetten mit ablesbaren Skalen.«

Ich muss zugeben, dass ich absolut nicht mehr auf dem Laufenden bin. Wenigstens kann ich mir jetzt sehr gut vorstellen, warum die Junkies den Alkohol weglassen. Aber …

»Warum unterstützen die Wirte das?«

Siggi hebt hilflos die Arme.

»Laufend ein Leichenwagen vor der Tür verdirbt das Geschäft.«

»Das macht eine Razzia aber auch.«

Das Telefon meldet sich. Siggi verspricht einen Rückruf.

»Eine Razzia bringt gar nichts.« Aus seinen Worten klingt Hilflosigkeit. »GHB fällt unter das Betäubungsmittelgesetz, ist somit illegal. Aber … sagt dir ›GBL‹ etwas?«

»Nein.«

»Das ist ein Lösungsmittel, wird unter anderem bei der Fassadenreinigung eingesetzt. Damit lassen sich Graffitis sehr gut entfernen. GBL ist völlig legal und im Internet billig zu bekommen. Der Clou: Nach der Einnahme wandelt der Körper das legale GBL in das illegale GHB um. Geld lässt sich mit Liquid Ecstasy also nicht verdienen, um deine Frage zu beantworten.«

Ein Schuss in den Ofen also.

»Was sagt dein Kunde, woher er die Kohle hat?«

»Nichts mehr.« Ich kläre Siggi ausführlich über den Fall auf, in seiner Mimik erkenne ich Zweifel. Plötzlich fällt mir etwas auf. »Der Mörder hätte ihm nur zwei, drei Tropfen mehr ins Glas zu kippen brauchen und …«

Siggi winkt ab. »Die Konzentration lässt sich in den Haaren oder im Urin nachweisen. Wie gesagt: Die Konsumenten sind sehr penibel. Ohne Alkohol im Blut würden bei mir als Ermittler alle Alarmglocken läuten. Bei eins Komma eins Promille würde ich das für einen astreinen Unfall halten. Aber wenn du sagst, dass er nichts getrunken hat … hm.«

Scheint so, als wäre ich auf der falschen Spur unterwegs. Einen Versuch war es wert, alleine für das Schwätzchen mit Siggi.

»Wie heißt denn dein Kunde? Vielleicht habe ich was über ihn.«

»Garantiert, er hat 'ne Vorstrafe. Lennart Brehme.«

Siggi zieht die Finger tatenlos von der Tastatur.

»Der Lenni. Wir haben ihn vor einem guten halben Jahr hopsgenommen, ich erinnere mich. Mit fünfzig Gramm Cannabis in den Taschen.«

»Jagt ihr jetzt schon die kleinen Fische?«

Siggi lacht.

»Nee, wir gehen nach wie vor auf die Großen. Lenni war ein Beifang. Wir haben eine Plantage in der Nähe von Emmerich hochgehen lassen, und der lief da gerade mit 'nem Einkaufswagen durch.«

Lenni und Gras, das passt nicht. Viel zu teuer auf Dauer. Andererseits …

»Wie ist denn da so die Gewinnspanne?«

Siggi stülpt die Lippen vor.

»Hm … wenn du den Gärtner gut kennst, sind drei bis vier Euro das Gramm drin. Mit Mengenrabatt vielleicht mehr. Lenni hat dort einmal die Woche eingekauft.«

Zweihundert bis zweihundertfünfzig Gramm Gras im Monat. Das dürfte selbst Nachbar Jo an seine Grenzen führen.

»Bisschen viel für den Eigenbedarf, oder?«

»Vermutlich. Aber für die Organisierten ist das Kleinkram. Mit den paar Gramm pinkelst du keinem so heftig ans Bein, dass er dir die Kerze ausbläst. Meine Kunden kriegst du unter fünf Kilo gar nicht erst aus dem Sessel. Wenn die Kleindealer denen mal auf den Senkel gehen, schicken sie einen Schlägertrupp los, und schon laufen die Geschäfte wieder.«

Eddys Ansatz kann man vergessen. Mit einer Verabredung zum nächsten Heimspiel verabschiede ich mich von Siggi.

15

Mittwoch, 14.20 Uhr

Wenn es einmal nicht läuft, dann läuft es nicht. Ich schleiche mit Emma durch Duisburgs verkehrsberuhigte Zone mit der irreführenden Bezeichnung »Autobahn 40«, als Rosi mir mitteilt, die Freundin Lennis ausfindig gemacht zu haben, die dessen Handy in Obhut hatte. Die Betonung liegt auf »hatte«, denn besagtes Handy wurde von Julias Leuten schon am nächsten Morgen zwecks kriminaltechnischer Untersuchung einkassiert.

Über Rampen mit einer hanebüchenen Neigung und durch abenteuerlich tiefe Spurrillen passiere ich gefühlte zwei Stunden später die Rheinbrücke. Nervös aufflackernde Scheinwerfer hinter mir deuten an, dass die Strecke ab hier frei sein wird. Ich ziehe rechts rüber und trete das Gaspedal durch. Mit dem Elan eines Minutenzeigers kriecht die Tachonadel dem dreistelligen Bereich entgegen.

Irgendwo aus den Tiefen meines Bewusstseins nähert sich eine mächtige Frustwelle. Die Umstände, unter denen Lenni ums Leben gekommen ist, sind gelinde gesagt merkwürdig. Ach was, er wurde ermordet, schreit es aus meinem Bauch. Ja. Klar. Nur dass sich diese für mich unverrückbar feste Überzeugung geschlagene drei Tage tief in meinem Inneren festgesetzt hat, ohne dass ich in dieser Zeit auch nur den winzigsten, den minimalsten einen Funken Hoffnung versprechenden Schritt weitergekommen bin. Der Fall kommt mir vor wie eine Bowlingkugel ohne Löcher, er lässt sich einfach nicht greifen. Es braucht einen anderen Ansatz, so viel ist mal klar. Mehr leider nicht.

Ich rufe mir die Bilder aus Lennis Wohnung ins Bewusstsein. Die kleinen Fläschchen unter seinem Bett schiebe ich nach dem Gespräch mit Siggi zur Seite. Was bleibt übrig? Ein Mausoleum, wie für oder durch einen manisch-depressiven Menschen geschaffen. Ich sehe das Bett vor mir, würge den prompt aufkeimenden

Ekel runter. Das Foto taucht vor mir auf. Maren im Bikini, darauf der Satz, dem ich bislang zu wenig Beachtung geschenkt habe: »Ich werde dich finden!!!!!«

Sie hat sich von ihm getrennt, er konnte sich nicht damit abfinden, hat sie verfolgt. Völlig egal, wie seine Chancen standen, steht dabei eines außer Frage: Lenni war felsenfest davon überzeugt, dass Maren van Tossens noch lebte.

In meine Überlegungen platzt das Lied der Elf vom Niederrhein. Das Display zeigt ein vertrautes Gesicht.

»Kannst du bitte herkommen und Bastian nach Hause bringen?« Julia klingt besorgt.

»Was ist mit ihm?«, frage ich eine Spur zu laut.

»Man hat ihn verprügelt. Er kommt gerade aus dem Krankenhaus, die Lippe musste genäht werden.«

Scheiße.

»Waren es die Typen aus der Oberstufe?«

»Ja. Dem Direktor haben sie erklärt, Bastian habe angefangen. Er streitet das ab und will die Schule nie mehr betreten. Verdammt, was machen wir denn jetzt?«

»Ich kümmere mich.«

Am Moerser Kreuz wechsele ich auf die Autobahn 57 Richtung Krefeld. Ich trete aufs Gaspedal, bis sich im Bodenblech eine Beule bildet. Nutzt nichts, Emma will sich von meiner Hektik partout nicht anstecken lassen.

Irgendwann gegen Ende des Monats erreiche ich das Gymnasium. In fünf Minuten ist Schulschluss. Ich hatte mich deshalb kurzfristig dazu entschlossen, ein ... ähm ... sachdienliches Gespräch mit diesen Typen zu führen.

An der Talstraße finde ich eine freie Lücke. Als ich aussteige, ertönt eine Glocke. Sekunden später, ich befinde mich am Rand des Schulhofes, strömt mir eine ganze Schülerschar entgegen. In der Hoffnung, dass meine Gesprächspartner nicht die letzte Stunde geschwänzt haben, lasse ich meine Augen durch die Menge wandern. Nach wenigen Minuten versiegt der Strom.

Mist.

Ich bin im Begriff, umzudrehen, da fallen mir drei Typen auf, die eine Abkürzung durch eine kleinere Grünanlage am Rand des Pausenhofs nehmen wollen. Ich renne um ein Nebengebäude herum und laufe ihnen Sekunden später direkt entgegen. Der größte der drei trägt ein Shirt mit einem Schwarz-Weiß-Porträt von David Bowie. Ich erkenne ihn sofort wieder. Eineinhalb Meter vor mir bleibt er stehen und mustert mich. Seine Begleiter postieren sich breitschultrig neben ihm.

»Ist das nicht der Alte vom Schisser?«, möchte der Linke wissen.

»Schätze, ja«, antwortet Bowie betont cool, den Blick auf mich gerichtet.

»Haben wir ein Problem, Alter?«

Ich spüre, wie die Wut langsam meine Speiseröhre hochkriecht und einen säuerlichen Geschmack mit sich bringt.

»Haben wir. Und das werden wir jetzt und hier lösen«, fauche ich ihn an.

Seine rechte Hand gleitet in die Tasche seiner Jeans. Als sie wieder zum Vorschein kommt, ertönt ein kurzes »Pling«. Mit dem Springmesser im angewinkelten Arm kommt er einen halben Schritt näher.

»Da bin ich aber gespannt«, raunt er. Seine Kumpel grinsen hämisch.

Mir reicht es. Ich neige meinen Kopf einige Grade zur Seite, werfe einen auffälligen Blick über Bowies linke Schulter und rufe mit einiger Erleichterung in der Stimme: »Da seid ihr ja endlich!«

Reflexartig dreht er den Kopf. Für eine halbe Sekunde nur. Dann dreht er ihn wieder zurück und sieht meine Faust, die ihm mit der Wucht einer Abrissbirne ins Gesicht donnert und das hässliche Geräusch eines zersplitternden Nasenbeins nach sich zieht. Seine Freunde springen einen Schritt zur Seite. Bowie bleibt einen kurzen Moment geschockt stehen, seine Lippen beben. Dann schießt der ausgestreckte Arm mit dem Messer voran auf meinen Hals zu. Ich weiche im letzten Augenblick aus, greife den Arm, ducke mich und schleudere ihn im hohen Bogen mit dem Rücken auf den Boden. Weil ich damit rechne, dass seine Freunde ihm zu Hilfe eilen, springe ich instinktiv mit einer halben Umdrehung zur Seite. Die beiden wirken völlig konsterniert. Eine kleine, schnelle Bewegung in ihre Richtung reicht, sie ergreifen die Flucht.

Bowie windet sich mit schmerzverzerrtem Gesicht und blutender Nase auf dem Boden. Gute Gelegenheit für das angedachte Gespräch.

»Hör gut zu: Du wirst morgen bis spätestens zwölf Uhr alles, was du meinem Sohn gestohlen hast, inklusive des Bargelds, im Lehrerzimmer abgeben. Hast du das verstanden?«

Er röchelt nur gequält. Kann daran liegen, dass mein rechter Fuß auf seinen Kehlkopf drückt. Ich nehme ihn weg, woraufhin er sich langsam und von leichtem Stöhnen begleitet hochmüht. Nachdem er endlich steht, trete ich dicht an ihn heran, drehe sein rechtes Ohr nach hinten und flüstere hinein.

»Wenn du meinen Sohn noch einmal anrührst oder nur in seine Nähe kommst, mache ich dich fertig. Verstanden?«

Er nuschelt irgendwas. Das Öhrchen eine Viertelumdrehung weitergekurbelt, ertönt ein klares und deutliches »JA«.

Kaum losgelassen, ergreift er mehr stolpernd als gehend die Flucht. Vor mir auf dem Rasen liegt sein Messer. Mit einem Papiertaschentuch hebe ich es hoch und sehe es mir an. Beidseitig geschliffene Klinge, gut zehn Zentimeter lang und somit in Deutschland verboten.

Am Eingang zur Schule befindet sich ein Hundebeutelspender. Ich ziehe eine Tüte heraus und verstaue das Messer darin.

Zehn Minuten später betrete ich Julias Büro. Bastian sitzt auf einem Besucherstuhl und lutscht ein Eis. Ich lege meinen Arm um seine Schulter.

»Alles okay, Großer?«

Er stülpt die Lippen vor, um mir die Narbe zu zeigen.

»Ich fahre dich gleich nach Hause.«

»Warum hat das so lange gedauert?«, will Julia wissen. Ich lege den Hundebeutel auf den Tisch.

»Ich hatte ein Gespräch mit den Jungs, die ihm das angetan haben.«

Mit spitzen Fingern zieht Julia das Messer aus dem Beutel und zuckt bei dem Anblick.

»Das geht in die KTU«, beschließt sie und sieht unvermittelt hoch, »das hat der Besitzer dir sicherlich nicht freiwillig gegeben.«

»Ich habe ihn überredet …«

Sie schickt einen Blick zur Decke.

Gute Gelegenheit, das Thema zu wechseln. »Wo ich einmal hier bin. Wie weit seid ihr im Fall Brehme?«

Sie lässt einen Seufzer der Sorte »Du nervst« erklingen.

»Es gibt keinen Fall Brehme mehr.«

»Sag das noch mal.«

»Das Auto hat nichts hergegeben, sein Handy ebenfalls nicht, und auch in seiner Wohnung haben unsere Leute keine Anzeichen für ein Fremdverschulden gefunden. Und frage mich jetzt bitte nicht nach seiner Kleidung. Der Typ ist einige Male dadurch aufgefallen, nackt durch die Gegend zu laufen. Dazu haben wir die Aussage seines Arztes, nach der eine schwere Persönlichkeitsstörung vorliegt. Plus eine Vorstrafe …«

»Wegen ein paar Gramm Gras, ich weiß«, falle ich ihr ins Wort.

Julia stößt ihren Atem hart aus. »Nenne mir *ein* Indiz für ein Fremdverschulden.«

Wenn ich das nur hätte. Ich erspare mir, ihr von dem nächtlichen Besuch bei Frau Dornbusch zu erzählen. Meine Gattin ist an einem Punkt angekommen, an dem sie nicht mehr zugänglich ist für die kleinen, vagen Anhaltspunkte, die erst in einem größeren Kontext Sinn ergeben.

Könnten, muss man anfügen, wenn man so frustriert ist wie ich im Moment.

»Okay. Dürfte ich unter diesen Umständen sein Handy mitnehmen?«

Sie schüttelt den Kopf. Kann mir denken, was jetzt kommt.

»Es sei denn, du hättest eine Vollmacht von Frau Brehme dabei.«

»Komm schon. Ich bring Bastian nach Hause; bis ich dann in

Grieth die Vollmacht geholt habe und wieder hier bin, habt ihr geschlossen.«

Zwanzig Minuten später lege ich Lennis Handy ins Handschuhfach und bringe Bastian nach Hause.

16

Mittwoch, 18.04 Uhr

Manolo liegt neben mir auf dem Rasen und knabbert zufrieden an dem Rest meines Eisbeins. Die anderen beiden Knochen packt meine Freundin mit dem restlichen Kartoffelpüree in eine Schüssel. Beim Sauerkraut lege ich ein Veto ein. Nachdem mein Hund das letzte Mal Sauerkraut gegessen hat, konnte ich mein Mobilheim zwei Tage lang nicht ohne schweres Atemgerät betreten.

Im Anschluss begleitet mich Linda bei einer kleinen Runde mit Manolo. Ich erzähle ihr, was mit Bastian passiert ist und von meinem Besuch in der Schule. Sie sieht mich entsetzt an.

»Das mit Bastian ist schrecklich, aber …«, sie bleibt stehen, legt die Stirn in Falten, »du verprügelst ein Kind?«

Ich spüre eine leise Wut aufsteigen.

»Das Kind ist neunzehn Jahre alt und mit einem Springmesser auf mich losgegangen. Ein Erpresser und Hehler!«

»Und ein erfahrener Ex-Polizist kann das nicht anders lösen als mit der Faust. Verstehe.«

»Ich hätte ihn zum Tee einladen können.«

Sie schüttelt verständnislos den Kopf. Das ist genau das, was ich jetzt brauche. Für eine Sekunde denke ich darüber nach, ob ich die Situation hätte deeskalieren können. Ja, lautet die Antwort. Bastian würde diesen Schulhof nie mehr betreten, die vermutliche Konsequenz.

»Das Messer hatte eine beidseitig geschliffene Klinge. Linda, das ist kein spätpubertärer Junge, der mal Scheiße baut. Bastians Lippe musste genäht werden, weil er ihm nicht genug Geld geben konnte. Die Lehrer sind ohnmächtig, und für eine Strafanzeige fehlt es an Beweisen.«

»Vermutlich hast du recht«, antwortet Linda. »Vielleicht liegt es daran, dass der Vermieter gewaltbereite Männer ablehnt.«

Sie hebt ein Stöckchen auf und schmeißt es weit in das angrenzende Feld. Manolo spurtet sofort los.

»In Sonsbeck soll es übrigens ein Gebrauchtmöbelhaus geben.«

»Kann sein.« Worauf will sie jetzt hinaus? Plötzlich ergreift mich eine unangenehme Ahnung.

»Ich meine, für so ein Haus dürften unsere Möbel kaum reichen, und alles neu kaufen ist nicht drin.«

Ich hatte das Thema in die hinterste Ecke meines Gehirns geschoben. Dort, wo es stockdunkel ist, wo nur höchst selten mal ein Gedanke herkommt. Jetzt ist es wieder da und rutscht direkt durch in den Magen, um ein unangenehmes Ziehen hervorzurufen.

»Nächsten Mittwoch um elf haben wir übrigens den Termin mit dem Makler«, setzt Linda noch einen drauf.

»Ja«, antworte ich gequält. »Wie hoch ist eigentlich die Miete?«

»Achthundertfünfzig kalt.«

»Linda, das sind mit allem Drum und Dran über tausend Euro im Monat …«

»Ich bekomme ab nächsten Monat fünf Stunden in der Woche dazu. Damit reicht es.«

Von der Hoffnung auf ein drittes Eisbein erfüllt, begleitet Manolo Linda auf ihre Parzelle. Bis zur SoKo-Sitzung bleibt noch Zeit für einen Besuch meines Kriminaltechnikers, stelle ich fest.

Auf dem Weg zu Eddy erreicht mich der Anruf von Julia. Nanu, um diese Zeit noch im Büro?

»Sag mal, bist du jetzt völlig durchgeknallt?«, blafft sie mich unter Verzicht langatmiger Begrüßungsfloskeln an.

»Völlig würde ich nicht …«

»Du wolltest Bastian helfen, stattdessen schlägst du einen Schüler brutal zusammen. Bist du vollkommen bescheuert?«

Jetzt fängt die auch noch an. Mir reicht es langsam.

»Er ist mit einem …«

»Ich habe eine Strafanzeige wegen schwerer Körperverletzung gegen dich vorliegen«, würgt sie mich ab.

»Wie bitte? Das war Notwehr! Und wieso schwere Körperverletzung?«

»Laut einem beigefügten ärztlichen Attest ist sein Hörvermögen auf dem rechten Ohr stark eingeschränkt. Sollte das stimmen, hast du ein Problem.«

»WAS? Ich habe nur mal kurz dran gedreht und reingeflüstert! Der spinnt doch!«

Schwere Körperverletzung heißt mindestens eine Bewährungsstrafe plus Schmerzensgeld, Geldstrafe, Gerichts- und Anwaltskosten …

»Es war Notwehr, verdammt noch mal!«

Für einen Moment wird es still.

»Auf dem Messer befinden sich tatsächlich die Fingerabdrücke seines Sohnes. Er streitet allerdings ab, dich damit bedroht zu haben. Ich habe die beiden Zeugen, die er benannt hat, vorgeladen. Wir werden sie in die Mangel nehmen. Trotzdem: Besorge dir einen verdammt guten Anwalt.«

Aufgelegt.

Dieser blöde Mistkerl.

Einen verdammt guten Anwalt.

Ich kenne keinen, der es in der Vergangenheit mit Herrn Dr. Dr. Koch aufgenommen hat, ohne sich eine blutige Nase einzufangen. Es muss einen anderen Weg geben.

Ich atme dreimal bis zum Bauchnabel durch, bevor ich Eddys Reich betrete. Er ist in seinem Rechenzentrum, artgerechte Haltung nennt man das wohl. Wortlos lege ich Lennis Handy neben die Tastatur. Er gönnt mir einen matten Blick.

»Hast du dafür ein Adapterkabel?«

Klar hat er. Ich sehe mir nur so gerne sein blödes Gesicht an.

»Hat noch genug Saft«, stellt er nach einem kurzen Wischer über das Display fest.

»Was ist damit?«

Ich deute auf ein Quadrat mit neun weißen Punkten. Eddy kramt ein Kabel aus der Schublade. Einmal an den Computer angeschlossen, hält er sich nicht viel länger mit dem Entsperrcode auf als Manolo mit einer Frikadelle. Einige flinke Eingaben später taucht die Dateistruktur des Handys auf dem großen Monitor vor uns auf. Eddy überfliegt die Liste.

»Und?«

»Hm ... da ist keine App von mir drauf.«

Eddy hat seine ganz persönlichen Prioritäten. Ich erinnere ihn an den eigentlichen Grund meines Ansinnens.

»Vielleicht komme ich an die GPS-Daten. Ich könnte dann auf jeden Fall rausfinden, wo das Handy in den letzten vier Wochen eingeloggt war. So lange werden diese Daten mindestens gespeichert.«

Eddy öffnet das Mailprogramm. Im Eingangsordner befinden sich vier Nachrichten, die sich alle mit dem Konzert am Samstag beschäftigen. Am Sonntagmorgen, neun Uhr zwanzig, fragt eine Alina: »Wo steckst du?« Im Ausgangsordner befinden sich fünfzig Mails, neunundvierzig davon gingen an Maren. Jeden Tag eine, der Inhalt immer der gleiche: »Bitte melde dich.« Die letzte stammt vom letzten Samstag, neunzehn Uhr fünf.

»Soll Leute geben, die ihr Handy als Telefon nutzen. Wollen doch mal sehen, ob unser Lenni auch so einer war.« Sekunden später öffnet sich die Liste mit den ein- und ausgehenden Anrufen.

»Wir müssen rausfinden, wem die Nummern gehören«, erkläre ich. Eddy kopiert die Telefonate der letzten sechs Wochen in eine Datei und druckt sie aus.

»Kannst du mal den Ordner mit den Fotos öffnen?«

Wenige Sekunden später füllt sich der Monitor mit daumennagelgroßen Bildern. Eddy klickt eines an, und es breitet sich bildschirmfüllend aus. Ich nehme die Maus und streife durch den Ordner. Inhaltlich gleicht er dem Mailordner. Maren lässig im Sessel, Kuscheldecke bis ans Kinn gezogen, Maren auf einer Bank am Rhein, Maren im Bikini am Baggersee, Maren in verführerischen Dessous. Auf dem nächsten Foto trägt sie bunte Wollstrümpfe. Nur bunte Wollstrümpfe. Oh, là, là. Ich sehe mir die Aufnahme – aus rein beruflichem Interesse, versteht sich – genauer an. Eddy rückt unauffällig näher.

»Schöne Strümpfe«, stellt er fest.

Ich nicke.

»Damit würde sie es auf das Titelbild des Playboys schaffen«, konstatiert er.

Nicht nur dorthin, denke ich.

»Was hatte dieser Lenni, das wir nicht haben?«, nuschelt Eddy.

Ich rufe mir sein Bild ins Gedächtnis. Ausgemergeltes, vom Leben gezeichnetes Gesicht, schlaksiger Körper, ungepflegtes Äußeres. Wäre Lenni ein Auto, würde sich maximal der Schrotthändler für ihn interessieren, und auch das nur äußerst verhalten. Dazu war er mindestens so pleite wie ich.

Kann Liebe all das ausgleichen? Einige Tage vielleicht oder Wochen. Irgendwann zogen Amors rosa Wolken weiter, Maren erkannte die ernüchternde Realität und trennte sich von ihm. So in etwa muss es gewesen sein. Dass Lenni ihr bis zum Tod nachtrauerte, kann ich nach einem zweiten prüfenden Blick auf das Foto durchaus nachvollziehen.

»Merkwürdig.« Eddy hangelt sich erneut durch die Dateistruktur des Handyspeichers. »Der ist in keinem sozialen Netzwerk unterwegs. Kein WhatsApp, kein Twitter, kein Facebook, nichts.«

»Soll es geben«, antworte ich gelangweilt.

»Ja, bei Achtzigjährigen. Zeig mir einen Zweiundzwanzigjährigen, der über E-Mails mit seinen Freunden kommuniziert. Egal. Komm, wir müssen.« Eddy runzelt die Stirn. »Die SoKo-Sitzung beginnt in sechs Minuten.«

Bei immer noch angenehmen siebenundzwanzig Grad erwartet mich meine Crew an zwei zusammengeschobenen Tischen unter dem Vordach.

»Mittwoch, achtzehn Uhr neunundfünfzig, SoKo Happy Eiland vollständig erschienen«, stellt Leni fest und notiert es sogleich im Protokoll.

Ich erzähle von meinem Besuch bei Siggi und der daraus resultierenden Erkenntnis, dass Eddys Ansatz ersatzlos gestrichen werden kann.

»Lennarts Handy habe ich inzwischen. Eddy wertet das gerade aus.«

Ich weiß nicht, wann und wie, aber Eddy hat die Daten auf sein Handy übertragen und öffnet den Ordner mit den Bildern.

»Fast nur Aufnahmen von Maren. Hier«, er reicht das Gerät an Uwe weiter, »könnt ihr euch mal ansehen.«

Ich nutze die kleine Unterbrechung und lege die Ausdrucke der Telefongespräche auf den Tisch.

»Das sind alle Telefonate, die in den letzten sechs Wochen von Lennarts Handy geführt wurden. Wäre schön, wenn wir die Nummern zuordnen könnten.«

Rosi schnappt sich die Ausdrucke, faltet sie zweimal und muss sich strecken, um sie in ihre Hosentasche zu schieben.

»Mir ist bei den Routen was aufgefallen.« Katja blättert in einem Notizblock. »Lennart ist insgesamt achtmal zum Evangelischen Krankenhaus nach Wesel gefahren.«

»Ja«, bestätigt Bernd, »das hat mich auch gewundert. Was hatte er denn?«

Die Frage richtet sich an mich. Ich erzähle, dass seine Oma sich keinen Reim darauf machen kann.

»Wäre schön, wenn zwei von euch sich dort mal umhören. Fotos von ihm habe ich euch geschickt.«

Katja und Rosi wollen diesen Part übernehmen.

»Wir haben vier Leute aus seiner Clique besucht«, fährt Rosi fort. »Sie beschreiben Lennart als einen empathischen, ehrlichen und zuverlässigen Freund. Keiner kann sich vorstellen, dass er Feinde hatte.«

»Marens Vater soll damit gedroht haben, ihn umzubringen«, merke ich an.

»Damit haben wir sie konfrontiert. Niemand wusste etwas davon, sie waren ziemlich geschockt, als sie das gehört haben«, erklärt Katja.

Beim Anblick von Uwe kommt mir meine Oma in den Sinn. Sie litt unter einem grauen Star, konnte kaum was sehen. Um die Zeitung zu lesen, nutzte sie eine große runde Lupe. So ähnlich sehen seine Augen gerade aus.

»Schöne Strümpfe, oder?«, rufe ich in seine Richtung.

Uwe zuckt zusammen. »Was? Ja … ähm«, stottert er, wischt

einige Male über das Display, als wollte er Beweise vernichten, und reicht Leni das Handy. Lissy bringt ein Tablett voller Getränke an unseren Tisch. Uwe zeigt auf seinen Deckel.

»Ich frage mich, wie dieser Junkie an so eine Braut kommt«, bemerkt er, um einen sachlichen Unterton bemüht. Ich reiche die Frage an Katja und Rosi weiter.

»Das haben wir gestern auch gehört. Maren könne jeden haben, hieß es, immer in Verbindung mit der höflichen Floskel, dass der Lennart ja ein ganz Netter sei. Aber irgendwie hat dann doch jeder die Trennung erwartet. Den besten Draht zu ihm scheint übrigens Alina Weber gehabt zu haben. Sie hatte auch das Handy. Diese Alina glaubt, der Grund für die Trennung sei gewesen, dass Lennart seiner Freundin kaum Luft zum Atmen ließ.«

»Kann ich mir gut vorstellen. Der hat sie ja bis zu seinem Tod verfolgt.«

Uwes Logik klingt plausibel.

»Ich weiß nicht.« Leni wirkt nachdenklich. »Ein paar Wochen Liebeskummer, ja, okay. Aber irgendwann muss er sich doch damit abgefunden haben. Zumal ihm klar geworden sein dürfte, dass er auf diese Weise nichts erreicht. Vor allem dann nicht, wenn diese Alina recht hat mit dem Grund für die Trennung. Wir müssen mehr über seine Freundin herausfinden. Was ist mit der Polizei? Ich meine, sie ist immerhin als vermisst gemeldet.«

»Sie ist ein erwachsener Mensch, kann tun und lassen, was sie will.«

Ich erinnere mich an meine Anfangszeit, in der ich mich mit genau solchen Fällen beschäftigen durfte. Wie oft haben wir nach Männern oder Frauen gesucht, nur um irgendwann festzustellen, dass sie vor der Gattin, dem Gatten oder der bösen Schwiegermutter in den sonnigen Süden geflüchtet sind und sich bester Gesundheit erfreuen. Oder ihren Schulden entgehen wollten oder keinen Bock mehr hatten, Unterhalt zu zahlen. Nur einmal kam es vor, dass sich später eine Mordkommission mit dem Fall auseinandersetzen musste.

»In einem Punkt gebe ich dir recht, Leni: Wir müssen uns mit ihr beschäftigen. Ich werde morgen ihren Vater besuchen.«

Am Nachbartisch stimmt eine Gruppe Sommergäste ein Geburtstagsständchen an. Kann ein langer Abend werden für Lissy.

»Den habe ich mal unter die Lupe genommen«, meldet sich Uwe. »Die Emmericher Kollegen hatten mal groß über ihn berichtet. Das war vor vier Jahren, da hatte der smarte Herr van Tossens eine Anklage wegen Betrug und Steuerhinterziehung an der Backe. War so ein Bauherrenmodell, mit dem er etlichen Leuten zu seinen Gunsten den Boden unter den Füßen weggezogen hat. Seine Anwälte haben es aber irgendwie fertiggebracht, das Verfahren gegen Nachzahlung der Steuern plus ordentliche Geldstrafe einzustellen. Die Anlagesparte hat er daraufhin aufgegeben und widmet sich seitdem als Unternehmensberater seinen überwiegend niederländischen Kunden.«

Leni trägt weiterhin jede Anmerkung ins Protokollheft ein. Wir geben ihr Zeit. Kaum hat sie den Stift beiseitegelegt, meldet sich Bernd.

»Wir waren heute Mittag bei Frau Dornbusch. Es gab gedeckten Apfelkuchen mit Sahne.« Mit einem Stupser hält er seine Frau davon ab, das ins Protokoll einzutragen. »Wir haben uns über ihren Nachbarn im Erdgeschoss unterhalten. Einen gewissen Professor Lammert, Arzt aus Wesel.«

»Der führt anscheinend ein Doppelleben«, übernimmt Leni, »Frau Dornbusch sagt, dass ihr Nachbar praktisch nie dort schläft, nur gelegentlich tagsüber und am Abend in seiner Wohnung ist.«

»Er wird eine Freundin haben«, mutmaßt Rosi.

»Ja«, bestätigt Bernd, »nur dass Frau Dornbusch die noch nie gesehen hat.«

Das kann viele Gründe haben, denke ich. Uwe fällt einer ein, der auf den ersten Blick plausibel klingt.

»Nehmen wir mal an, es handelt sich nicht um eine Freundin, sondern um einen Freund. Soll ja immer noch Leute geben, die ein Problem damit haben, das öffentlich zu machen. Lass den nur mal in einem katholischen Krankenhaus arbeiten. Ich werde mal sehen, ob ich was über den rausfinden kann.«

Gemeinschaftliches Nicken würdigt Uwes These.

»Ja, möglich«, hakt Bernd das Thema endgültig ab, »ich habe mir heute Mittag einen Grundbuchauszug besorgt. Der Hof gehört einer Firma aus Wesel namens ›Vesalia Immobilien‹. Sie hat das Anwesen vor zweieinhalb Jahren für zweihundertsiebzigtausend Euro erworben. Ein handelsüblicher Preis für einen alten Hof mit gewaltigem Renovierungsstau. Ich habe mir diese Firma genauer angesehen. Sie hat fast ausschließlich Geschäfts- und Bürohäuser im Portfolio, und die alle auf der rechten Rheinseite. Der alte Hof der Dornbusch ist also gleich eine doppelte Ausnahme.«

Hm … hat Vorteile, jemanden in der SoKo zu haben, der beim Katasteramt arbeitet.

»Habt ihr dort nachgefragt?«

»Es tut mir furchtbar leid, aber zu internen Geschäftsvorgängen darf ich Ihnen keine Auskunft geben«, antwortet Leni mit hoher Stimme.

»Wir bleiben trotzdem dran. Ich habe da schon eine Idee«, verspricht Bernd.

Im Gegensatz zur Polizei. Ich erzähle ihnen von meinem Gespräch mit Julia und der Tatsache, dass es keine Mordkommission mehr gibt. In ihren funkelnden Augen erkenne ich, dass sie das noch mehr anspornt.

Das macht mir Sorgen.

Gegen halb zehn bin ich zu Hause. Und nicht alleine. Wenn Linda Frühschicht hat, schläft sie so gut wie nie bei mir. Nach einem kurzen Besuch des Badezimmers krieche ich zu ihr unter die Decke.

»Meine Mutter liegt in meinem Bett und schnarcht«, erklärt sie frustriert.

»Ich weiß, ich hatte sie darum gebeten«, flunkere ich und gehe mit meinen Händen auf Entdeckungsreise. Keine Chance. Frühschicht ist Frühschicht.

»Wieso trefft ihr euch eigentlich noch, wenn die Polizei schon nicht mehr ermittelt?«

»Julia ist manchmal etwas … voreilig.«

»Ich würde eher sagen, mein Liebster hängt an seinem Job. Gute Nacht.«

Keine drei Minuten nach dem Gutenachtkuss lustwandelt meine Linda bereits durch das Reich der Träume, während in meinem Kopf noch Hochbetrieb herrscht.

Alles, was meine SoKo herausgefunden hat, klingt für sich betrachtet logisch erklärbar. Frau Dornbuschs Mitbewohner dürfte kaum der Grund für den nächtlichen Besuch von Lenni gewesen sein. Marens Vater mag ein zwielichtiger Geschäftsmann sein, und dass eine Immobilienfirma mal ein neues Geschäftsfeld ausprobieren möchte, soll vorkommen. Es ist die Summe der zweifelhaften Ergebnisse, die mich wach hält. Alles erklärbar und erklärt doch nicht alles. Zum Beispiel die Frage, warum Lenni in der Nacht zum Freitag wirklich bei Frau Dornbusch geklingelt hat, warum er in der Nacht darauf aus dem Krankenhaus geflohen und in das Xantener Gewerbegebiet gefahren ist, wie er zum Unfallort gekommen ist und warum er nackt war. Ich kann mir nicht erklären, weshalb sich Julia nicht die gleichen Fragen stellt. Dass es keine Indizien für ein Fremdverschulden gibt, kann auch bedeuten, dass sie noch nicht gefunden wurden. Ich war lange genug in dem Stall, um zu wissen, dass der Staatsanwalt das Interesse an einer personalintensiven Mordkommission, die keinen Deut weiterkommt, irgendwann verliert. Aber sie nach gerade einmal vier Tagen aufzulösen …

Moment mal!

Ich rüttle Linda wach.

»Mann, Lukas! Was soll das?«

»Woher weißt du, dass die Polizei nicht mehr ermittelt?«

»Weil sie es mir gesagt haben. Und jetzt lass mich schlafen, ich muss früh raus!«

Was hat das zu bedeuten? Wieso sollten sie Linda …?

17

Donnerstag, 5.05 Uhr

Nebenan rauscht das Duschwasser. Manolo steht vor der Tür und wartet, dass ich ihm die Brötchentasche umhänge. »Lissy hat noch nicht auf«, flüstere ich, er neigt verständnislos den Kopf. Ich gieße Kaffeewasser in den Filter und stelle mit einem Blick in den Kühlschrank fest, keineswegs auf Frühstücksbesuch eingerichtet zu sein. Weder Wurst noch Käse sind vorhanden, und eine Dose Heringe in Tomatensoße dürfte um diese Uhrzeit kaum Begeisterungsstürme hervorrufen. Auf dem Brot hat sich eine flauschige Lage Schimmel gebildet, ich entsorge es. Dafür besitze ich noch drei Eier, eine Mettwurst, einen Becher Joghurt und einen halben Liter Milch, nur knapp überm Verfallsdatum.

Immerhin.

»Du hast uns Frühstück gemacht?«, wundert sich Linda, die duftend wie der frische Frühling an mir vorbeistreift.

»Es gibt Rührei mit Mettwurstwürfeln und Joghurt«, vermelde ich stolz wie Oskar und gieße Kaffee ein.

»Oh, mein Lieblingsfrühstück, das ist …« Die letzten Worte gehen in lautem Lachen unter.

Da meint man es gut …

»Ähm … um noch mal auf meine Frage von gestern Abend zurückzukommen …«

Linda schiebt die Mettwurstwürfel an den Tellerrand und widmet sich dem Rührei.

»Warum hast du eigentlich mit der Polizei gesprochen?«

»Was habe ich?« Schlückchen Kaffee, Löffelchen Joghurt. »Ach so. Die wollten am Sonntag unbedingt das Ergebnis von Lennis Blutprobe. Am Montagmorgen haben sie noch zweimal nachgefragt. Gestern habe ich das Laborergebnis im Fach von

Dr. Körbel liegen sehen und da angerufen. Man sagte mir, es habe sich erledigt.«

»Aha.«

»Wusstest du eigentlich, dass dem jemand K.-o.-Tropfen verabreicht hat? Sagt zumindest Dr. Körbel.«

»Nein, das scheint nur so. Lenni hat Liquid Ecstasy genommen, ist aber eigentlich das Gleiche. Tja, und in Verbindung mit Alkohol kann das tödlich enden.«

»Ah, verstehe, deswegen hatte er nichts getrunken. Wir haben uns schon gewundert. Hm … schmeckt gar nicht so schlecht, dein Rührei.«

Wie bitte?

»Lenni hatte eins Komma eins Promille.«

Linda winkt lachend ab.

»Ich hatte eins Komma fünf getippt, die Britta sogar knapp zwei. Ich meine, so wie der drauf war. Aber nö, null Komma null. Das hätte keiner von uns gedacht.«

»Hast du den Bericht noch?«

»Kann sein. Wenn den keiner weggeworfen hat, bringe ich ihn dir mit.«

Falls doch, beidhändige Suche im Container. Nicht schon wieder.

Um zwanzig vor sechs verabschiedet sich Linda, und ich habe jede Menge Tag vor mir. Nutzt nicht viel, wenn ringsum noch alles schläft. Manolo sitzt neben mir und fixiert die Mettwurstwürfel auf Lindas Teller. Ja doch. Mir geht immer noch das Gespräch mit Linda durch den Kopf. Wenn das stimmt, was sie sagt, und der Obduktionsbericht nicht lügt, muss Lenni den Alkohol nach seiner Flucht aus dem Krankenhaus zu sich genommen haben. Woher sollte er ihn haben, mitten in der Nacht? Und vor allem, warum sollte er sich den reinschütten, wenn er den gesamten Abend darauf verzichtet hat?

Um mich zu beschäftigen, fertige ich eine To-do-Liste an. Ganz oben steht der Themenkomplex Maren. Ich werde das Gefühl nicht los, dass Lennis Freundin eine Schlüsselrolle in dem ganzen Fall zukommt. Zig E-Mails, Hunderte Bilder und das Foto unter seinem Bett sprechen eine deutliche Sprache. Ich kapier das nicht.

Wenn mich eine Frau nicht mehr liebt, dann liebt sie mich nicht mehr. Fertig, aus. Da kann ich ihr schreiben, so viel ich will. Das dürfte selbst dem zugedröhntesten Junkie irgendwann dämmern. Es muss also einen anderen Grund geben.

Mein Magen meldet sich, das Frühstück hatte leider nicht für zwei gereicht. Außerdem brauchen meine Hirnzellen Sauerstoff und Manolo Auslauf.

Nach einer mehr als ausgedehnten Runde durch den Uedemer Hochwald wähle ich den kleinen Umweg an der Rezeption vorbei. Auf der Bank davor sitzen die Börgers und grüßen mich freundlich.

»Morgen. Habt ihr euer Häuschen eigentlich schon verkauft?«

Schwerfälliges Atmen in Stereo zeigt mir, dass dem nicht so ist.

»Also ich hätte Interesse. Allerdings …«

»Mit dem Preis werden wir uns schon einig. Wir sind schon auf fünfundfünfzigtausend runtergegangen. Mit kompletter Ausstattung«, fällt mir Anne Börgers ins Wort.

»Hm, das …«

»Komm, Anne, dem Lukas lassen wir das für fünfzig. Was meinst du?«

Rüdiger gibt ihr einen leichten Schubser mit der Schulter. Ich könnte den Preis sicher noch um einige Tausender mehr drücken. Ändert jedoch nichts an der Frage, woher ich das Geld nehmen soll.

»Würdet ihr vielleicht vermieten oder eine monatliche Abzahlung akzeptieren oder …?«

Ihre betretenen Blicke lassen mich abbrechen.

»Rede mal mit deiner Bank, Lukas. Die werden dir sicherlich helfen«, empfiehlt mir Anne. Ich verspreche ihnen, mich zu melden.

Ich nehme bei Lissy noch drei Brötchen für uns beide und ein wenig Dauerwurst mit und mache mich auf den Heimweg.

Nach dem Frühstück ist der Tag weit genug fortgeschritten,

um Marens Vater anzurufen. Zunächst will er mich abwimmeln, erst nachdem er den Namen Lenni hört, erklärt er sich bereit, mich in der Mittagszeit zu empfangen. Ich will mir gerade einen Kaffee einschütten, da erreicht mich eine Kurznachricht von Eddy.

»Ich habe was für dich.«

Ich sehe verwundert auf die Uhr. Dass Eddy um diese Zeit wach ist, kommt selten vor. Dort eingetroffen, begrüßt er mich in seinem feinsten Zwirn, dazu Krawatte und Lackschuhe. Nanu?

»Ich habe nachher einen Termin mit einem wichtigen Kunden«, erklärt er und bietet mir den abgewetzten Bürostuhl neben sich an. »Es hat mir gestern Abend einfach keine Ruhe gelassen, dass sich auf Lennis Handy nur vier Nachrichten befinden. Ich habe mir die Mail-App näher angesehen und festgestellt, dass sie den Eingangsordner nach sieben Tagen löscht.«

»Aber du konntest die Mails wiederherstellen, oder?«

»Auf dem Handy nicht mehr. Zum Glück bleiben sie für vier Wochen im Papierkorb des Anbieters. Das Postfach ist natürlich passwortgeschützt, also habe ich heute Nacht mal mein Entschlüsselungsprogramm damit betraut. Und heute Morgen stand es da.« Er deutet auf einen seiner Monitore. »›Maren4ever‹, hätte man drauf kommen können.«

Yep. Ich warte geduldig auf die Pointe. Eddy öffnet eine Mail, und einen Mausklick später surrt neben mir der Drucker.

Der Ausdruck verschlägt mir die Sprache.

18

Donnerstag, 11.15 Uhr

Ich habe vergessen, den Kaffee in die Thermoskanne umzufüllen, schütte den verbrühten Rest ins Spülbecken und schalte den Wasserkocher ein. Mit einem Instantkaffee setze ich mich kurz darauf an den Tisch. Vor mir liegt der Ausdruck von Eddy. Die Nachricht wurde vor zwei Wochen verschickt:

> *Hallo Lenni,*
> *es geht mir gut. Bitte hör auf, mir ständig Mails zu schicken und mir nachzuspionieren. Wir hatten eine schöne Zeit, doch das ist vorbei. Du und ich, wir leben in zwei verschiedenen Welten. Das passt einfach nicht.*
> *Und wie du weißt, möchte ich nach der Abifeier für ein Jahr ins Ausland. Ich bitte dich eindringlich, meine Entscheidung endlich zu akzeptieren.*
> *Mach es gut.*
> *Maren*

Ich falte das Blatt zusammen und lege es beiseite. Die Ansage ist deutlich, lässt nicht den geringsten Spielraum.

Leider auch nicht für mich.

Eben erst eine Kerbe gefunden, in die ich greifen kann, und schon bricht dieser Ansatz in sich zusammen. Mir fällt auf, dass die KTU sich ausgiebig mit Lennis Handy beschäftigt hat. Da Eddy seine ganz persönliche Einstellung zum Thema Datenschutz hat, eigentlich kennt er das Wort gar nicht, dürfte Julia nichts davon bekannt sein.

»Ich brauche deine schriftliche Aussage«, würgt sie meine Begrüßung ab.

»Schick's mir zu. Habt ihr schon die Daten von Lennis Provider?«

Genervtes Stöhnen rauscht durch mein Ohr.

»Sollen heute kommen. Ich nehme mal an, dein Eddy hat sie sich mal wieder illegal beschafft …«

»Sagen wir mal, er hat im Internet eine Mail gefunden, die Maren vor zwei Wochen an Lenni geschickt hat. Darin sagt sie, dass es ihr gut geht und er sie endlich in Ruhe lassen soll. Also sinngemäß.«

Julia kaut den Satz einige Sekunden gedanklich durch.

»So was in der Art hatte ich mir gedacht. Läuft doch meistens so, wenn eine erwachsene Person als vermisst gemeldet wird.«

»Die Mail könnte ein Fake sein«, entgegne ich verhalten und nehme fast im selben Augenblick einen mir wohlbekannten Seufzer zur Kenntnis, in dem das unausgesprochene »Ach, Lukas« mitschwingt.

»Lenni hat eine Anzeige wegen Stalking laufen. Das hindert ihn aber nicht daran, ihr weiter nachzuspionieren. Maren ist davon so genervt, dass sie beschließt, eine Zeit lang abzutauchen. Schreib der Oma eine Rechnung, Lukas, das Ding ist durch. Kümmere dich lieber um deine Anzeige! Mit schwerer Körperverletzung ist nicht zu spaßen.«

»Danke für den Ratschlag.«

Mit einem Anflug von Resignation nippe ich am Kaffee. Schleichend und erdrückend wie immer dunkler werdende Gewitterwolken breitet sich das Gefühl in mir aus, dass mich der einzige halbwegs erfolgversprechende Ansatz in eine Sackgasse geführt hat.

Schreib der Oma eine Rechnung, wiederholt mein Schweinehund Julias Ratschlag.

Mit gemischten Gefühlen gehe ich zum Parkplatz. Mir bleiben etwa eineinhalb Stunden bis zum vereinbarten Termin. Das Navi behauptet, ich würde fünfundvierzig Minuten für die knapp fünfzig Kilometer benötigen. Selbst mit Emma bleibt da noch Zeit für ein wenig Vorbereitung.

Im Internet beschäftigen sich über eine halbe Million Seiten mit van Tossens. Ich klicke mich durch seine Firmenseite, sie enthält nicht viel mehr Informationen als eine Visitenkarte. Danach stöbere ich durch die Zeitungsarchive, lese mir den einen oder anderen Artikel durch, in denen er hauptsächlich als Sprecher eines Verbandes für Unternehmensberater Missstände für seine Zunft beklagt. Der Bericht einer Emmericher Lokalzeitung weckt meine Aufmerksamkeit. Darin wurde vor zwei Wochen vermeldet, dass van Tossens eine Belohnung in Höhe von zehntausend Euro für das Auffinden seiner Tochter verspricht. Keine guten Nachrichten. Es dürfte einige Kollegen geben, denen es auf den Zeiger geht, im Kaufhaus nach Ladendieben Ausschau zu halten. Zehn Mille sind Anreiz genug, sich zumindest nebenher auf die Suche zu begeben. Dass allem Anschein nach bislang niemand erfolgreich war, kann nur bedeuten, dass Maren tiefer abgetaucht ist, als mir lieb ist.

Tamme van Tossens wohnt in dem Emmericher Ortsteil Elten, der sich wie ein Zeigefinger in das Gebiet der Niederlande streckt. Mehr aus Langeweile blättere ich durch diverse Seiten, die sich mit diesem Ort beschäftigen. Bis 1963 gehörte das Dorf noch zu Holland, erfahre ich, und dass hier die Bundesstraße 8 beginnt und erst achthundert Kilometer weiter in Passau endet und dass die Lindenallee, an der mein Gastgeber wohnt, vor drei Jahren zur Allee des Monats gekürt wurde.

Aha.

Nach ausgiebigem Gähnen starte ich Emma. Ein Blick auf die Uhr macht mir deutlich, dass die Suche im Netz fast eine Dreiviertelstunde in Anspruch genommen hat.

Die Idee war, über Kleve und Emmerich deutlich schneller ans Ziel zu kommen. Unzählige Kreisverkehre und das sich wie Kaugummi ziehende Kalkar später nehme ich mir für die Rückfahrt eine andere Strecke vor. Immerhin brachte das viel Zeit zum Nachdenken mit sich. Auch über völlig nebensächliche Dinge wie den Vornamen van Tossens: Tamme. Kann mir vorstellen, dass er in seinem Leben schon zwei bis drei Millionen mal gefragt worden ist, was der wohl bedeutet.

Knappe zwei Minuten vor dem vereinbarten Termin stehe ich vor der angegebenen Adresse. Das Haus macht auf mich den

Eindruck, als hätten seine Erbauer kurz vor der Fertigstellung die Dachhälften am Giebel anderthalb Meter auseinandergezogen, weil sie noch einen mondänen Glaskasten ins Gemäuer einfügen wollten.

Pünktlich auf die Sekunde empfängt mich van Tossens in einer noblen Jeans und einem Hemd der Edelmarke Dolce & Gabbana, über dem Kragen ein missmutiges Gesicht. Darauf sprießt ein hipper Dreitagebart. Seine Frisur ist das Ergebnis dessen, was sich nach dem Abrubbeln mit dem Handtuch ergibt. Ich begrüße ihn freundlich, seine Erwiderung beschränkt sich auf ein nüchternes »Folgen Sie mir«.

Mich beschleicht ein seltsames Gefühl. Es ist widersinnig, absolut unwahrscheinlich. Wir leben in völlig unterschiedlichen Welten, weit voneinander entfernt, und doch kommt es mir so vor, als hätte ich diesen Mann schon einmal gesehen.

In dem lichtdurchfluteten Eingangsbereich könnte ich bequem mein Mobilheim unterbringen. Würde sogar in der Höhe passen, in die sich eine offene Designertreppe schwingt. Im Wohnzimmer wirkt alles sehr puristisch. Ein dreisitziges Ledersofa, ein grober Holzklotz als Tisch davor und zwei Sessel. Mehr gibt es hier nicht. Ich sehe mich um und stelle fest, dass die Wände überwiegend aus meterhohen Glasfronten bestehen.

»Setzen Sie sich.« Klingt eher nach einem Befehl. Na gut. Wir nehmen in den beiden Sesseln gegenüber Platz. Ich sehe mich genötigt, mit einem kleinen Small Talk zu beginnen, um die Situation etwas zu entkrampfen.

»Sie haben einen sehr seltenen Vornamen. Woher stammt der?«

Van Tossens verdreht genervt die Augen. Er gibt sich gar nicht erst die Mühe, seine Antipathie zu verstecken.

»Aus dem Friesischen, er bedeutet so viel wie: ›Gottes großes Geschenk‹.«

Gottes großes Geschenk, heiliger Bimbam.

»Ich hörte, man hätte diesen Junkie überfahren.« Das Präsent des Allmächtigen scheint nicht viel Zeit zu haben.

»So sieht es aus.« Ich verkneife mir erst mal den Hinweis auf eine mutmaßliche Straftat.

»Sehr gut.«

»So müssen Sie ihn nicht mehr umbringen, richtig?«

Sein Gesicht mit dem dreckigen Lachen darin erinnert mich an einen wenn auch schmalen Halloween-Kürbis.

»Wieso haben Sie den Freund Ihrer Tochter eigentlich so gehasst?«

Er lacht erneut, jetzt eher mitleidig.

»Haben Sie Kinder?«

»Ich habe einen Sohn.«

»Wie schön. Was würden Sie sagen, wenn jemand Ihren Sohn regelmäßig mit Heroin versorgen würde? Würden Sie diesen Menschen mögen?«

Eine absurde Frage. Mir kommen grundsätzliche Zweifel. Lennart und Heroin, das passt nicht.

»Woher wissen Sie, dass Ihre Tochter heroinabhängig war?«

Van Tossens steht auf, geht an die große Fensterfront zum Garten und starrt hinaus.

»Ich habe das gespürt«, flüstert er und dreht sich zu mir. »Wir haben ein Wochenende in unserem Haus in Katwijk verbracht, ich wollte die Gelegenheit nutzen, um mit ihr ein ernstes Gespräch über ihre Zukunft zu führen. Das war nicht möglich, sie war völlig apathisch. Ich hatte den Eindruck, sie ließ die Realität einfach an sich abprallen.«

Das ist in etwa das gegenteilige Verhalten von Junkies, die an der Nadel hängen, möchte ich einwenden, lasse es jedoch.

»Wann haben Sie Lennart Brehme zum letzten Mal gesehen?«

»Er stand vor zwei Monaten vor der Tür und hat wild herumgeschrien. Ich habe ihn von der Polizei entfernen lassen. Seitdem habe ich ihn nur noch auf den Fotos der Detektei entdeckt.«

»Sie haben den Freund ihrer Tochter von einem Detektiv beschatten lassen?«

»Von zweien. Zwei Vollpfosten, um genau zu sein.« Er stößt verächtlich seinen Atem aus. »Achttausend Euro wollen die von mir haben. Für nichts. Die können mich mal.«

Ein Handy bimmelt. Van Tossens zieht es aus der Tasche, wimmelt den Anrufer barsch ab und widmet sich wieder ganz mir.

»Sie sind der dritte in dem Fall. Ich nehme an, Ihr Auftrag besteht darin, Näheres über die Unfallursache in Erfahrung zu bringen.«

»Über die Umstände, die zu seinem Tod führten, um genauer zu sein.«

»Wie dem auch sei. Der Grund, weshalb ich Ihrem Wunsch nach einem Gespräch stattgegeben habe, ist folgender: Nach meinen Recherchen haben Sie in der Vergangenheit zur Aufklärung einiger Mordfälle beigetragen.«

Ich nicke.

»Insofern halte ich es zumindest für möglich, dass Sie auch den Mord an meiner Tochter nachweisen. Verstehen Sie mich nicht falsch: Dass er sie umgebracht hat, ist sicher, und bestraft werden kann er dafür nicht mehr. Mir geht es darum, dass Sie die …« Zum ersten Mal zeigt er den Ansatz einer Gefühlsregung. »Wir möchten Maren beerdigen können. Es muss endlich … ein Ende haben. Geben Sie also Ihr Bestes.«

So läuft der Hase. Wird höchste Zeit, ein paar grundlegende Dinge anzusprechen.

»Herr van Tossens, erstens bin ich nicht damit beauftragt, den Mord an Ihrer Tochter nachzuweisen, und zweitens glaube ich im Gegensatz zu Ihnen keineswegs, dass Lennart Brehme einen Mord begangen hat. Ebenso halte ich es für sehr unwahrscheinlich, dass er Ihre Tochter mit Heroin versorgt hat. Glauben Sie mir: Mit einer heroinabhängigen Tochter verbringen Sie kein gemütliches Wochenende an der See.«

Auf seiner Stirn zeichnet sich drohend eine Ader ab. Die Lippen zu einem dünnen Strich gepresst, sieht er mich an. Kommt anscheinend nicht allzu häufig vor, dass jemand seinen Wünschen nicht umgehend nachkommt.

»Sie haben keine Ahnung.« Seine Stimme brodelt wie ein Vulkan Sekunden vor dem Ausbruch. »Sie wissen absolut nichts über diesen Junkie. Das hält Sie aber nicht davon ab, ihn zu verteidigen …«

»Herr van Tossens, es ist nicht meine Aufgabe, ihn zu verteidigen. Mein Job ist es, herauszufinden, wie und warum er ums Leben gekommen ist.«

»Dann machen Sie das!«, schreit er mich unvermittelt an und deutet zur Tür.

Die Klinke fast in der Hand, drehe ich mich noch mal um. »Ich glaube, Sie liegen falsch, van Tossens. Nach meinen bisherigen Ermittlungen war Lennart überzeugt, dass Maren lebt. Er war geradezu besessen davon, sie zu finden. In der Nacht zum Sonntag ist ihm eine Adresse zugespielt worden. Er ist aus dem Krankenhaus geflüchtet, hat sein Auto geholt und ist dorthin gefahren. Gegen zwei Uhr wurde sieben Kilometer entfernt seine nackte Leiche gefunden. Schönen Tag noch.«

Mit einem Schwung reiße ich die Haustür auf.

»Warten Sie! Wollen Sie damit andeuten, dass Maren vielleicht noch lebt?«

»Es gibt Hinweise darauf.« Kurz denke ich darüber nach, ihm von der E-Mail zu erzählen, eine Idee hält mich zurück. »Falls das so ist, könnte sie in großer Gefahr sein.«

Glaube ich zwar nicht. Aber wie gesagt, es gibt da so eine Idee.

»Woraus schließen Sie das?«

»Nach unserem Gespräch gehe ich davon aus, dass niemand im Umfeld Ihrer Tochter in den vergangenen zwei Wochen ein Lebenszeichen von ihr bekommen hat.«

Ich lasse den Satz sacken. Dauert eine Minute, bis der Adressat dessen Bedeutung kapiert hat.

»Das heißt, sie wird irgendwo festgehalten …«

»Möglich.«

Falls sie sich nicht irgendwohin abgesetzt hat. Ich behalte dies für mich.

»Finden Sie Maren!«

Van Tossens wirkt jetzt entschlossen. Er schleudert mir seine Worte mit der Wucht eines Vorschlaghammers an den Kopf. Ich verspüre ehrlich gesagt nicht die geringste Ambition, für diesen Kotzbrocken tätig zu werden. Allein schon vor dem Hintergrund, dass meine Vorgänger immer noch auf ihr Geld warten. Mein Zögern macht ihn rasend.

»Okay, was verlangen Sie? Ich zahle jeden Preis!«

Er bleibt ein Kotzbrocken. Außerdem habe ich bereits einen

Auftrag zu erledigen. Bei genauerer Sichtweise dürfte der eine mit dem anderen zusammenhängen. Und der Satz »Ich zahle jeden Preis« ist in der Lage, meine Phantasie richtig schön in Gang zu setzen.

Die Idee von eben kommt mir in den Sinn, zeitgleich taucht das Mobilheim der Börgers auf. Ich will noch gründlich darüber nachdenken, das Für und Wider abwägen, die möglichen Gefahren, denen ich mich aussetze, überdenken, als mir »Fünfzigtausend Euro bei Erfolg« aus dem Mund rutscht. Da muss selbst ein van Tossens mal kurz mit der Wimper zucken.

»Sind Sie völlig übergeschnappt?«

Komisch, daran habe ich auch sofort gedacht, als ich mich sprechen hörte. Einmal in der Welt, haben wir zumindest eine Verhandlungsbasis. Gilt jetzt nur noch, den Partner ein wenig, ähm … gesprächsbereiter zu machen. Ich winke lässig ab, als würde ich jede Woche fünfzig Mille nach Hause schleppen.

»Okay, nichts für ungut. Ich habe außerdem sowieso gerade einen zeitintensiven Auftrag zu erledigen. Tja … dann wünsche ich noch viel Glück bei der Suche nach Ihrer Tochter.«

Und ab ins Freie. Einige betont langsame Schritte Richtung Straße später stellt sich der gewünschte Erfolg ein.

»Ich bin einverstanden!«

»Wunderbar. Ich lasse Ihnen von meinem Büro einen Vertrag zukommen. Sobald Sie mir den unterschrieben zurückgeschickt haben, mache ich mich an die Arbeit.«

Mehr als ein verdattertes Nicken bringt van Tossens nicht mehr auf. Tut manchmal richtig gut, unterschätzt zu werden. In meiner Hosentasche finde ich eine verknitterte Visitenkarte. Ich gehe zurück zur Tür und reiche sie meinem immer noch sprachlos im Türrahmen stehenden neuen Klienten.

»Da fällt mir ein: Ich brauche noch die Kontaktdaten der Freunde und Freundinnen Ihrer Tochter.«

Ein kleiner Ruck durchfährt van Tossens, dann zieht er sein Handy aus der Tasche.

»Ich gebe Ihnen die Nummer von Lotta. Sie war so was wie Marens beste Freundin.«

Die Art, wie er ihren Namen ausspricht, lässt vermuten, dass die Freundschaft seiner Tochter mit Lotta nicht gerade das ist, was Familie van Tossens unter standesgemäßem Umgang versteht. Nachdem ich ihm meine Handynummer gegeben habe, schickt er mir eine ganze Reihe weiterer Kontakte, unter anderem Handynummer und E-Mail-Adresse von Maren.

»Sie haben alle Handynummern der Freunde Ihrer Tochter?«

Van Tossens sieht mich über sein Smartphone hinweg verständnislos an.

»Ich suche seit zwei Wochen nach ihr. Benötigen Sie auch die Nummern ihrer Lehrer?«

»Nein, ich denke, das wird nicht nötig sein.«

»Gut. Marens Terminkalender mit den Daten von der Musikschule und dem Reitverein und weitere Infos lasse ich Ihnen per Mail zukommen.«

Bestens informiert, der Herr Papa.

Im Auto schlage ich die Faust aufs Lenkrad und schreie ein lautes »Yep!« durch die Fahrgastzelle. Nix mit Doppelhaushälfte und Anschluss an die Pumpennachbarschaft. Stattdessen Dolce Vita auf Happy Eiland. Nur Linda und ich, erst mal … Dafür muss ich nur Maren finden.

Zwei Detektive haben das nicht geschafft.

Hm.

Die Mail lässt darauf schließen, dass sie sich abgesetzt hat.

Hm.

Die Euphorie verflüchtigt sich schneller, als sie gekommen ist.

Das Haus in Sonsbeck taucht vor mir auf. Die SoKo hilft uns beim Umzug. Die neuen Nachbarn kleben an den Fensterscheiben.

Ich *muss* Maren finden!

19

Donnerstag, 13.25 Uhr

Ich erreiche nur die Mailbox von Lotta Meineke. Van Tossens, von dem ich mich erst vor fünf Minuten verabschiedet habe, hat mir die erste E-Mail geschickt. Mein Finger schwebt noch über der Nachricht im Posteingang, da kommt schon die nächste. Die erste Nachricht enthält Informationen über Lotta. Sie besucht das Konrad-Duden-Gymnasium in Wesel, ist ein Jahr jünger als Maren und wohnt in Hamminkeln. Ich beschließe, auf Verdacht in die Richtung zu fahren. Es sollte der richtige Entschluss gewesen sein, denn gerade auf der Autobahn, meldet sich Lotta. Sie hat eine kleine Unterbrechung zwischen der achten und neunten Unterrichtsstunde genutzt. Ich erkläre ihr schnell mein Anliegen, sie hört schweigend zu. Um Viertel nach drei sei sie zu Hause.

Eine gute Stunde vor der verabredeten Zeit huscht das Ortseingangsschild von Hamminkeln durch mein Blickfeld. Mein Magen meldet sich. Trifft sich gut, ich fahre direkt zum Roadhouse durch, einem Biker-Treffpunkt, an dem es die mit Abstand besten Burger vom Niederrhein gibt.

Nach dem Genuss eines »Big Chili Cheese Burgers« bestelle ich einen Pott Kaffee und mache mir Gedanken über das anstehende Gespräch. Die beiden besten Freundinnen wohnen knapp vierzig Kilometer auseinander. Bei dem löchrigen ÖPNV-Angebot am Niederrhein dürfte das ein Halbtagsausflug sein. Uwe hat mir erzählt, dass die gesamte Schülerschaft des Konrad-Duden-Gymnasiums eine breit angelegte Suchaktion gestartet habe, mit permanenten Aufrufen in den sozialen Netzwerken sowie anfänglich noch guter medialer Unterstützung.

Ich bezahle und mache mich auf den Weg.

Nach van Tossens' abschätziger Art, mit der er mir Lottas Kontaktdaten gegeben hat, rechne ich damit, in einer heruntergekommenen Wohngegend bei einer Familie zu landen, die von Hartz IV lebt und sich die monatlichen Handykosten vom Zigaretten- und Alkoholkonsum absparen muss. Stattdessen erwarten mich lauter schicke, kleine Häuschen in der Dohlenstraße. Im Schritttempo auf der Suche nach der richtigen Nummer sehe ich drei Häuser weiter ein winkendes Mädchen. Sie weist mich auf die freie Auffahrt vor der Garage.

»So viele Fremde kommen hier nicht durch«, kommt sie meiner Frage grinsend zuvor.

Wenig später nehme ich am Esstisch Platz. Lotta holt eine Flasche Mineralwasser aus dem Kühlschrank und stellt sie mit zwei Gläsern auf den Tisch. Sie trägt einen modischen Kurzhaarschnitt, der ein fröhliches Gesicht mit einer kleinen Stupsnase umrundet. Als ich zur Sache komme, weicht die Fröhlichkeit.

»Sie müssen sie finden!«

»Ich versuche alles«, versichere ich. »Ich war heute Mittag bei ihrem Vater.« Kaum ausgesprochen, verzieht Lotta ihr Gesicht.

Ich sehe sie fragend an.

»Er ist ein Arsch«, kommt sie meiner persönlichen Einschätzung entgegen. »Erst hat er Marens Mutter in die Klapse abgeschoben, und dann will er aus ihr die Jungunternehmerin des Jahres machen. Dabei hatte Maren überhaupt keinen Bock darauf, in die …«, sie spitzt den Mund, »… Unternehmensberatung van Tossens GmbH und Co KG einzusteigen.«

Moment. Eins nach dem anderen. »Was ist mit Marens Mutter?«

»Sie hat den Druck nicht mehr ausgehalten, den er permanent auf die Familie ausgeübt hat. Irgendwann hat sie angefangen zu trinken. Am Anfang hatte sie das so einigermaßen im Griff, aber mit dem Umzug von Wesel nach Elten und dem Verlust fast aller sozialen Kontakte gab es kein Halten mehr. Eine trinkende Ehefrau ist schlecht fürs Image einer Unternehmensberatung, ganz schlecht. Also hat der fürsorgende Gatte einen Psychiater gekauft, der sie in die Geschlossene einwies. Sie war kaum in der Klinik, da zog seine Freundin in das schicke neue Haus.«

»Wie ist Maren damit umgegangen?«

Lotta senkt den Kopf, betrachtet das Glas in ihrer Hand.

»›Gleich nach der Abifete breche ich aus dem Knast aus. Hilfst du mir dabei? Du könntest Bettlaken aneinanderknoten, und ich klettere daran aus meinem Fenster in die Freiheit.‹« Lotta Meineke hebt ihren Kopf. In ihren Augen spiegelt sich eine unendliche Traurigkeit. »Das war das Letzte, was ich von ihr gehört habe.«

Ich erzähle Lotta von den zahlreichen Kontakten seiner Tochter, die Tamme van Tossens auf seinem Handy hat. Die Erklärung klang schlüssig, dennoch habe ich so meine Zweifel. Lotta bestätigt mich.

»Nicht nur Kontakte. Maren sollte mal was von dem Laptop ihres Vaters auf sein Handy schicken, als der auf einer Geschäftsreise war. Da hat sie einen Ordner gefunden, in dem alle ihre Handydateien gespiegelt waren. Der Alte hat einen krankhaften Kontrollwahn.«

Sie muss sich tatsächlich wie in einem wenn auch noblen Gefängnis vorgekommen sein. Da bricht man lieber heute als morgen aus.

»Kann es nicht sein, dass sie einfach abgehauen ist, weil sie es nicht mehr ausgehalten hat?«

Lotta wedelt mit dem Zeigefinger. »Es war Marens Idee, es noch einmal richtig krachen zu lassen, bevor wir auseinandergehen. Eine gemeinsame Fete mit den vier Abschlussklassen. Sie hat ein Orga-Team zusammengetrommelt, ein Zelt gemietet, Bands gebucht, einen Caterer organisiert. Niemals hätte sie auf diesen Abschluss verzichtet. Gleich nach dieser Party wollte sie nach Philadelphia. Sie möchte unbedingt Medizin studieren, auch ohne die Unterstützung ihres Alten. Dafür wollte sie sogar das Auto verkaufen, das er ihr zum achtzehnten Geburtstag geschenkt hat.«

Eine Tochter, die sich um die Gesundheit von Menschen kümmert, statt große Firmen zu beraten, das dürfte dem Herrn Papa nicht sonderlich gefallen. Ich nutze die kleine Pause, um das Gespräch in eine andere Richtung zu lenken.

»Ich nehme an, du kanntest Lennart Brehme.«

Sie nickt.

»Alina hat mir davon erzählt. Die Polizei war bei ihr und hat Lennis Handy abgeholt. Das ist so schlimm. Lennart war ein bisschen schräg, aber total in Ordnung. Er ist … Er war der Einzige in unserer Clique, der kein WhatsApp oder einen Messenger oder so was hatte. Er glaubte, das seien alles Spionageprogramme des amerikanischen Geheimdienstes. Krass, oder? Ich glaube, das liegt daran, dass er diese Probleme hatte.«

»Du meinst Drogenprobleme?«

»Ja. Maren hat immer gesagt: ›Ich hole ihn da raus.‹ Ich habe ihr gesagt: ›Er holt dich da rein.‹ Fast war es ja auch so …« Sie nippt an ihrem Glas. »Meiner Meinung nach hat Maren ein Helfersyndrom.«

Ohne weiterzureden, holt sie eine Dose mit Plätzchen von einer Anrichte und stellt sie zwischen uns.

»Sie haben ziemlich viel gekifft, am Anfang. Maren wollte ihn damit erst mal von den härteren Drogen wegbekommen. Man sagt ja, Marihuana macht nicht abhängig. Das schien gut zu klappen – bis Maren plötzlich nicht mehr da war.«

»Moment. Ich dachte, sie hätte sich von ihm getrennt.«

Lotta bewegt langsam den Kopf hin und her. Jetzt verstehe ich überhaupt nichts mehr.

»Das haben sie sich ausgedacht, damit ihr Vater sie endlich in Ruhe lässt. Ich war die Einzige, die sie eingeweiht hatten. Der Alte hat die beiden ja sogar von einem Detektiv verfolgen lassen. Nach der angeblichen Trennung hat er Lenni mehrfach auf den Bildern seiner Überwachungskameras gesehen und ihn daraufhin wegen Stalking angezeigt. Glauben Sie«, ihr Blick wird hart, »er hat was mit dem Tod von Lennart zu tun?«

»Würdest du ihm das zutrauen?«

Sie sieht mich nachdenklich an. Eine Katze streift um ihre Beine, Lotta streichelt sie abwesend.

»Ich würde das niemandem zutrauen. Ihr Vater …« Sie lacht sarkastisch. »Ich wollte Maren trösten, als sie mal wieder Krach mit ihm hatte und nicht mehr weiterwusste. Ich sagte ihr: Dein Vater liebt dich, er will nur das Beste für dich, auch wenn er es übertreibt. ›Der interessiert sich nur für einen Menschen, und das ist er selbst‹, hat sie mir geantwortet. Als sie im Krankenhaus lag, wusste ich, dass sie recht hatte. Fünf Tage war sie dort, und dieses Arschloch hat sie nicht einmal besucht, immer wichtige Geschäftstermine vorgeschoben. Ich war es, die nach Elten gefahren ist und ihre Sachen geholt hat.«

Somit dürfte klar sein, warum Lenni mehrfach zum Evangelischen Krankenhaus nach Wesel gefahren ist.

»Warum musste sie ins Krankenhaus?«

»Es war in der zweiten Pause. Sie hatte plötzlich Drehschwindel, sprach so merkwürdig. Wir haben sofort den Notarzt angerufen. Im Krankenhaus sagte man, es sei ein leichter Schlaganfall und dass man sie für einige Tage zur Beobachtung dabehalten müsse. Es war einfach alles zu viel. Der Stress mit ihrem Vater, die Depression der Mutter, die Bewährungsstrafe für Lenni, seine Wahnvorstellungen, einfach alles. Tja, und dann …«

Ihre Lippen zittern, sie wischt eine Träne aus dem linken Augenwinkel. Ich sehe sie stumm an.

»Morgens haben wir noch telefoniert. Sie sagte, dass sie sehr wahrscheinlich nach der Visite entlassen werde und ihr Vater sie abholen werde. Seitdem habe ich nichts mehr von ihr gehört …« Tränen rollen über ihre Wangen.

»Hat ihr Vater sie abgeholt?«

Lotta schnaubt, in ihrem Gesicht steht eine Mischung aus Wut und Abscheu.

»Ein Geschäftstermin war wieder einmal wichtiger. Er sagte ihr, sie solle sich ein Taxi nehmen. Aber das hat sie nicht. Wir haben alle Taxiunternehmen befragt. Sie hatte ohnehin Lenni angerufen. Aber als der dort eintraf, war sie nicht mehr da. Lenni hat da tagelang jeden befragt, wir auch, aber niemand hat sie wegfahren sehen.«

Darum wollen sich Katja und Rosi kümmern. Dürfte kein leichter Job für die beiden werden.

»Wer hat Maren eigentlich behandelt?«

Lotta zieht die Stirn kraus und sucht die Lösung an der Zimmerdecke.

»Lamers. Nein, so ähnlich … Moment, ich hab’s gleich …

Lammert, ja richtig. Professor Lammert von der Neurologie war das.«

Professor Lammert … Kommt mir bekannt vor.

Das Gespräch mit Frau Dornbusch. Natürlich.

Die Wohnung im Erdgeschoss hat Herr Professor Lammert gemietet, er ist Arzt in Wesel.

Lotta begleitet mich bis zur Haustür. Ich spüre, dass sie etwas bedrückt, und bleibe eine Sekunde auf der Stufe nach draußen stehen.

»Wissen Sie, wann Lenni beerdigt wird?«

»Samstag, fünfzehn Uhr. In Xanten.«

Sie schaut betreten zu Boden.

»Wie konnte das nur passieren?«

»Ich werde es herausfinden. Ähem … da ist noch etwas.« Ich erzähle Lotta vom Inhalt der Mail, ärgere mich, sie nicht eingesteckt zu haben.

»Das … das kann nicht sein. Das hätte sie mir gesagt.« Sie schüttelt heftig den Kopf. »Maren ist meine beste Freundin.«

Doch ein Fake? Die Mail hätte jeder schreiben können, der Zugriff auf Marens Handy hatte. Ihr Vater mit seinem Kontrollwahn kommt mir als Erster in den Sinn. Aber dann … Ich verspüre urplötzlich den heftigen Drang, mir vor den Kopf zu schlagen.

Verdammt, wie konnte mir das durchgehen?

20

Donnerstag, 16.20 Uhr

Auf dem Weg zum Evangelischen Krankenhaus in Wesel muss ich immer wieder daran denken, wie Lotta die Beziehung zwischen Maren und ihrem Vater beschrieben hat. Was würde Bastian sagen, wenn er sich mit Lotta unterhielte? Dass seine Mutter in erster Linie Polizistin ist und er seinen Vater nur alle zwei Wochen mal sieht? Dass beide zu sehr mit sich selbst beschäftigt sind, um die Probleme ihres Jungen wahrzunehmen? In Höhe der Weseler Eissporthalle lenke ich Emma rechts ran. Mit den ausgestreckten Armen am Lenkrad presse ich mich in den Sitz und atme tief durch. Mein Gewissen schimpft mich einen Egoisten. Mein Verstand findet keine Ausrede.

Neben mir hupt ein Paketbote, ich stehe in der Auffahrt.

Auf dem Weg durch die Feldmark nehme ich mir vor, mit Bastian wegzufahren, sobald das vorbei ist. Irgendwohin, eine Woche lang, Vater und Sohn.

In der Klinik angekommen, teilt man mir nach einem längeren Spaziergang durch die Stationen freundlich mit, dass der Herr Professor nicht mehr im Dienst sei. Im Auto bringe ich die anderen über unsere WhatsApp-Gruppe auf den neuesten Stand und mache mich auf den Heimweg, der nur bis zur Rheinbrücke halbwegs fließend verläuft.

Wenn man Zeit hat, mag der Blick auf den in der Nachmittagssonne glitzernden Strom, auf die offenbar glücklich vor sich hin grasenden Kühe in der ausufernden Auenlandschaft oder die knorrigen und jede für sich einzigartigen Kopfweiden die Seele streicheln.

Wenn einem jedoch unablässig die Frage unter den Nägeln brennt, ob Lenni wirklich alle Mails an Maren mit der immer gleichen Forderung versehen hat, sie möge sich melden, starrt man nur auf die Bremslichter des Vordermanns. Nach einer halben

Stunde wundert es mich mal wieder, dass unsere Verkehrsphilosophen selbst dann an einer Ampelschaltung festhalten, wenn der Verkehr nur aus einer Richtung kommt und sich bei jeder ebenso langen wie sinnlosen Rotphase länger staut.

Auf Happy Eiland angekommen, gehe ich strammen Schrittes zu Eddys Unterkunft. Mein Kommen sowie den Grund habe ich unterwegs angekündigt. Zeit war ja reichlich vorhanden.

Mein persönlicher Kriminaltechniker begrüßt mich mit einem Stapel Blätter in der Hand.

»Ich habe die gesendeten Mails von Lenni ausgedruckt, ist einfacher. Eine ging an seinen Vermieter, der Rest an seine Freundin«, erklärt er und stellt ein Bier auf den Gartentisch.

Die Inhalte ähneln sich sehr, stelle ich nach den ersten zehn Nachrichten fest. »Bitte melde dich«, »Wo steckst du?«, »Geht es dir gut?« und so weiter. Nach einer Viertelstunde habe ich alle Nachrichten überflogen. Von zwei, drei anderen Versionen abgesehen, unterscheiden sich die Mitteilungen inhaltlich in keiner Weise. Entscheidender sind in diesem Fall die Absendedaten. Eddy hat die Mails in chronologischer Reihenfolge ausgedruckt, die letzte Nachricht an Maren hat Lenni am vergangenen Samstag um neunzehn Uhr einundzwanzig verschickt.

»Und? Hilft dir das weiter?«, will Eddy wissen.

»Er hat ihr nicht geantwortet«, stelle ich fest. Eddy sieht mich fragend an. »Vor zwei Wochen hat er die Nachricht von Maren bekommen, in der sie ihn darum bittet, sie in Ruhe zu lassen. Lenni ist überhaupt nicht darauf eingegangen. Warum nicht?«

Eddy rennt ins Mobilheim, ich folge ihm. Mit einigen schnellen Mausklicks hangelt er sich durch verschiedene Dateien, öffnet einen Browser und hackt auf der Tastatur herum. Es öffnet sich das E-Mail-Center eines großen Anbieters. Eddy wühlt in dem Zettelwust auf seinem Schreibtisch, findet das Passwort, durchstöbert den Papierkorb, öffnet den Ordner mit den gesendeten Mails. Dann endet das hektische Treiben. Eddy schließt alles wieder und lässt sich theatralisch ausatmend in die Lehne seines ledernen Bürostuhls fallen.

»Schade. Ich dachte, ich hätte was übersehen. Du hast recht, das ist in der Tat merkwürdig.«

Ich erzähle ihm von dem Besuch bei Lotta und dass die beiden sich nie getrennt hätten. Eddy beugt sich daraufhin vor und öffnet den Ordner mit den Fotos. Er wechselt in eine erweiterte Listenansicht und deutet auf die rechte Spalte.

»Scheint zu stimmen, die letzte Aufnahme ist erst drei Wochen her.«

Lotta hat also recht. Die Tatsache, dass Lenni nicht auf Marens Mail geantwortet hat, kann nur bedeuten, dass er mehr wusste als wir. Auf der anderen Seite beweisen die zahlreichen Nachrichten an sie, dass er keinerlei Kontakt mehr zu ihr hatte.

»Sag mal, Eddy, kannst du herausbekommen, wo Marens Handy zuletzt eingeloggt war?«

»Dazu müsste ich ihre Nummer haben.«

Ich öffne mein Mailprogramm und durchforste die Nachrichten, die Tamme van Tossens mir geschickt hat, mittlerweile zähle ich elf Mails. Ich öffne die mit dem Betreff »Persönliche Daten« und finde neben ihrem Geburtsdatum, ihrem Terminkalender, ihrer Bankverbindung und allerlei Zugangsdaten und Passwörtern, von denen ich mich frage, woher ihr Vater sie hat, ihre Mobilfunknummer.

»In Ordnung, ich kümmere mich drum«, sagt Eddy und öffnet eine Programmierebene.

Hm.

»Ein wenig arbeiten muss ich schon noch«, erwidert er auf meinen ungeduldigen Gesichtsausdruck.

Bevor ich mich auf den Weg zu Linda mache, muss ich noch dringend etwas erledigen. Nach einer halbstündigen Suche finde ich im Internet eine Vertragsvorlage, die mir unanfechtbar erscheint. Wenn schon zwei Kollegen auf ihre Kohle warten, kann man nicht vorsichtig genug sein. Vorsichtshalber lese ich mir noch das Kleingedruckte durch, wobei es sich um zwei Seiten handelt, bis zum Ende gefüllt mit Rechtsklauseln für jeden erdenklichen Fall. Der eigentliche Vertragstext hingegen ist kurz. »Für den Fall, dass

Maren van Tossens innerhalb der kommenden drei Monate von mir gefunden wird oder sich selbstständig zu erkennen gibt, wird eine Zahlung in Höhe von fünfzigtausend Euro fällig«, schreibe ich sinngemäß und bitte um Rücksendung des unterschriebenen Vertrages innerhalb der nächsten vierundzwanzig Stunden. In der Hoffnung, der Vertrag möge zur Erfüllung gelangen, füttere ich meinen Scanner mit den drei Blättern.

Fünf Minuten später betrete ich die Parzelle von Lindas Eltern. Ihr Vater zündet gerade den Grill an.

»Da hat einer was gerochen«, begrüßt mich Linda und gibt mir einen flüchtigen Kuss. Sie verschwindet im Vorzelt und kommt wenige Augenblicke später mit einigen Zetteln in der Hand zurück.

Ich setze mich neben sie und überfliege das Laborergebnis. Die meisten Werte sagen mir gar nichts. Immerhin bestätigt sich Lindas Aussage, dass Lenni keinerlei Alkohol intus hatte.

Ich erzähle ihr von Marens Mail an Lenni und dessen ausbleibender Antwort. Sie reibt sich nachdenklich das Kinn.

»Das kann nur bedeuten, dass die Mail von jemand anderem abgeschickt worden ist. Lenni wusste das …«

»Woher? Er hatte zu diesem Zeitpunkt keinen Kontakt zu ihr«, fahre ich ihr ins Wort. »Außerdem muss dieser Jemand dann Zugang zu ihrem Handy gehabt haben oder über die Fähigkeit verfügen, Mails mit falschen Absenderangaben zu verschicken.«

Ihr Vater lässt die Grillkohle vorglühen und setzt sich mit einem Bier zu uns. Ich lehne dankend ab. Seine Frau kommt mit einer Schüssel mariniertem Fleisch aus dem Mobilheim. Im letzten Moment kann er sie davon abhalten, sie Manolo vor die Füße zu stellen.

»Vielleicht ist es die Art und Weise, mit der sich der Verfasser der Mail ausgedrückt hat, die Lenni aufgefallen ist«, nimmt Linda den Faden wieder auf. »Irgendein Wort, das benutzt wurde, oder eine Formulierung.«

Linda hat recht. Daran habe ich bislang nicht gedacht. Auf dem Weg hierher habe ich den Ausdruck aus meinem Mobilheim geholt. Bevor ich die Nachricht noch einmal lese, fällt mir etwas auf.

»Lenni hat ihr bis dahin mindestens fünfundzwanzig Mails geschickt, ohne dass sie darauf reagiert hat. Und zwei Wochen nachdem sie vermisst wird, schreibt sie das hier.« Ich tippe auf das inzwischen verknitterte Blatt. »Warum hat sie sich in den zwei Wochen nicht einmal bei ihm gemeldet? Bis zum Tag ihrer Entlassung waren die beiden laut Lotta noch ein Paar, sie hat ihn sogar darum gebeten, sie vom Krankenhaus abzuholen.«

Kaum zehn Sekunden nachdem Lindas Vater die ersten Lammkoteletts auf den Rost gelegt hat, stürmt Manolo heran und setzt sich die Schnauze leckend neben den Grill.

»Das ist in der Tat merkwürdig«, bestätigt Linda meine Vermutung.

21

Donnerstag, 18.57 Uhr

»Über den Verbleib von Maren konnten wir nichts herausfinden. Dafür waren wir bei Lennart erfolgreich. Ein Taxifahrer hat angegeben, dass er drei Tage lang mit dem Bild seiner Freundin vor dem Weseler Krankenhaus herumgelaufen sei und jeden befragt habe.«

Nachdem Leni den Umstand, dass die SoKo-Sitzung drei Minuten zu früh begonnen hat, ins Protokoll eingetragen hat, liefert uns Katja erste Ergebnisse.

»Bis er offenbar von einem älteren Herrn den entscheidenden Hinweis bekommen hat«, übernimmt Rosi, die wie ihre Freundin die Haare zu einem Zopf gebunden hat. »Danach soll er wütend ins Krankenhaus gestürmt und wenige Minuten später von zwei Pflegern ziemlich rüde vor die Tür gesetzt worden sein. Zu wem er wollte, konnte uns niemand sagen.«

Professor Lammert kommt mir in den Sinn. Aber was könnte er von ihm gewollt haben? Ich reiche den Ausdruck von Marens Mail an Lennart herum.

»Lennart ist nicht darauf eingegangen. Es scheint, als hätte ihn diese Nachricht überhaupt nicht interessiert. Linda glaubt, es handelt sich um ein Fake. Jemand müsste die Mail in ihrem Namen geschrieben haben.«

Uwe schüttelt den Kopf. Er trägt ein T-Shirt mit dem Aufdruck einer mexikanischen Brauerei. Das darauf abgebildete Fass kommt im Bauchbereich besonders zur Geltung.

»Das würde ja bedeuten, dass sie entführt worden ist und irgendwo festgehalten wird. Meines Wissens gibt es aber keine Lösegeld- oder sonstigen Forderungen. Oder täusche ich mich da?«

»Nein.«

Bevor Uwe weiterspricht, winkt er Richtung Lissy, die gerade zwei Tische weiter kassiert.

»Ich habe mich mal um diesen Herrn Professor gekümmert. Der ist erst seit einem knappen Jahr in Wesel. War vorher im Rhein-Maas Klinikum in Würselen Chefarzt der Neurologie.«

Petra, Lissys Kellnerin, nimmt die Bestellung auf. Uwe wartet, bis sie weiterzieht.

»Ich habe dann mal die Kollegen vor Ort befragt und rausbekommen, dass er nicht aus Würselen weg ist, weil er unseren Niederrhein so schön findet. Ihm wurde gekündigt. Über den Grund hüllt man sich in Schweigen, sagt mein Kollege. Es ist lediglich von einer groben Verfehlung die Rede. Das hat für sehr viel Wirbel gesorgt. Der Klinikleiter hat den Prof nämlich noch wenige Wochen vorher im Rahmen einer öffentlichen Jubiläumsfeier als absoluten Glücksfall für sein Haus bezeichnet.«

Katja beugt sich vor, fixiert Uwe.

»Wenn eine Klinik einen ihrer Chefärzte vor die Tür setzt, muss mehr dahinterstecken als eine Verfehlung.«

»Da kannst du von ausgehen. Aber solche Kliniken stehen im knallharten Wettbewerb, und ein Skandal ist nicht gut fürs Geschäft.«

Ich äußere Zweifel, ob das für unseren Fall von Bedeutung ist. Immerhin hat das Weseler Krankenhaus ihn nicht nur eingestellt, sondern auch gleich zum Leiter der Abteilung gemacht.

»Ich glaube auch, das geht gerade in die falsche Richtung«, meldet sich der bis dahin schweigsame Eddy zu Wort. »Wenn ich das richtig sehe, wird Lennarts Freundin seit dem 24. Juni vermisst.«

Ich stimme ihm zu.

»Ich habe mir vorhin die Logdateien von Marens Handy angesehen. Zum Glück speichert ihr Provider sie vier Wochen.«

Eddy hat vor Jahren ein Ortungssystem für Handys entwickelt, das in einer Weise funktioniert, die ich bislang nur aus irgendwelchen Thrillern kannte und für völlig unrealistisch hielt. Inzwischen habe ich mich daran gewöhnt. Immerhin lebt Eddy davon, dass jede seiner Apps diese und noch viel mehr Daten speichert und er sie direkt gegen jede Menge Bares an interessierte Firmen weiterleiten lässt. Mich beschäftigt noch die Frage, für wen die Standortdaten seiner neuen KloRo-App lohnenswert sein könnten, als er schon fortfährt.

»Am 24. Juni um elf Uhr achtunddreißig hat sie das Krankenhaus verlassen. Ab zwölf Uhr dreizehn war ihr Handy in Xanten im Bereich Poststraße, Augustusring eingeloggt, und zwar bis zum anderen Morgen um drei Uhr zwölf ...«

»Poststraße, Augustusring ... Da in der Nähe liegt Lennarts Wohnung«, unterbreche ich ihn.

»Mag sein. Am 25. Juni bis vier Uhr fünfundzwanzig war ihr Handy jedenfalls in einer Funkzelle in Emmerich-Elten gemeldet, etwa im Bereich ...«, Eddy vergrößert mit Daumen und Zeigefinger den Bildschirmausschnitt, »Lindenallee und Van-der-Renne-Allee ...«

»Da wohnt sie«, unterbreche ich ihn erneut. Mir fällt das Versäumnis auf, van Tossens nicht danach gefragt zu haben, wann er seine Tochter zum letzten Mal gesehen hat. Dürfte sich erledigt haben.

»Um acht Uhr fünf war das Handy dann im Bereich des Frankfurter Flughafens angemeldet«, referiert Eddy unbeeindruckt weiter, »zwischendurch in verschiedenen Funkzellen entlang der Autobahn drei. Oder auch der Bahntrasse, die liegen eng beieinander. Ab neun Uhr sechzehn ist das Handy unter dieser Nummer nicht mehr zu orten.«

Wir sehen uns sprachlos an. Uwe möchte etwas sagen, als Lissy mit den Getränken an unseren Tisch kommt. Wir warten, bis sie weitergeht. Der Lokaljournalist nutzt die kurze Unterbrechung für einen kräftigen Schluck. Mit dem Handrücken wischt er sich Schaum vom Mund und schleudert ihn neben sich auf den Boden.

»Damit dürfte das Thema Maren wohl durch sein«, stellt er nüchtern fest. Wir sehen ihn fragend an. »Also, Leute, die Sache liegt doch auf der Hand. Das Mädel hat noch mal 'ne heiße Nacht mit ihrem Lover verbracht, ist dann nach Hause, heimlich den Koffer packen, ab nach Frankfurt und von dort in die Sonne.«

Ich muss zugeben: Vordergründig klingt Uwes Argumentationskette schlüssig. Sie hatte schon lange Stress mit ihrem Vater. Dass er es nicht einmal für nötig befand, sie vom Krankenhaus abzuholen, könnte das Fass endgültig zum Überlaufen gebracht und eine Kurzschlussreaktion ausgelöst haben. Aber warum brach sie den Kontakt zu ihrer engsten Freundin ab? Nach dem Gespräch mit Lotta bin ich davon überzeugt, dass Maren sie eingeweiht hätte. Und da ist noch etwas, das starke Bedenken in mir auslöst.

»Sie dürfte in dieser Nacht ungefähr eine halbe Stunde zu Hause gewesen sein. So wie ich ihren Vater kennengelernt habe, hat der das mitbekommen. Ich kann mir nicht vorstellen, dass er dabei zusieht, wie seine Tochter die Koffer packt, und ihr zum Abschied vielleicht noch ein Küsschen auf die Wange haucht. Bin gespannt, was er dazu sagt.«

Ich finde van Tossens' Handynummer in der Signatur seiner Mails. Er nimmt das Gespräch noch vor dem zweiten Freizeichen an.

»Herr van Tossens, es gibt einen Hinweis darauf, dass Ihre Tochter am 25. Juni gegen vier Uhr in Ihrem Haus war.«

»Moment …«, das Geräusch von Schritten dringt an mein Ohr, leises Gemurmel, »am 24. Juni hatte ich einen geschäftlichen Termin in Rotterdam. Meine Lebensgefährtin begleitete mich. Es wurde spät, wir haben dort übernachtet.«

»Es kann also sein, dass Ihre Tochter in Ihrem Haus war.«

»Sekunde, ich sehe nach … Nein, war sie nicht, dafür hätte sie die Alarmanlage ausschalten müssen. Das wird aufgezeichnet oder wie in diesem Fall eben nicht.«

Ich bedanke mich und kläre meine SoKo auf.

»Was wollte sie dann mitten in der Nacht in Elten?« Uwe wirkt leicht konsterniert.

Für mich ist das nicht die einzige Ungereimtheit. »Man könnte auch fragen, was wollte Maren in Xanten? Ich meine, wenn sie bei Lennart übernachtet hätte, warum sollte er dann tagelang in Wesel nach ihr suchen?«

Uwe verdreht nur noch genervt die Augen. Ist auch zum Verrücktwerden, wenn Fakten sich nicht mit Abläufen in Einklang bringen lassen wollen. Rosi startet einen weiteren Versuch, das zu ändern.

»Sie ist in der Nacht abgehauen.«

»Aber doch nicht zurück ins Krankenhaus. Und warum klingelt Lennart spätabends bei Frau Dornbusch, wenn Maren zu diesem Zeitpunkt in seinem Bett liegt?«

Mal abgesehen von dem starken Zweifel, dass sie sich überhaupt in dieses Bett gelegt hätte. Leni zuckt die Schultern, die anderen, bis auf Uwe, der anscheinend verkrampft nach einer neuen These sucht, wirken ratlos.

»Also schön«, nimmt Rosi das Thema wieder auf, »nehmen wir mal an, sie hat nicht bei ihrem Freund übernachtet. Was hat sie dann dort gemacht? Sie wird ja kaum von mittags um zwölf bis tief in die Nacht vor seiner Tür gestanden haben.«

»Möglicherweise wohnt eine Freundin oder Verwandte in der Nähe«, mutmaßt Leni. Das wäre der nächste Zufall. Ich glaube nicht daran.

»Wer sagt denn, dass sie überhaupt dort gewesen ist?«

Wir sehen Eddy entgeistert an.

»Na, du«, entfährt es Katja.

Eddy schüttelt den Kopf. »Ich habe lediglich gesagt, dass ihr Handy dort eingeloggt war, nicht …«

»Womit wir wieder bei der Entführungsgeschichte wären«, schneidet Uwe ihm das Wort ab. »Leute, das ist doch Kokolores.«

Selten habe ich meine SoKo so hilflos erlebt. In ihren Gesichtern steht der blanke Frust. Alle sind längst davon überzeugt, dass Lenni gewaltsam ums Leben gekommen sein muss. Doch immer, wenn sich eine neue Tür öffnet, wenn wir glauben, einen Schritt weiterzukommen, stehen wir vor dem nächsten Rätsel.

Immerhin kennen wir jetzt den ungefähren zeitlichen Ablauf. Mit dem Wissen um die genaue Uhrzeit von Marens Entlassung wollen Katja und Rosi sich morgen noch einmal im Evangelischen Krankenhaus umhören, Bernd und Leni wollen das Gleiche in Xanten machen.

»Was für einen Wagen hat Maren gefahren? Vielleicht ist er ja jemandem aufgefallen«, will Rosi wissen.

Das herauszufinden dürfte nach zwei Wochen kaum möglich sein, denke ich. Van Tossens habe ich nicht danach gefragt. Ich durchforste die Mails von ihm. In einer mit dem Betreff »Sonstiges« finde ich ein Foto ihres Wagens und schöpfe sofort Hoffnung. Es handelt sich um einen VW Beetle Cabriolet in der Sonderlackierung eines bekannten Schokoladenproduzenten. Sogar den Kaufbeleg hat er angefügt. Vierundzwanzigtausenddreihundert Euro abzüglich neuntausendsiebenhundertzwanzig Euro Beraterrabatt. Van Tossens hat den Wagen also günstig von einem Kunden bekommen. Ich zeige den anderen das Foto des schrillen Wagens.

»Ich glaube es nicht. Die fährt mit ’ner lila Kuh spazieren? Also die Kiste sollte tatsächlich jemandem aufgefallen sein.« Uwe schlägt sich vergnügt auf die Schenkel.

Ich frage mich, wer denn wohl die Schokopraline vom Parkplatz an der Schule zum Krankenhaus gebracht hat. Ein kurzes Telefonat mit Lotta wirft die nächste Frage in den Raum. Maren fahre grundsätzlich mit Zug und Bus zur Schule. Ein weiteres Telefonat mit Tamme van Tossens bringt die endgültige Ernüchterung: Der lila Beetle steht seit vier Wochen ungenutzt in der heimischen Garage.

»Alles wieder auf Start«, fasst Bernd die deprimierende Information zusammen, während Katja unsere Gedanken offen ausspricht: »Wie ist sie dann nach Xanten gekommen? Und nach Hause und nach Frankfurt …« Sie lässt die Fragen wie das letzte Rinnsal unserer Hoffnungen ins Leere laufen.

Rosi möchte nicht so schnell aufgeben. »Nur mal so: Was ist, wenn wir uns zu sehr auf Maren und ihre Rolle in dem Fall versteifen? Klar, sie nimmt viel Raum ein, und es spricht einiges dafür, dass sie der Schlüssel sein könnte. Aber was ist, wenn das nur eine Randgeschichte ist, die zufällig zur selben Zeit spielt, die aber nichts mit dem Tod von Lennart zu tun hat? Könnte es nicht sein, dass es ein ganz anderes Motiv gibt, von dem wir bis jetzt nichts ahnen? Dass Lennart aus einem ganz anderen Grund in der Nacht bei Frau Dornbusch geklingelt hat? Was wissen wir schon über ihn?«

Diesen Gedanken hatte ich mehrfach und habe ihn genauso oft wieder verworfen. Trotzdem hat Rosi recht: Mit der Konzentration auf Maren droht uns der Blick auf einen möglichen anderen Hintergrund verloren zu gehen.

»Das Problem ist, dass wir keinen anderen Ansatz haben. Was uns fehlt, ist ein Motiv, und das sehe ich weit und breit nicht.«

Mit diesem Satz und da wir uns ohne neue Fakten ohnehin im Kreis drehen, will ich die SoKo-Sitzung beenden.

Aber Katja hält ihre Hand wie ein Stopp-Zeichen hoch und stößt Rosi an. »Die Telefonnummern.«

»Stimmt.« Sie streckt sich und zieht einige Blätter aus der Hosentasche.

»Also die meisten ausgehenden Anrufe gingen, wen wundert das, zum Handy von Maren. Täglich mindestens fünf. Bis zum 27. Juni, danach taucht die Nummer komischerweise nicht mehr in der Liste auf.«

»Wundert mich nicht«, meldet sich Eddy, »die Nummer ist seit dem 25. Juni um kurz nach neun nicht mehr erreichbar, wie ich bereits erwähnte. Der hat sich zwei Tage das Gedudel angehört und dann aufgegeben.«

»Gut«, fährt Rosi fort, »dann hat er einige Freunde angerufen und sechsmal seine Oma, zuletzt vorige Woche Freitag.«

Rosi blättert um, Leni schreibt noch.

»Bei den eingehenden Anrufen war es ähnlich. Viermal seine Oma, achtmal Freunde. Nur von Marens Handy ging kein Anruf ein.«

Auch dafür sollte es einen triftigen Grund geben, finde ich.

»Ihr Vater durfte nichts von der Beziehung wissen. Und da er gelegentlich ihr Handy kontrolliert hat …«

Kollektives Kopfschütteln ist das einzige Ergebnis der Auswertung. Dass sein Mörder ihn vorher angerufen hatte, hat eh niemand erwartet.

Weil uns nichts Besseres einfällt, behalten wir die Aufgabenverteilung bei. Ich gebe Leni und Bernd noch den Tipp, mal mit einem Bild von Maren den Hausmeister zu befragen. Kaum vorstellbar, dass sie, falls sie dort war, unbemerkt an dem Kontrolletti vorbeikommen konnte. Uwe will in der Samstagausgabe einen Aufruf starten, und Eddy hat da so eine Idee.

Ich frage lieber nicht, welche.

22

Freitag, 9.35 Uhr

Tamme van Tossens und Frau Dornbusch haben Lenni mit Wodka abgefüllt, ihn ausgezogen und auf die Straße gelegt. Maren hat die Kleidung im Auto ihres Vaters gefunden und ist nach einem heftigen Streit abgehauen.

Der Geruch von frisch aufgebrühtem Kaffee krabbelt in meine Nase und lässt die Frage nach dem Motiv unbeantwortet. Die Augen halb geöffnet greife ich in das leere Bett neben mir. Linda hat Mittagsschicht, dämmert es mir. Gähnend schleppe ich mich in den Wohnraum. Linda steht am Spülbecken und schreckt Eier ab.

»Da ist ja der Langschläfer. Voilà«, sie lässt ihren Arm über den Küchentisch fliegen, »wollte dir mal zeigen, wie Frühstück geht.«

Frische Brötchen, Schinken, Käse, Marmelade und Müsli. Allem Anschein nach war Linda schon einkaufen. Doch alles hat seinen Preis. Direkt nach dem Frühstück legt sie den Katalog eines schwedischen Möbelhauses zwischen unsere Kaffeetassen.

»Wollen wir da morgen mal hinfahren?«

»Linda, wir wissen doch noch gar nicht, ob wir das Haus bekommen.«

»Aber dass wir zusammenziehen wollen, und dafür«, sie tippt mahnend auf den Hochglanzkatalog, »brauchen wir Möbel.«

Ich muss zugeben, dass meine Einrichtung keinen Umzug mehr überstehen dürfte, zumindest nicht ohne Unmengen an Holzschrauben und Leim. Nachdem meine Freundin die Frage nach der Finanzierbarkeit neuer Möbel mit einem Hinweis auf ihr Sparbuch beiseitegefegt hat, sage ich zu, äußerlich freudig erregt, innerlich mit den Zähnen knirschend. Wenn das Ganze in der von mir gewünschten Bahn verlaufen soll, brauche ich dringend den Grundriss von Börgers' Mobilheim.

Nach einer ausgiebigen Runde mit Manolo durch den Uedemer Hochwald wird es für uns beide fast noch knapp. Linda muss heute ausnahmsweise um zwölf anfangen, und ich habe für halb eins gute Chancen auf ein Gespräch mit Professor Lammert.

An einen Termin beim Professor ist in den nächsten zwei Wochen nicht dranzukommen. Aus gut unterrichteten Kreisen weiß ich jedoch, dass der Herr Doktor meist gegen halb eins zu Tisch ist. Zumindest hat Lotta ihn dort einmal kurz sprechen können.

Wieder einmal stehe ich auf der Rheinbrücke und warte, bis sich die Fahrzeuge vor mir in das einspurige Nadelöhr eingefädelt haben, durch das der Weg in die Hansestadt bis zur Fertigstellung der neuen Umgehungsstraße führt. Unter mir plätschert der verwaiste Strom. Das Niedrigwasser hat dazu geführt, dass die Schifffahrt eingestellt werden musste. Dafür gibt der Uferbereich jetzt den Blick auf jede Menge Unrat frei, der normalerweise vom Wasser verdeckt wird.

Gefühlte zwanzig Ampelkreuzungen später biege ich auf das Krankenhausgelände ein. Nach meiner Erfahrung beim letzten Mal steuere ich direkt die Parkplätze im hinteren Bereich an und werde tatsächlich fündig. Ein paar Minuten später betrete ich die Kantine im Untergeschoss und habe Glück. Professor Lammert ist mit einer Rinderroulade mit Klößen, Rotkohl und einem Wässerchen auf dem Tablett auf der Suche nach einem freien Tisch gegenüber der Theke fündig geworden.

»Entschuldigung, Herr Professor Lammert?«

Er nickt skeptisch. Das Foto auf der Website des Krankenhauses scheint zuvor einige Runden durch ein Bildbearbeitungsprogramm gedreht zu haben. In natura wirkt er jedenfalls deutlich älter. Seine Gesichtsfarbe geht leicht ins Gräuliche, unter den hellblauen Augen zeichnen sich kleine Tränensäcke ab und auf seiner Nase ein Bluterguss. Auf seiner Stirn bildet sich eine schmale Falte.

»Was kann ich für Sie tun?« Er klingt, wie ein Chefarzt eben klingt, der in der Mittagspause von einem Patienten angesprochen wird. Ich stelle mich darauf ein, in wenigen Minuten wieder im Auto zu sitzen.

»Mein Name ist Lukas Born. Ich bin Privatdetektiv und damit beauftragt, die Umstände am Tod eines gewissen Lennart Brehme aufzuklären. Seine Freundin Maren van Tossens war bis vor drei Wochen bei Ihnen in Behandlung. Hätten Sie im Anschluss vielleicht einige Minuten für mich? Ich warte so lange …«

Zu meiner Überraschung bittet er mich mit einer flüchtigen Handbewegung, ihm gegenüber Platz zu nehmen.

»Ich hörte, dieser Lennart Brehme hatte in der vergangenen Woche einen tragischen Unfall.«

»Es gibt Hinweise, dass es sich nicht um einen Unfall handelte.«

Professor Lammert hält mit der gefüllten Gabel in der Hand inne.

»Tatsächlich … Nun, davon ist mir nichts bekannt. Ich habe den Herrn einmal kennengelernt. Offenbar lag bei ihm eine fortgeschrittene Persönlichkeitsstörung vor. Hat man Frau van Tossens inzwischen gefunden? Die Polizei teilte mir mit, dass sie seit dem Aufenthalt bei uns vermisst werde.«

Ohne den Blick von mir abzuwenden, füllt er die Gabel mit Rotkohl und führt sie in den Mund.

»Nein, leider nicht. Sie wurde mit einem Schlaganfall eingeliefert?«

»Nicht direkt. Es handelte sich um eine transitorische ischämische Attacke, kurz TIA. Das ist, wenn Sie so wollen, ein Mini-Schlaganfall. Auf den allerdings sehr häufig ein richtiger Schlaganfall folgt«, Schlückchen Wasser, »die Symptome sind dieselben. Frau van Tossens wies bei ihrer Einlieferung Lähmungserscheinungen im Mundbereich und Sehstörungen auf. Zum Glück war sie rechtzeitig hier.«

Ich spare mir die Frage nach den Ursachen, um ein medizinisches Referat zu vermeiden.

»Und ein paar Tage später konnte sie entlassen werden?«

Professor Lammert nickt milde. Nachdem er sich ein Stückchen Roulade und ein weiteres Schlückchen Wasser genehmigt hat, antwortet er mir.

»Das ist bei einer TIA nicht ungewöhnlich. Der Patient wird

prophylaktisch mit blutverdünnenden Medikamenten und Thrombozytenfunktionshemmern behandelt und kann dann relativ schnell die Klinik verlassen. Wollen Sie etwa andeuten, dass wir unserer Sorgfaltspflicht nicht ausreichend nachgekommen sind, Herr Born?«

»Nein, es hat mich nur gewundert. Hat Maren van Tossens Ihnen gegenüber irgendwelche Andeutungen gemacht ...?«

»Dass sie verschwinden wollte? Nein, das haben mich die Polizisten auch schon gefragt. Wissen Sie, mein Kontakt mit den Patienten beschränkt sich auf die Behandlung und die täglichen Visiten. Sie war für mich eine Patientin wie jede andere. Es ist manchmal schade, aber für persönliche Gespräche fehlt im Klinikalltag einfach die Zeit.«

Mir läuft das Gespräch zu glatt. Ich kann nicht sagen, woran ich das festmache, aber die Erfahrung aus unzähligen Verhören sagt mir, dass er etwas verschweigt. Die Roulade ist verputzt, der verbliebene Rest Rotkohl und ein halber Knödel mahnen zur Eile.

»Ich muss noch mal auf Lennart Brehme zurückkommen. Drei Tage nach der Entlassung von Frau van Tossens ist er laut Zeugenaussagen wütend ins Krankenhaus gerannt. Wollte er zu Ihnen?«

Auf seine Augen legt sich ein kalter Schatten, das linke zuckt ganz leicht.

»Das weiß ich nicht.«

»Aber dass er in der Nacht zum Samstag vergangener Woche vor Ihrer Wohnung in Xanten aufgetaucht ist, dürfte Ihnen bekannt sein.«

»Ja, auch wenn ich dort nicht wohne.« Er wischt sich über den Mund und legt die Serviette auf den Teller. »Ich kann Ihnen beim besten Willen nicht sagen, was er dort wollte. Drogenabhängige Menschen handeln nicht immer rational, das dürfte Ihnen bekannt sein.«

Ich nicke. Er steht auf.

»Warum haben Sie die Wohnung gemietet, wenn Sie dort nicht wohnen?«

Professor Lammert stößt seinen Atem hart aus. »Meine Frau und ich möchten später mal dorthin ziehen. Die Wohnung ist stark renovierungsbedürftig, um es mal vorsichtig auszudrücken. Da Heimwerken meine große Leidenschaft ist, mache ich das selber. Soweit ich kann, jedenfalls«, schiebt er hinterher und deutet auf seine Nase. »Es mag für Sie ungewöhnlich klingen, dass ein Arzt einem solchen Hobby nachgeht, aber für mich ist das der ideale Ausgleich zur Tätigkeit in der Klinik. Sie können sich das Ergebnis meiner bisherigen Arbeit gerne mal ansehen.«

Ich lehne das Angebot dankend ab. Professor Lammert räumt sein Tablett in einen Wagen. Ich begleite ihn.

»Sagen Sie, Herr Professor, warum haben Sie eigentlich die Klinik in Würselen verlassen? Nach allem, was man so hört, hat man Ihre Fähigkeiten dort sehr geschätzt.«

Lammert bleibt abrupt neben mir stehen. Wütend funkelt er mich an.

»Ich wäre Ihnen dankbar, wenn Sie diese kindischen Spielchen unterlassen könnten.«

»Ich verstehe nicht …«

»Wenn Sie, warum auch immer, Nachforschungen in diese Richtung angestellt haben, dürfte Ihnen bekannt sein, dass mir Verfehlungen vorgeworfen wurden. Um unser Gespräch an dieser Stelle zu beenden: Die Vorwürfe stellten sich als haltlos heraus. Das Verhältnis zur Klinikleitung war dadurch allerdings zerrüttet, weshalb wir das Dienstverhältnis in beiderseitigem Einvernehmen beendet haben. Mehr gibt es dazu nicht zu sagen. Auf Wiedersehen, Herr Born.«

23

Freitag, 13.10 Uhr

Im Auto stelle ich fest, dass van Tossens mich auf allen Kanälen versucht hat zu erreichen. Wieder meldet er sich nach dem ersten Freizeichen. Er muss das Handy immer und überall bei sich tragen.

»Kommen Sie bitte, ich habe Neuigkeiten.« Ein Tamme van Tossens scheint nicht im Geringsten die Möglichkeit in Erwägung zu ziehen, dass jemand seinen Anweisungen widersprechen könnte.

Zehn Minuten später lenke ich Emma auf die Autobahn Richtung Arnheim, begleitet von der Frage, was so wichtig sein könnte, dass es sich nicht am Telefon erörtern ließe. Gibt mir immerhin die Gelegenheit, ihm einen ersten Zwischenbericht abzuliefern, wenn auch in mündlicher Form.

Zwanzig Minuten später parke ich Emma vor der extravaganten Hütte.

Van Tossens steht im Türrahmen und sieht demonstrativ auf die Uhr an seinem Handgelenk. Seine Mimik verrät mir, gerade noch im zeitlichen Rahmen zu sein. Mit einer ausladenden Armbewegung lässt er mich wortlos ins Haus, einige Blätter Papier in der Hand.

»Bitte, Ihr Vertrag.«

»Den hätten Sie mir schicken können«, bemerke ich.

Er winkt achtlos ab. »Ist sowieso wertlos.«

»Wie kommen Sie darauf?«

»Ich werde mich Montagmorgen mit Maren treffen. Da ich sie ohne Ihre Mitwirkung, wie Sie es zu formulieren pflegten, gefunden habe, dürfte der Vertrag gegenstandslos sein.«

Kommt mir vor, als sauge van Tossens meine Verwunderung genussvoll in sich auf. Ohne ein Wort zu sagen, geht er aus dem Raum und kommt mit einem Briefumschlag in der Hand zurück.

Der Brief ist an Maren van Tossens adressiert. Dass der Herr Papa es mit dem Briefgeheimnis nicht so hat, wundert mich nicht. Ich falte ihn auseinander, es handelt sich um eine Kreditkartenabrechnung.

»Hier.«

Van Tossens' Zeigefinger tippt auf eine Buchung vom 24. Juni. Mit der Karte wurde ein Flugticket Frankfurt–Philadelphia bezahlt. Marens Handy war zuletzt am Frankfurter Flughafen eingeloggt.

Wenn er richtigliegt, kann ich meinen Plan knicken, mit Linda in das Mobilheim der Börgers zu ziehen. Vor meinem geistigen Auge taucht ein Haus in Sonsbeck auf, Nachbarn kommen mit einem Tablett voller Likörchen und gratulieren zum Einzug. Ich habe vorher noch rasch den Rasen gemäht.

»Ich habe für Sonntag einen Flug gebucht«, stößt der Gastgeber in meine düsteren Gedanken. »Montag früh stehe ich vor der Uni. Ich bin sicher, dass meine Tochter eine plausible Erklärung für ihr Handeln hat.«

Ich ziehe einen Zettel aus der Hosentasche, auf den ich die Einwahldaten ihres Handys geschrieben habe.

»Herr van Tossens, am 25. Juni bis vier Uhr fünfundzwanzig befand sich Ihre Tochter hier in Elten. Um acht Uhr fünf war ihr Handy im Bereich des Frankfurter Flughafens eingeloggt. Können Sie mir sagen, wie sie dorthin gekommen ist?«

Für einen kurzen Augenblick wirkt er verwirrt.

»Mit dem Auto natürlich, das ist von hier aus locker in drei Stunden zu …« Mitten im Satz bricht er ab. Vermutlich von dem Gedanken gestoppt, dass Töchterchens Beetle seit über vier Wochen in der heimischen Garage Staub ansetzt.

»Eben«, ergänze ich.

»Dann eben mit dem ICE …«

»Habe ich überprüft. Mit dem Zug hätte sie frühestens um acht Uhr neunundvierzig dort eintreffen können.«

Van Tossens reibt sich nachdenklich das Kinn. Dann zeigt er störrisch auf das Schreiben in meiner Hand.

»Fakt ist nun mal, dass meine Tochter einen Flug nach Philadelphia gebucht hat, ob das nun in Ihre Ermittlungsergebnisse passt oder nicht.«

Man kann es sich auch passend machen. Ich frage mich, ob er mir misstraut oder es die Verzweiflung ist, die ihn nach diesem Strohhalm greifen lässt.

»Herr van Tossens, ich widerspreche Ihnen nur ungerne, aber Fakt ist aus meiner Sicht lediglich, dass mit der Kreditkarte Ihrer Tochter ein Flug nach Philadelphia gebucht worden ist.«

Er stellt sich an das Panoramafenster und sieht in den Garten. Ich frage mich, was in ihm vorgeht.

»Glauben Sie an Zufälle?«

»Nein.«

Van Tossens dreht sich zu mir herum.

»Ich auch nicht. Meine Tochter hatte es sich in den Kopf gesetzt, ein Semester in Philadelphia zu studieren. Von ihrer Kreditkarte wird ein Ticket dorthin abgebucht. Zufall?«

»Wer wusste von ihren Plänen?«

Van Tossens lacht.

»Fragen Sie lieber, wer nicht davon wusste.«

Mit gemischten Gefühlen steige ich ins Auto und stecke den Zündschlüssel ins Schloss. In einem ersten Reflex war ich einfach nur wütend. Wütend auf Maren van Tossens, die alle an der Nase herumgeführt hat, und wütend darauf, dass mir Geld durch die Lappen geht, das ich so dringend brauche. Einmal tief durchgeatmet, spüre ich eine gewisse Gelassenheit aufkommen. Für van Tossens mag die Frage nebensächlich sein, wie seine Tochter nach Frankfurt gekommen ist, für mich ist sie das ganz und gar nicht. Unwahrscheinlich, dass sie sich für die über dreihundert Kilometer lange Strecke ein Taxi genommen hat, und vor dem Hintergrund, dass man morgens um halb fünf in Emmerich-Elten als Anhalter schlechte Karten haben dürfte, bleiben nur zwei Möglichkeiten: Entweder war sie seit ihrer Entlassung mit einem Leihwagen unterwegs, oder jemand hat sie vom Evangelischen Krankenhaus nach Xanten, von dort nach Elten und weiter nach Frankfurt gefahren. Und zwischendurch in Xanten die halbe Nacht im Auto auf sie gewartet. Mir fällt spontan nur Lenni Brehme als möglicher Chauffeur ein, aber warum hätte der dann in den nachfolgenden Tagen nach ihr suchen sollen?

Weil ich einmal in der Nähe bin, fahre ich durch nach Grieth. Möglicherweise hat Lenni bei meiner Klientin Andeutungen gemacht, die für sie nebensächlich klangen, denen sie keine weitere Beachtung schenkte.

Marlies Brehme empfängt mich in einem schwarzen Hosenanzug. Auf ihrer Stirn zeichnen sich Sorgenfalten ab, sie wirkt blass, kraftlos.

»Ich habe Salbeitee aufgesetzt, der beruhigt.« Sie holt eine Tasse aus der Anrichte gegenüber und stellt sie auf den Tisch.

»Sind Sie weitergekommen?«, fragt sie leise, während sie meine Tasse füllt.

Ich warte, bis sie mir gegenüber Platz genommen hat. »Maren hat sich nicht von Lenni getrennt. Sie haben das nur allen erzählt, damit ihr Vater sie in Ruhe lässt.«

Für eine Sekunde schließt sie die Augen. Als sie sie wieder öffnet, liegt ein feuchter Glanz auf ihren Pupillen.

»Scheint so, dass er mir nicht vertraut hat.«

»Ich denke, Lenni hatte einfach nur Angst, Maren zu verlieren. Haben Sie gewusst, dass sie bis zu dem Tag, seit dem sie vermisst wird, in Wesel im Krankenhaus lag?«

Frau Brehme schüttelt den Kopf. »Was hatte sie?«

Ich erzähle ihr die mir bekannten Fakten. Immer wieder schüttelt sie voller Enttäuschung den Kopf.

»Warum hat er nicht mit mir geredet? Das muss doch schlimm für ihn gewesen sein.«

Ich nippe an dem Salbeitee. So ähnlich muss Wasser schmecken, in dem jemand drei Stunden seine Schweißfüße eingeweicht hat.

»Maren hat ihm vor zwei Wochen eine Mail geschrieben, ihm mitgeteilt, dass er sie in Ruhe lassen soll. Lenni ist nicht darauf eingegangen, hat weiter nach ihr gesucht. Hat er Ihnen irgendwas davon erzählt, war er verändert in den letzten zwei Wochen?«

»Er hat immer gesagt: ›Oma, ich werde Maren finden.‹ Ich

konnte nicht verstehen, warum … Ich meine, für mich hatten sie sich doch getrennt. Jetzt wird mir einiges klar.«

Von einem Moment auf den anderen weicht die Lethargie aus ihr, der Blick wirkt konzentriert, die Gesichtsmuskeln sind angespannt.

»Ich habe ihn für verrückt gehalten, gedacht, das liegt an diesem Teufelszeug, das er immer nimmt. Ich habe gedacht, Maren ist abgehauen, weil er nicht damit aufhört, sie zu bedrängen. Es war alles ganz logisch.«

Sie stößt ihren Atem aus, schlägt sich die Hand vor die Stirn. »Ich war es, die kein Vertrauen hatte. Ich hatte angenommen, das ist wieder eine von seinen Geschichten. Von der Mafia oder den Russen oder was ihm sonst so einfiel.«

Sie nimmt nachdenklich einen Schluck Tee, stellt langsam die Tasse zurück und sieht mich an. Meine Güte, jetzt rede endlich!

»Er kam vor, ich glaube, drei Wochen völlig aufgeregt zu mir und behauptete, Maren sei entführt worden …«

»Wann war das genau?«, fahre ich dazwischen.

Marlies Brehme zögert.

»Bitte, das ist wichtig.«

»Das war … Moment.« Sie steht auf und kommt eine Minute später mit einem Kalender in der Hand aus der angrenzenden Küche.

»An dem Tag haben wir bei den Nachbarn gekränzt, die hatten Silberhochzeit … Einen Augenblick.« Lesebrille auf, kurzes Blättern. »Da haben wir es: der 9. Juli.«

»Wusste Lenni auch, von wem Maren entführt worden ist?«

»Anscheinend ja. Ich habe aus Spaß gefragt, ob der edle Ritter seine Prinzessin jetzt befreien wird. Er wurde wütend und sagte: ›Ja.‹ Ich fragte, ob er denn wisse, wo das Verlies ist, in dem die Prinzessin sitzt. Wissen Sie, was er mir darauf geantwortet hat?«

Boah, natürlich nicht.

»›Nein‹, aber er werde mich zu ihr führen. Und ich blöde Kuh habe nicht weiter nachgehakt. Ich habe das doch für eine seiner Spinnereien gehalten. Wie konnte ich nur so dumm sein?«

Da hat sie recht. Ärgerlich. Und doch erscheint der ganze

Fall nach diesem Gespräch in einem anderen Licht. Mit einem Schlag würden viele offene Fragen beantwortet, zum Beispiel die, wie Maren nach Frankfurt gekommen ist. Auf der anderen Seite wirft dieser Aspekt neue Fragen auf. Warum sollte der Entführer fast vierundzwanzig Stunden mit ihr durch die Gegend fahren? Oder hatte er nur ihr Handy dabei, um eine falsche Spur zu legen? Das wiederum würde bedeuten, dass es dafür einen Grund geben muss. Das größte Fragezeichen steht jedoch hinter einer möglichen Entführung, schließlich gibt es bis heute keine Lösegeldforderung. Zumindest keine, die mir bekannt ist.

»Möchten Sie noch Tee?«

Marlies Brehme holt mich aus den Gedanken. Ich lehne eine Spur zu entschlossen ab. Plötzlich fällt mir etwas auf.

»Sie sagten mir beim letzten Mal, Lenni habe am vergangenen Samstag spätabends angerufen.« Sie nickt. »Wissen Sie, mit welcher Nummer? Lenni hatte beim Sturz im Zelt sein Handy verloren, das war um kurz nach zweiundzwanzig Uhr.«

Ich kann nur hoffen, dass sie zwischenzeitlich ihre Telefonrechnung bekommen hat und dass ein Einzelverbindungsnachweis dabei war.

»Deshalb. Ich hatte schon gedacht, mein Handy ist kaputt. Wissen Sie, wenn Lenni mich angerufen hat, erschien immer sein Bild, das hat er mir so eingerichtet, als er mir das Handy geschenkt hat. Dabei war er sowieso der Einzige, der mich übers Handy angerufen hat. Aber die Nummer … Nein, tut mir leid, die habe ich mir nicht gemerkt.«

»Dürfte ich Ihr Handy mal haben?«

Die Anrufliste ist überschaubar. Ganz oben ein eingehender Anruf vom letzten Samstag, dreiundzwanzig Uhr fünfundzwanzig. Ich tippe die Nummer in mein Handy und leite sie direkt an Eddy weiter, versehen mit der Bitte, sich darum zu kümmern. Ich könnte mir vorstellen, dass Lennis neues Handy mehr Spuren hinterlassen hat, als dem Täter lieb ist …

24

Freitag, 14.22 Uhr

In meine Überlegung, welche Route ich für die Rückfahrt wähle, platzt der Anruf von Julia. Sie erinnert mich gereizt, mich am heutigen Vormittag zwecks schriftlicher Aussage erwartet zu haben, und fordert mich auf, umgehend zu erscheinen. Auf meine Bitte um eine Terminverschiebung, da ich mich derzeit von ihr aus gesehen praktisch am Allerwertesten des Niederrheins befinde, schlägt sie vor, mich von den Emmericher Kollegen im Streifenwagen abholen zu lassen. Na gut, überredet.

Während der rund einhundert Kilometer langen Fahrt nach Krefeld wächst meine Wut auf den arroganten Doppeldoktor kontinuierlich an. Dass er mich in etwa so sehr mag wie ein Furunkel am Darmausgang, hatte Staatsanwalt Koch während meiner Dienstzeit nie verhehlen können. Zu oft hatte er sich von Verteidigern vorführen lassen müssen, weil meine Art der Beweissicherung … sagen wir mal … nicht immer hundertprozentig im Einklang mit der Strafprozessordnung stand. Wir sind halt sehr unterschiedlich. Für mich zählt das Ergebnis, für ihn muss auch der Lösungsweg stimmen. Immer wieder hat er mir deshalb Knüppel in Form von Dienstaufsichtsbeschwerden zwischen die Beine geworfen, letztendlich erfolglos. Das nagt an einem wie Koch, vermutlich bis heute. Ich glaube sogar, dass er innerlich jubilierte, als er erfahren hat, dass ich es war, der die Nase seines Sohnemannes geplättet hatte. Bei der Anzeige wegen schwerer Körperverletzung würde er es nicht belassen. Koch würde daneben eine Zivilklage mit einer erheblichen Schmerzensgeldforderung anleiern.

Scheint so, dass mir schleunigst was verdammt Gutes einfallen muss.

Gegen halb drei betrete ich Julias Büro. Mit einer knappen Begrüßung schleudert sie mir eine gelbe Mappe hin.

»Was ist das?«

»Die Zeugenaussagen. Vincent Koch behauptet, das Messer sei ihm beim Sturz aus der Tasche gefallen, und seine Freunde wollen nichts gesehen haben.«

So was in der Art war zu erwarten. »Keine Widersprüche bei den beiden?«

Julia sieht zu Tom. Mein Nachfolger hebt die Schultern.

»Der eine sagt zwar, sie standen leicht versetzt hinter Koch, der andere behauptet, daneben, aber was das Messer betrifft, herrscht Einigkeit.«

»Bei der Schwere der Verletzungen könntest du vielleicht Glück haben«, übernimmt Julia, »das Attest stammt von seinem Hausarzt.«

Immerhin. Sollte keine bleibende Beeinträchtigung des Hörvermögens vorliegen, wäre zumindest der Vorwurf der schweren Körperverletzung vom Tisch. Am liebsten würde ich mir die drei noch mal vorknöpfen.

Nachdem ich den Anhörungsbogen mit meiner Sicht zum Tathergang unterzeichnet habe, ziehe ich Eddys Ausdruck mit den Einwahldaten zu Marens Handy aus der Tasche und lege ihn Julia unter die Nase.

»Bist du da immer noch dran?«

Hört sich ein wenig mitleidig an, als ob ich mich nicht anderweitig beschäftigen könnte. Julia überfliegt die Daten.

»Ich frag jetzt nicht, wo du das herhast«, murmelt sie und reicht mir den Zettel nach einem kurzen Fingerzeig auf den letzten Eintrag zurück. »Flughafen Frankfurt. Alles klar, oder?«

»Über ihre Kreditkarte wurde ein Ticket nach Philadelphia gebucht. Laut ihrer Freundin hatte sie vor, dort ein Auslandssemester zu belegen.«

Julia breitet die Hände aus. Habe ich doch gleich gesagt, heißt das.

»Ihr Auto verstaubt seit Wochen in Papis Garage. Lenni dürfte sie wohl kaum tagelang suchen, wenn er sie gefahren hätte. Es muss also eine dritte Person im Spiel sein.«

Meine Noch-Gattin anwortet nur mit einem müden Lächeln.

Ich gebe auf. Glaub doch, was du willst.

»Geht Bastian am Montag wieder zur Schule?«, wechsle ich das Thema.

»Nur, wenn ich ihn dorthin prügele.«

25

Freitag, 15.45 Uhr

Auf Happy Eiland ist im Sommer immer irgendwo ein Grill im Einsatz. Und es ist immer ein Hund mit erhobener Nase unterwegs, der genau diesen Grill findet. Das ist auch heute nicht anders, wie mir einige Knochensplitter auf dem Küchenboden verraten. Von Manolo ist nichts zu sehen. Scheint so, als ob mein Freund erneut auf Beutezug wäre. Dumm nur, dass er gerne mal Fleisch stibitzt, bevor es auf den Rost wandert. Ich habe in meiner Zeit hier mehr Koteletts bezahlt, als ich selber jemals hätte essen können, dafür halten sich die sonstigen Futterkosten für Manolo in Grenzen.

Während der Rückfahrt von Krefeld hat mich eine Mail von Rüdiger Börgers erreicht. Sofort öffne ich den anhängenden Grundriss und drucke ihn aus.

»In der Anmeldung liegt ein Schlüssel. Du darfst dich gerne mal umsehen«, schreibt Rüdiger.

Einem ersten Impuls folgend, möchte ich sofort mit Linda und Maßband dorthin. Aber erstens ist Linda zu einer Freundin gefahren, und zweitens kann sie sehr spontan sein. Wenn wir uns in Börgers' Reich umsehen, ist es vielleicht möglich, dass sie morgen früh erste passende Möbel dafür aussucht und am Nachmittag den Umzug organisiert.

Dann fällt mir Maren ein. Komischerweise hat sie nur Strümpfe an. »Wo zum Teufel steckst du?«, höre ich mich murmeln. Sollte Tamme van Tossens mir übermorgen aus Philadelphia ein Selfie mit seiner strahlenden Tochter schicken … Ich würge den Gedanken herunter. Er schmeckt bitter.

Die aufspringende Tür lässt mich zusammenzucken. Manolo stürmt wedelnd auf mich zu, im Maul ein Holzfällersteak. Roh. Trotzdem meldet sich bei dem Anblick mein Magen. Bis Lissy den Ofen anwirft, dauert es noch eine Stunde. Mal sehen, ob die

Kriminaltechnik schon erste Erkenntnisse bezüglich des Prepaidhandys hat.

Eddy sitzt in seinem Kontrollzentrum und betrachtet scheinbar sinnentleerte Zahlenkolonnen, die über die beiden extragroßen Monitore rasen.

»Eine neue App?«

Er presst genervt die Lippen aufeinander. Ich setze mich artig neben den großen Meister und begleite sein Tun mit andächtigem Schweigen. Hin und wieder kommen die Kolonnen ins Straucheln. Ich glaube, einzelne Telefonnummern zu erkennen. Nach einigen Minuten, ich schweige immer noch, stoppt das Schauspiel auf dem rechten Monitor, und die Zahl 3410 poppt in einem kleinen grünen Fenster auf. Wenig später wiederholt sich der Vorgang auf dem anderen Monitor, nur dass hier die Zahl 6911 steht. Eddy rauft sich beidhändig das brünette Haupthaar und entlässt dabei einen schwermütigen Seufzer.

»Ich habe eine Funkzellenabfrage gestartet«, erklärt er mir, als wäre es das Selbstverständlichste auf der Welt. Ich weiß, dass die Polizei diese moderne Art der Rasterfahndung häufiger einsetzt, als sie es zugibt. Ich weiß auch, dass Eddy Mitglied im größten Computerclub des Landes ist und deren Leute häufiger mal Firmen und Behörden unterstützen, indem sie für sie die eine oder andere Spionagesoftware entwickeln. Wie sie funktioniert, weiß ich allerdings nicht. Aber dafür habe ich ja Eddy.

»Das sind alle eingeloggten Geräte aus acht Funkzellen. Insgesamt waren es um die fünfundvierzigtausend. Am letzten Samstag gegen zwanzig Uhr. Zu dem Zeitpunkt, als der Unfall passiert ist, waren im Bereich Sonsbeck und Xanten noch dreitausend Geräte online.«

»Aha. Und? War Lennis Nummer auch dabei?«

Eddy verdreht die Augen.

»Mit dem Wissen, dass er um zweiundzwanzig Uhr fünfundzwanzig im Krankenhaus lag und seine Oma angerufen hat, habe ich die Einwahl in dieser Funkzelle gefunden. Jetzt gilt es, die Nummer unter den Zigtausenden anderen zu finden.«

Vielleicht hätte ich ihm besser einen Heuhaufen mit einer Stecknadel gebracht. Auf dem Weg in eine vermutlich länger anhaltende Phase der Hoffnungslosigkeit fällt mir dieses hinterlistige Funkeln in Eddys Augen auf, welches immer dann entsteht, wenn der digitale Tüftler eine seiner genialen Ideen hat. Mit ungewohntem Elan schießt er vor und klappert wie wild auf der Tastatur. Plötzlich schlägt er die flache Hand auf den Tisch.

»*Yes*, das sollte klappen. Ich implementiere die Zahlen in eine Excel-Datei, und dann … Egal, vielleicht schaffe ich es bis zu unserem Treffen. Versprechen kann ich das aber nicht.«

Er schafft es. Ich weiß das.

Von Manolos Beute inspiriert, bestelle ich ein Holzfällersteak mit Bratkartoffeln, einen kleinen Salat und ein großes alkoholfreies Bier. Das Gespräch mit Marlies Brehme geht mir nicht mehr aus dem Kopf. Die Möglichkeit einer Entführung scheint sich wie ein Puzzlestück in das Gesamtbild zu fügen. Allerdings werden Menschen nicht ohne Grund entführt. Und dieser Grund wird den Angehörigen in der Regel in Form einer Forderung mitgeteilt. Tamme van Tossens springt in meine Gedanken. Uwe sagte, der smarte Unternehmer habe einigen Leuten den Boden unter den Füßen weggezogen. Sollte alles ein abgekartetes Spiel sein? Die Polizei kann er nicht einschalten, will er das Leben seiner Tochter nicht gefährden. Und dass ein van Tossens, so wie ich ihn kennengelernt habe, den Forderungen eines Entführers nachgibt, darf zumindest bezweifelt werden.

»Du willst uns verlassen?« Ich habe Lissy nicht bemerkt, die mir das Bier und den Salat bringt.

»Wie kommst du denn darauf?«

»Kam in Radio Happy Eiland. Schickes Häuschen in Sonsbeck und so …«

»Wie bitte?« fahre ich dazwischen.

Lissy grinst mich süffisant an. »Ich habe Linda vorhin getroffen. Willst du wirklich hier weg?«

»Quatsch.«

»Dann solltest du dir schleunigst was einfallen lassen.«

Sag bloß.

Lissy hat gerade abgeräumt, da setzen sich nacheinander Katja, Rosi, Leni, Bernd und Uwe zu mir an den Tisch.

»Neunzehn Uhr, SoKo Happy Eiland, bis auf Eddy vollständig«, flüstert Leni und trägt die Verspätung ins Klassenbuch ein.

Uwe gähnt demonstrativ. Nachdem Lissy die Bestellung aufgenommen hat, trudelt Eddy mit einer Kladde in der Hand ein. Leni greift zum Stift und macht eine Notiz.

Ich berichte in chronologischer Reihenfolge über die Ergebnisse des Tages. Angefangen beim Gespräch mit Professor Lammert und dass dieser angibt, Lenni tatsächlich einmal begegnet zu sein, gefolgt von der Tatsache, dass über Marens Kreditkarte ein Flugticket Frankfurt–Philadelphia gebucht worden ist, und letztlich von der Aussage Lennis seiner Oma gegenüber, dass Maren entführt worden sei und er den Entführer kenne. Nachdenkliches Schweigen deutet darauf hin, dass meine SoKo die Neuigkeiten erst mal einsortieren muss. Schließlich ist es Katja, die erste Schlüsse zieht.

»Also: Die Tatsache, dass *ein* Flugticket gebucht wurde, spricht schon mal gegen eine Entführung. Welcher Entführer lässt sein Opfer alleine wegfliegen? Nein, das ergibt keinen Sinn.«

Lissy serviert die Getränke. Scheint nicht viel los zu sein an der Theke. Nachdem sie einen Tisch weitergezogen ist, hegt Eddy Zweifel an Katjas Vermutung.

»Dass ein Ticket gebucht wurde, muss nicht bedeuten, dass sie auch geflogen ist. Es könnte sich ebenso gut um eine Finte des Entführers handeln.«

Ich gebe zu bedenken, dass der Entführer einen triftigen Grund gehabt haben müsste, einen solchen Aufwand zu betreiben. »Ein Grund wäre, dass ihm jemand verdammt nah auf den Fersen war. Wer sollte das sein? Für die Polizei ist es ein Vermisstenfall, den sie ziemlich schnell abgelegt hat, und wir waren zu diesem Zeitpunkt noch gar nicht involviert.«

»Ich finde, wir sollten Eddys Ansatz nicht so schnell verwerfen«, meldet sich Leni. »Dass die Polizei den Fall zu den Akten gelegt hat, konnte der Entführer nicht wissen.« Unsere

Protokollführerin blättert in ihren Aufzeichnungen und tippt mit dem Zeigefinger auf eine Seite. »Hier: Van Tossens hat gleich zwei Detektive engagiert. Angeblich waren die auf Lennart angesetzt. Was ist, wenn das nicht stimmt? Wenn van Tossens eine Lösegeldforderung bekommt und die beiden auf den Entführer angesetzt hat? Was ist, wenn die gar nicht so erfolglos waren, wie er behauptet? Dann könnte Eddy mit der Finte recht haben.«

Ich merke an, dass die entsprechende Kreditkartenabrechnung erst heute in van Tossens' Briefkasten war. Grundsätzlich könnte dennoch etwas dran sein. Uwe, der sich bis dahin scheinbar teilnahmslos mit seinem Handy beschäftigt hat, meldet sich zu Wort.

»Warum Frankfurt–Philadelphia?«

Wir sehen ihn fragend an.

»Der Flug wird ab Düsseldorf über Frankfurt angeboten. Du kannst dir aussuchen, ob du mit dem ICE nach Frankfurt fährst oder direkt dorthin fliegst. Das machen die meisten, weil das Gepäck dann in Frankfurt nur von einer Maschine in die andere umgeladen wird und man nicht mit den Koffern durch Bahnhof und Zug asten musst.«

Es sind die Details, die die Mitarbeit der SoKo so wertvoll machen. Darauf wäre ich nie gekommen.

»Selbst zum Amsterdamer Flughafen Schiphol wäre es von Elten aus näher als nach Frankfurt. Irgendwie ergibt das keinen Sinn«, nimmt Eddy den Faden auf und hat damit vollkommen recht.

Warum also wollte Maren zum Frankfurter Flughafen?

»Okay, Leute«, Rosi hebt die Hände, als wollte sie uns abbremsen, »nehmen wir mal für einen Moment an, es handelte sich tatsächlich um eine Entführung. Der Entführer musste beruflich oder privat nach Frankfurt und hat die Gelegenheit genutzt, eine falsche Fährte zu legen, dann …«

»Müssen wir nur noch herausfinden, welche Veranstaltungen in Frankfurt am 25. Juni stattfanden. Können ja nicht so viele gewesen sein an einem Wochenende«, fällt Eddy ihr mit zynischem Unterton ins Wort.

Rosi funkelt ihn an.

»Eddy, wir sind hier nicht bei Wünsch-dir-was. Es ist nun einmal Fakt, dass das Ticket dort gebucht worden ist, und es ist auch Fakt, dass Marens Handy dort zum letzten Mal geortet werden konnte.«

Wie es aussieht, haben beide recht. Zumal ein Entführer es kaum riskieren dürfte, mit seinem Opfer im Wagen dreihundert Kilometer durch die Republik zu gondeln. Ganz abgesehen von der Frage, wie er denn wohl mit Maren unbemerkt durch den um diese Zeit rappelvollen Flughafen latschen sollte.

»Wenn Rosi recht hat mit der Entführung, sollten wir diesen Professor unter die Lupe nehmen.« Bernd deutet auf das Protokoll seiner Frau. »Er ist Mieter der Wohnung, vor der Lennart in der Nacht vor seinem Tod stand. Lennart ist außerdem am 27. Juni wütend ins Krankenhaus gestürmt. Der Professor hat gesagt, dass er ihm begegnet ist.«

»Warum sollte er eine Patientin entführen?«

»Katja, sollen wir der Spur nur deshalb nicht nachgehen, weil uns das Motiv fehlt? Das können doch keine Zufälle sein.«

Lissy räumt die leeren Gläser ab und nimmt die nächste Bestellung auf. Uwe hebt plötzlich die Hand.

»Das wäre mir fast durchgegangen. Wir hatten gestern einen Zeugenaufruf im Blatt. Heute hat sich einer gemeldet, der hat in der Nacht auf Sonntag an der Hammerstraße einen schwarzen Audi stehen sehen. Das muss kurz vor dem Unfall gewesen sein. Hat sich darüber aufgeregt, dass der da ohne Licht direkt hinter der Einmündung stand. Kennzeichen hat er sich natürlich nicht gemerkt.«

»Schwarzer Audi. Mehr nicht?«

Uwe zuckt die Achseln. Eddy faltet einige Blätter auseinander. Sein überlegenes Grinsen verrät mir, dass er es tatsächlich geschafft hat. Zur Einstimmung erläutert er, wie er das hinbekommen hat. Die anderen applaudieren, Eddy verzieht die Mundwinkel.

»Am 10. Juli, also am vergangenen Samstag, befand sich das Handy um zweiundzwanzig Uhr achtzehn im Bereich des Neutorplatzes in Sonsbeck, dort stand auch das Zelt.«

»Moment«, mischt sich Uwe ein, »um kurz nach zehn ist der umgekippt. Dabei hat er sein Handy verloren. Wie ist er denn wenige Minuten später an ein neues Handy gekommen?«

Ich rufe mir die Bilder ins Gedächtnis.

»Zwei Männer haben ihn nach draußen getragen und dort auf einen Stuhl gesetzt. Seine Freunde standen um ihn herum. Jemand hat gerufen, er sei Arzt, hat geholfen. Dann kam der Rettungswagen. Irgendeine dieser Personen muss ihm das Handy zugesteckt haben.«

»Die Sanis und der Arzt werden das wohl kaum gewesen sein. Schätze, wir sollten uns die Freunde noch mal vornehmen«, antwortet Uwe.

Rosi schüttelt vehement den Kopf. »Der Arzt kann es kaum gewesen sein? Hallo? Wie ich das sehe, befindet sich unser Prof durchaus noch in der Lostrommel, und der ist Arzt. Wir sollten dringend überprüfen, ob er für die Zeit ein Alibi hat.«

»Oder seine Handynummer besorgen, dann kann ich rausfinden, ob er zur fraglichen Zeit dort war«, übernimmt Eddy das Wort. »Und jetzt bitte alle mal zuhören, ich habe noch mehr. In dem Zeitraum von zweiundzwanzig Uhr neununddreißig bis null Uhr achtzehn befand sich das ominöse Handy in einer Funkzelle in der Nähe des Veener Weges in Xanten, dort liegt die Heeswaldklinik. Um null Uhr dreiunddreißig war es wieder am Neutorplatz eingeloggt, und jetzt kommt's: Von null Uhr einundfünfzig bis um ein Uhr zweiundzwanzig befand sich das Handy im Bereich Boxtelstraße, Küvenkamp, Herdekamp. Genauer geht es leider nicht, weil es dort nur von zwei Funkmasten erfasst wurde. Aber ich gehe mal davon aus, dass es exakt an der Stelle ist, an der Lukas das Auto gefunden hat.«

Katja nimmt Eddy das Blatt aus der Hand und überfliegt die Zeilen.

»Was hat er dort eineinhalb Stunden lang gemacht?«

»Gesoffen«, antworte ich trocken, um die Erklärung direkt hinterherzuschieben. »Die Blutuntersuchung im Krankenhaus ergab einen Promillewert von null Komma null, die später erfolgte Obduktion dagegen eins Komma eins Promille.«

»Der Typ hat den dahin kommen lassen, weil er mit ihm einen ballern wollte?« Uwe sieht mich mit großen Augen an.

»Alkohol in Verbindung mit Liquid Ecstasy ergibt ein tödliches Gemisch. Lenni wusste das. Die Person, die ihn dorthin bestellt hat, offenbar auch«, entgegne ich Uwe, der allmählich begreift.

»Das war also ein eiskalt vorbereiteter Mord«, grummelt der Journalist.

»Scheint so«, bestätige ich und werde mir der Tatsache bewusst, dass wir damit endgültig alle Konjunktive, die diesen Fall so nebulös machten, über Bord werfen können. Angesichts der neuen Lage wäre Staatsanwalt Koch gezwungen, die Mordkommission wieder einzurichten.

Würde viele unangenehme Fragen nach sich ziehen. Ich stelle mir gerade das Gesicht des Doppeldoktors vor, wenn er davon erfährt, dass Eddy uns mit Hilfe einer Funkzellenabfrage die entscheidenden Hinweise geliefert hat. Ich erinnere mich an meine Dienstzeit: Schon die während einer ergebnislos vor sich hin plätschernden Ermittlung mit äußerster Demut vorgetragene Bitte um Genehmigung einer solchen Rasterfahndung bescherte uns einen ellenlangen Vortrag über bürgerliche Grundrechte im Allgemeinen und dem eminent wichtigen Schutz persönlicher Daten im Speziellen.

Muss ich nicht haben.

Und auch keine Julia, die mir dann wieder mit ihrem »Das ist unser Fall«-Geplärre Knüppel zwischen die Beine wirft.

Da der Großteil unserer Ergebnisse ohnehin nicht auf legale Weise den Einzug in Lenis Protokollbuch gefunden hat und somit gerichtlich nicht verwertbar ist, werde ich Julia erst mal nicht damit belasten.

»Darf ich mal 'ne steile These aufstellen?«, will Rosi wissen und fährt, ohne eine Antwort abzuwarten, fort: »Der Prof hat Maren entführt. Lennart ist dahintergekommen, hat ihm das gesteckt, und zack.« Sie macht die Kehle-durchschneiden-Geste.

»Möglich«, erwidert Bernd, »aber wie sollen wir das beweisen?«

»Und welches Motiv sollte er haben?«, setzt Leni noch einen drauf.

»Ich finde, wir sollten diesen Prof auf links drehen, alles über ihn herausfinden. Zum Beispiel, ob er einen schwarzen Audi fährt. An das zentrale Fahrzeugregister komme ich erst am Montag, aber wir können uns ja morgen mal im Krankenhaus umhören.«

Es kommt selten vor, doch manchmal ist es von Vorteil, dass Rosi beim Straßenverkehrsamt in Mettmann arbeitet. Uwe will versuchen, über die Kollegen und das Zeitungsarchiv an Informationen zu kommen, Leni und Bernd vermuten einen Zusammenhang zwischen der Weseler Firma Vesalia Immobilien und Professor Lammert.

26

Samstag, 12.35 Uhr

Ich beneide inzwischen die Kinder im Bällebad. Bei jeder über die Lautsprecher des schwedischen Möbelhauses vorgetragenen Aufforderung, Frau oder Herr Sowieso mögen bitte ihren Sprössling dort abholen, bin ich geneigt, zu rufen: »Ich übernehme das!«

Seit zwei Stunden trotte ich mit Linda im Schritttempo, das von Tausenden anderen Kunden auf den verschlungenen Wegen durch die Etagen vorgegeben wird, vorbei an Betten, Schränken, Sofas, allerlei Kleinmöbeln und irgendwelchem Nippes. Linda macht immer wieder Fotos, wenn ihr etwas besonders gut gefällt, und notiert Maße auf einem Block. Immerhin konnte ich sie überreden, rein prophylaktisch natürlich, auch den Grundriss von Börgers' Mobilheim mit einzubeziehen. Ob Absicht oder nicht: Das meiste will nicht in meine favorisierte Unterkunft passen. Unterwegs hierher habe ich erneut versucht, ihr Börgers' Unterkunft schmackhaft zu machen. Die Vorstellung, ganz in der Nähe ihrer Eltern zu leben, gefällt ihr gut, allerdings glaubt sie nach wie vor nicht, dass ein Kauf für uns realisierbar wäre. Mir rennt die Zeit davon.

Linda lässt sich von einem Verkäufer aufzählen, was wir alles zukaufen müssen für einen vollständigen Kleiderschrank. Der Gedanke, unser erstes gemeinsames Mobiliar in vermutlich tagelanger, nervenaufreibender Bastelei aus unzähligen Einzelteilen zusammenzufrickeln, lässt meine Laune den nächsten Tiefpunkt erreichen.

Nach einer weiteren halben Stunde stehen wir mit einigen Kleinteilen und einem ellenlangen Wunschzettel, den es zu Hause noch detailliert durchzusprechen gilt, an der Kasse. Zur Belohnung spendiert Linda uns zum Abschluss schwedische Erdbeertorte.

Gegen halb drei setzt meine Freundin mich hinter Lissys Bistro ab. Ich habe aus taktischen Gründen vorgeschlagen, mit ihrem Kleinwagen zu fahren. Da passt nicht viel rein.

Nachdem ich mir die dunkelblaueste meiner drei Jeans und ein vor etlichen Jahren zumindest mal schwarzes Hemd angezogen habe, mache ich mich auf den Weg nach Xanten.

Zwanzig Minuten später stelle ich Emma auf dem Parkplatz am Holzweg ab. Der städtische Friedhof befindet sich nur wenige hundert Meter von Lennis Wohnung entfernt. Wenn ich ehrlich bin, erhoffe ich mir nicht viel Input von der Beerdigung. Eigentlich bin ich nur hier, um meiner Auftraggeberin gegenüber Präsenz zu zeigen.

Ich warte neben der Leichenhalle, bis der Trauerzug das Gebäude verlässt, vorneweg Marlies Brehme, die von einem jungen Mann am Arm gehalten wird. Dahinter rund zwanzig Menschen in Lennis Alter. Drei davon erkenne ich wieder. Ich schließe mich in einigem Abstand an.

Einige Meter abseits der Grabstätte stelle ich mich neben eine schlanke Frau um die vierzig. Die farbliche Zusammenstellung ihrer Kleidung lässt nicht darauf schließen, dass sie zu den Trauergästen gehört.

»Kannten Sie den Toten?«, frage ich leise.

Sie wirft mir einen kurzen Blick zu und richtet die Augen sofort wieder auf den Ort des Geschehens.

»Entschuldigung, mein Name ist Lukas Born. Ich bin Privatdetektiv. Die Großmutter des Toten hat mich beauftragt, die Umstände …«

Mit einem kaum merklichen Nicken deutet sie mir an, einige Meter weiter in den Hintergrund zu treten.

»Tatjana Sewering, ich bin … ich war seine Bewährungshelferin.« Sie reicht mir die Hand.

»Meines Wissens ist er bei einem tragischen Unfall ums Leben gekommen.« Ich lasse die Worte langsam ausklingen.

»Dann hätte Frau Brehme Sie wohl kaum beauftragt, richtig?« Ihre Stimme klingt kühl, über der schwarzumrandeten Brille zeichnen sich Falten ab.

»Es gibt Anzeichen, dass Lennart Brehme ermordet wurde.«

Obwohl sie mit dieser Antwort gerechnet haben muss, geht sie erschrocken einen halben Schritt zurück.

»Der Name Maren van Tossens sagt Ihnen sicherlich was.«

Sie legt den Kopf in den Nacken und seufzt. Dann nickt sie mich mit aufeinandergepressten Lippen an. Von der Grabstelle klingt das Weinen meiner Klientin herüber.

»Ich musste schwören, dass ich niemandem etwas davon sage.«

»Sie waren eingeweiht? Ich war im Glauben, außer Marens Freundin …«

»Lotta? Ja, sie war die Einzige außer mir, die davon wusste.«

»Haben Sie Marens Vater einmal kennengelernt?«

»Ja. Er hat Lennart das Leben zur Hölle gemacht. Ich habe ihn besucht, wollte vernünftig mit ihm reden. Aber das ist schwierig. Er ist getrieben von Verlustängsten. Das führte in einen regelrechten Kontrollwahn. Aber das wissen Sie vermutlich.« Ich nicke. »Gibt es eine Spur von Maren?«

»Nein. Nur den Hinweis, dass sie entführt worden ist.«

Sie sieht mich erstaunt an. »Wer macht so etwas?«

»Seine Oma sagt, er wusste das. Ehrlich gesagt, sind Sie im Augenblick meine große Hoffnung, was das angeht.«

An ihrer Mimik lese ich ab, dass er nicht mit ihr darüber geredet hat.

»Seit Maren verschwunden ist, habe ich keinen Zugang mehr zu ihm bekommen. Er war in blinder Wut davon besessen, sie zu finden. Ich habe mir große Sorgen um Lennart gemacht.«

Im Augenwinkel sehe ich den Pfarrer weggehen.

»Trauen Sie es ihrem Vater zu, dass er Lennart umgebracht hat?«

Tatjana Sewering wiegt zögernd den Kopf hin und her.

»Er hat ihn gehasst. Ihm muss aber auch klar gewesen sein, dass er seine Tochter endgültig verliert, wenn er das macht.«

Ich frage mich, ob van Tossens willens war, diese Abwägung zu treffen. Allerdings dürfte er mich dann kaum beauftragt haben, seine Tochter zu finden. Er musste damit rechnen, dass die beiden Fälle miteinander verwoben sind. Ich will wissen, ob Lenni

Feinde hatte. Tatjana Sewering denkt nur einen kurzen Moment darüber nach.

»Lennart war ein sehr empathischer Mensch. Er hat in allen Menschen immer nur das Gute gesehen. Es brauchte schon einiges, um ihn aus der Fassung zu bringen. Ich habe das nur einmal erlebt. Das war an dem Tag, an dem er erfahren hat, dass ihn jemand wegen Drogenhandels angezeigt hat. Das kam für ihn im denkbar schlechtesten Augenblick. Er war auf dem besten Weg, sein Leben wieder in die Spur zu kriegen.«

»Mit Drogen«, unterbreche ich sie.

»Ich weiß, wie sich das für Außenstehende anhört, und es ist natürlich auch nicht legitim.« Es fällt ihr sichtlich schwer, die richtigen Worte zu finden. »Wissen Sie, für mich war das eine schwierige Situation. Ich durfte das auf keinen Fall zulassen, und doch wusste ich, dass Lenni es mit gelegentlichen Joints schaffen würde, von diesem teuflischen Ecstasy loszukommen. Für diese Menschen gibt es kein Methadonprogramm wie für Heroinabhängige. Lennart war auf sich alleine gestellt. Bitte verstehen Sie mich nicht falsch. Das soll keine Entschuldigung sein, eher der Versuch einer Erklärung.«

Sie deutet auf ihre Uhr.

»Entschuldigung … aber auf mich wartet der nächste schwierige Fall.«

Neben der Leichenhalle treffe ich Frau Brehme und kondoliere. Die Einladung zum Beerdigungskaffee lehne ich mit dem Hinweis auf dringende Ermittlungen dankend ab.

Im Auto vermeldet WhatsApp eine eingegangene Mitteilung.

»Gibt Neuigkeiten«, ein Freund großer Worte war unser Eddy noch nie. Ist oft nervig, ihm jede Silbe einzeln aus der Nase zu ziehen. Was soll's, ich habe ja Zeit.

Eddy sitzt mit einem klobigen Kopfhörer auf dem Schädel in seinem Rechenzentrum, wippt in einem Takt, den nur er hört, und lässt die Augen unablässig zwischen zwei Monitoren hin- und herwandern. Der eine zeigt die geschmacklos bebilderte Klopapierrolle, auf dem anderen läuft ein Audioschnittprogramm. Beiläufig huscht seine Hand zur Begrüßung hoch.

»Kleinen Moment, muss noch eine Spur schneiden«, sagt er. Einige Mausklicks später reicht er mir mit einem zufriedenen Lächeln den Kopfhörer.

»Der Soundtrack steht. Hör dir das mal an.«

Ich tue ihm den Gefallen. Statt der erwarteten heißen Beats dringt kurz darauf das im Bassbereich unangenehm verstärkte Geräusch einer Klospülung durch meinen Kopf. Eddy lässt die Rolle rollen, bis sie an einem Blatt stehen bleibt, auf dem ein Haufen Kacke abgebildet ist. Augenblicklich macht es »FLATSCH«, und vor meinem geistigen Auge taucht eine Kuh auf, die die Nahrungsaufnahme eines ganzen Tages in einem Rutsch auf die feuchte Wiese plumpsen lässt. Mir reicht's.

»Sag jetzt nicht, das ist die Neuigkeit.«

Mit dem Kopfhörer in der Hand sieht er mich beleidigt an.

»Okay, hört sich geil an«, lüge ich, »aber deshalb sollte ich bestimmt nicht kommen.«

Halbwegs zufrieden schaltet er die Programme aus und eine mir bekannte Tabelle ein.

»Da das Ergebnis der Funkzellenabfrage dieser Nacht schon mal vorliegt, habe ich mir die Mühe gemacht, es mit allen Handynummern, die uns bislang bekannt sind, abzugleichen. Katja und Rosi haben freundlicherweise die Nummern von Lennis Freunden in die Gruppe eingetragen. Dann haben wir noch die Nummern von van Tossens, seiner Tochter, von dieser Lotta, Frau Brehme und Lennis altem Handy. Vorsichtshalber«, fügt er hinzu und geht zum Kühlschrank.

Gibt Neuigkeiten.

»Bierchen?«

Sollte es einmal mit den Apps nicht mehr laufen, könnte Eddy sich in Hollywood als Dramaturg bewerben. Er stellt ein mexikanisches Bier der Sorte »Corona« vor mir ab. Wir prosten uns zu. Ich hoffe, dass er nicht noch Pizzen bestellt.

»Um es kurz zu machen: Van Tossens war am Samstagabend in unserer Nähe. Zumindest war sein Handy dort eingeloggt. Bis zweiundzwanzig Uhr einunddreißig übrigens.«

Dieses Gesicht kam mir direkt bekannt vor. Fieberhaft krame

ich in meinen Erinnerungen an diese Nacht. Unruhe kommt auf. Lenni fuchtelt mit den Armen, schnappt nach Luft. Ein einzelner Mann steht gut acht Meter entfernt an der Zeltwand, er beobachtet das Geschehen mit steinerner Miene. Das Bild wirkt verschwommen. Ich schließe die Augen, reibe mit den Fingern meine Schläfe. Das Bild gewinnt nicht an Schärfe, und doch bin ich mir sicher.

»Er war im Zelt, hat alles beobachtet.«

»Hm … ist mir gar nicht aufgefallen«, entgegnet Eddy lapidar. »Hast du noch mehr?«

»Klar. Wenn auch nicht viel. Von zweiundzwanzig Uhr vierundvierzig bis um dreiundzwanzig Uhr zweiundzwanzig befand sich das Handy im Raum der Funkzelle am Veener Weg. Er ist offenbar dem Rettungswagen hinterhergefahren.«

»Und weiter?«

»Nichts weiter.«

»Wie, nichts weiter?«

»Er hat die Funkzelle um dreiundzwanzig Uhr zweiundzwanzig verlassen und ist danach in keiner der anderen, die ich abgefragt habe, wiederaufgetaucht.«

Van Tossens observiert ihn, vergewissert sich, dass er ins Krankenhaus eingeliefert wird, und fährt danach zurück nach Elten? Warum? Und warum ist er nicht sofort zurückgefahren, sondern erst nach einer halben Stunde? Da fällt mir etwas ein.

»Kann es sein, dass er sein Handy ausgeschaltet hat?«

»Das reicht nicht. Er müsste schon die SIM-Karte oder den Akku rausgenommen haben.«

Wenn man vorhat, einen Menschen umzulegen, könnte das durchaus Sinn machen, denke ich. Irgendwann muss er Karte oder Akku aber wieder eingelegt haben.

»Du hast doch seine Handynummer, darüber kannst du doch herausfinden, wann und wo es sich wieder eingeloggt hat, oder?«

Sein Kopfschütteln macht mich nervös. War ich doch bislang im Glauben, Eddy könnte den Papst in seinem Schlafgemach orten.

»Van Tossens hat einen niederländischen Provider. Haben bis 2017, als noch Roaminggebühren fällig wurden, viele gemacht, die in Grenznähe wohnten. Ich kann mir vorstellen, dass sich die Handys in Elten oft ins niederländische Netz einwählen, und das wurde dann teuer. Tja, und die Nachbarn haben nicht so lasche Passwortabfragen wie wir. Da reinzukommen dauert Tage.«

Verdammt. Habe ich van Tossens komplett unterschätzt? Hat er mich beauftragt, weil er sich absolut sicher ist, dass ihm nichts nachgewiesen werden kann? Mein Bauchgefühl wehrt sich vehement gegen den Verdacht. Van Tossens ist felsenfest davon überzeugt, dass Lenni seine Tochter getötet hat und er somit der einzige Mensch war, der wusste, wo sich ihre Leiche befindet. Wenn er ihn tötet, würde er es womöglich niemals erfahren. Und sollte er in der halben Stunde, die er sich im Bereich des Krankenhauses aufgehalten hat, von Lenni den Aufenthaltsort erfahren haben, wäre seine vermeintlich tote Tochter längst beerdigt worden, und ich würde bald samstags die Hecke schneiden und den Rasen mähen.

»Geht ja eh nur um die Zeit zwischen dreiundzwanzig Uhr zweiundzwanzig und drei Uhr zwölf.«

»Was sagst du da?«

»Ich kann zwar sein Handy nicht orten, aber die Funkzellen in Emmerich und Umgebung abfragen. Um drei Uhr zwölf jedenfalls scheint er wieder zu Hause angekommen zu sein.«

Der Mord geschah gegen zwei Uhr dreißig. Das würde passen.

Van Tossens geht nicht ans Telefon. Dafür schickt er mir nur eine Minute später eine Kurznachricht.

»Bin in einer Telefonkonferenz, melde mich später.«

27

Samstag, 16.45 Uhr

An der Hecke zur Nachbarparzelle lodert Feuer in einer offenen Schale. Lindas Vater legt einige Buchenholzscheite nach, setzt sich an den Beistelltisch, wischt überschüssiges Meersalz von dem Lachs ab und bindet ihn auf ein Brett. Seine Tochter sitzt am Gartentisch und zeichnet mit Lineal und Bleistift kleine Rechtecke auf zwei aneinandergeklebte DIN-A4-Blätter.

»Sieh mal, so könnte unser Wohnzimmer aussehen.«

Der Grundriss hat wenig Ähnlichkeit mit dem von Börgers' Mobilheim. Linda stellt ein Glas vor mir ab, wirft zwei Eiswürfel hinein und füllt es mit Orangensaft. Zitrone würde besser zu meinem Gesicht passen.

»Schatz, wenn du es tatsächlich schaffen solltest, dieses Mobilheim zu kaufen, plane ich alles neu. Versprochen.«

Bis zur Wohnungsbesichtigung bleiben mir dreieinhalb Tage.

Maren, wo steckst du?

Der Lachs muss noch eine Stunde an den lodernden Flammen stehen. Wir nutzen die Zeit für eine ausgedehnte Runde mit Manolo.

Die andauernde Hitze des Sommers hat den Wald ausgetrocknet, seine Gerüche verschwinden lassen. Schon bald werden Buchen und Eichen große Äste abwerfen, um ihr Überleben zu sichern. Manolo hat Mitleid und gießt eine traurig aussehende Birke. Ich laufe hier am liebsten im Frühling lang. Frühmorgens, wenn mir der Duft von feuchtem Moos und Gräsern in die Nase steigt und die Baumkronen dichter werden.

»Du glaubst immer noch, das Geld für Börgers' Mobilheim auftreiben zu können?«, unterbricht Linda die Stille.

Ich zucke wahrheitsgemäß die Schultern. Wir bleiben stehen. Sie nimmt mich in den Arm und küsst mich.

»Ich rede am Montag mal mit meiner Bank. Aber …«

»Ich weiß.«

In diesem Moment meldet sich mein Handy. Es ist van Tossens.

Ich konfrontiere ihn mit unseren Ergebnissen. Ein für ihn ungewöhnlich langes Schweigen schlägt mir entgegen.

»Ja, das stimmt. Ich war dort. Ich habe ihn beobachtet, seitdem Maren verschwunden ist.«

»Haben Sie mit ihm gesprochen?«

»Nein. Ich denke, er hat mich gar nicht bemerkt.«

Mandanten, die mir nur das sagen, was ich wissen soll, gehen mir ganz gehörig auf den Zeiger.

»Verdammt, van Tossens, was wollten Sie denn dort? Wenn ich Ihre Tochter finden soll, dann muss ich die ganze Wahrheit wissen. Ansonsten dürfen Sie gerne alleine nach ihr suchen.«

Das erneute Schweigen versetzt mir einen Tritt in die Magengrube. Ohne diesen Auftrag …

»Nennen Sie es Hoffnung. Ja, ich habe Ihnen gesagt, dass er meine Tochter getötet hat. Ich habe das auch geglaubt, ich gehe immer von dem Schlimmsten aus. Trotzdem hatte ich immer diesen Funken Hoffnung, dass sie noch leben könnte.«

Van Tossens spricht ungewohnt leise. Ich frage mich, wie stark seine Überzeugung in diesem Augenblick wirklich ist, seine Tochter in Philadelphia wiederzusehen.

»Er konnte die Trennung nicht akzeptieren, war besessen von Maren. Mein Gedanke war also, dass er sie irgendwo festhält. Deswegen habe ich ihn, wann immer ich konnte, beschattet. Manchmal hat das auch meine Partnerin übernommen. Ich war ganz sicher: Wenn Maren lebt, wird er mich zu ihr führen. Nachdem sie ihn ins Krankenhaus gebracht hatten, bin ich dann gefahren.«

»Mir reicht es langsam. Sie sind nicht direkt gefahren, Sie waren über eine halbe Stunde dort.«

»Ja. Ja, das stimmt. Ich habe mit dem behandelnden Arzt gesprochen. Es hat etwas gedauert, bis er Zeit für mich hatte. Ich habe mich als sein Schwiegervater ausgegeben. Ich musste wissen, ob er durchkommt. Ich hatte Angst, dass, wenn er stirbt, meine Tochter irgendwo …«

Klingt logisch, bis hierhin.

»Sie sind um dreiundzwanzig Uhr zweiundzwanzig vom Xantener Krankenhaus weggefahren …«

»Kann sein, ja.«

»Um drei Uhr zwölf sind Sie in Elten angekommen. Haben Sie sich verfahren, Herr van Tossens?«

»Meine Freundin arbeitet bei meinem pharmazeutischen Betrieb in Doetinchem. Die laden ihre Mitarbeiter einmal im Jahr zu einem Sommerfest ein, da geht es immer hoch her. Ich wollte sie abholen und bin dann versackt, wie man so sagt. Das hat die Polizei bereits überprüft.«

Für den Tatzeitpunkt dürfte das als Alibi reichen. Irgendwie bin ich froh, dass sich der Verdacht zerschlagen hat.

Der Flammlachs war ein Gedicht. Wir sitzen bis in den späten Abend hinein im Garten der Wagners. Lindas Mutter ist nach dem Essen ins Bett gegangen. Gegen zweiundzwanzig Uhr kommt sie heraus, setzt einen Wasserkessel auf den Herd und fragt uns, wer die Brötchen holen geht.

»Ich bin sowieso müde«, sagt Lindas Vater und schiebt seine Frau ins Mobilheim. Dann dreht er sich noch einmal um und gibt uns ein Zeichen, zu gehen. »Ich komme schon klar.«

Mein Nachbar sitzt mit ausgestreckten Beinen in einem Campingstuhl mit verblichenem Polster, in der Hand einen dicken Joint.

»Nicht beachten« flüstert Linda.

Zu spät.

»Hallo, Nachbar. Und Nachbarin natürlich«, setzt er flugs hinterher.

Linda flucht leise.

»Es gibt Neuigkeiten.« Jo schlägt mit der flachen Hand auf die Sitzfläche des Stuhls neben sich.

»Nee, lass mal, bin müde«, entgegne ich.

Linda bedeutet mir, vorzugehen. Sie mag ihn einfach nicht, den Jo.

»Hab den Popeye gestern getroffen, unseren ehemaligen

Drummer. Der hat doch früher mal aufm Bau malocht. Macht heute auf Import-Export. Egal, Popeye hat 'n Fenster organisiert.« Jo deutet auf die an meinen Fensterrahmen getackerte Frischhaltefolie. »Der kommt morgen und baut dir das ein. Die Bezahlung übernehme ich.« Jo streckt die Hand hoch, in der die Tüte kokelt.

Organisiert. Import-Export. Ich kenne Ex-Kollegen, die prophylaktisch einen Haftbefehl beantragen, wenn sie das hören.

Was soll's? Ist nicht mehr meine Baustelle.

28

Sonntag, 14.05 Uhr

Wir liegen bis um zehn Uhr im Bett, frühstücken ausgiebig und unternehmen einen langen Spaziergang mit Manolo. Linda geht danach ihrem Vater ein wenig zur Hand, ich nutze die Zeit am Rechner. Schnell stelle ich fest, dass Maren die Reise in die Staaten tatsächlich wesentlich bequemer hätte von Düsseldorf aus antreten können. Ich frage mich außerdem, warum es keine Hinweise auf die Buchung einer Unterkunft in Philadelphia gibt. Für einen Kurztrip kann man es sicherlich darauf ankommen lassen, vor Ort ein freies Hotel zu finden, aber angeblich möchte Maren an der dortigen Universität ein Gastsemester belegen. Da sollte die passende Studentenbude eigentlich vorab besorgt sein.

Mein Handy klackert im Takt der Borussia-Vereinshymne gegen das Gehäuse des Laptops. Es ist Julia.

»Bastian will morgen auf gar keinen Fall zur Schule gehen.« Schwerfälliges Atmen rauscht an mein Ohr. »Was machen wir jetzt?«

Die fünfzehn bis zwanzig wichtigsten Vorgehensweisen rund um die Erziehung und das Wohl unseres Sohnes fallen grundsätzlich in Julias Kompetenzbereich. Meine erzieherischen Einflussmöglichkeiten beschränken sich auf die wenigen Vater-Sohn-Tage und die dabei zustande kommenden mehr oder weniger tiefsinnigen Gespräche. Es gibt nur eine Ausnahme: wenn Mutti mit ihrem Latein am Ende ist. Dann macht sie mich mit einem dezent eingeschobenen »wir« gleichermaßen auf ihre Hilflosigkeit und meine Mitverantwortung aufmerksam. Ich bin mir durchaus bewusst, wie dünn das Eis ist. Ein falsches Wort und es war meine rechte Faust, die einzig und alleine für das Dilemma verantwortlich ist. Da spielt es dann auch keine Rolle, dass Bastian sich in einer ausweglosen Spirale befand und seine Mutter mich um Hilfe gebeten hatte.

»Da hilft nur ein Action-Nachmittag mit Daddy. Wann soll ich ihn abholen?«

»Action-Nachmittag mit Daddy«, in ihrer Stimme schwingen leichte Zweifel, »okay, schlimmer kann es sowieso nicht mehr kommen. Was dagegen, wenn ich mitkomme? Ich könnte auch ein bisschen Action vertragen.«

Wider Erwarten hat Linda nichts gegen einen Ausflug mit Bastian, Julia und mir einzuwenden. Im Gegenteil, mit neckischem Glanz in den Augen zieht sie mich am Arm von der elterlichen Parzelle.

»Los, zeig mir dein Abenteuerland.«

Wir haben uns am Parkplatz der Xantener Südsee verabredet. Bastian rennt auf mich zu. Julia schlendert mit einem Rucksack über der Schulter hinter ihm her.

Nach der Begrüßung sichern wir uns einen frei werdenden Tisch im Außenbereich der Snackbar. Einige Runden Wasserski zu fahren ist sicherlich eine gute Idee, allerdings ist man damit an einem Sommertag bei einladenden zweiunddreißig Grad im Schatten, den es hier allerdings nirgendwo gibt, nicht alleine. Während Linda Getränke bestellt, besorge ich die Karten.

Zehn Minuten später stehen Bastian und ich in der Schlange an der Abfahrtrampe. Es braucht einige Überredungskunst, meinem Sohn den eintausend Meter langen Fünfmastkurs mit seinen vielen Sprungschanzen auszureden und stattdessen »erst mal« den Einsteigerkurs in Ufernähe zu testen.

»Pass auf, ich zeige dir, wie es geht, dann bist du dran. Okay?«

Zu diesem Zeitpunkt erschließt sich mir nicht, was Bastian daran so lustig findet. Als ich zwölf Sekunden später und fünf Meter weiter ans Ufer schwimme, hält mein Sohn sich vor Lachen den Bauch, und auf der Außenterrasse klopfen sich zwei Damen vergnügt auf die Schenkel. Hm.

Mich beschäftigt noch der Gedanke, ob es eine gute Idee war, meinem Sohn gerade jetzt in dieser psychisch angespannten Lage ein derartiges Frustrationserlebnis zuzumuten, als dieser lässig wedelnd den ersten Mast erreicht.

Es ist wichtig, sich seiner Grenzen bewusst zu sein. Und so

setze ich mich zu Linda und Julia an den Tisch und nehme mit abnehmendem Staunen zur Kenntnis, dass Bastian sich wieder und wieder anstellt. Uns bleibt nur die Aufgabe, im Wechsel ans Ufer zu gehen und spektakuläre Aufnahmen zu schießen.

Nach zwei Stunden hat er endlich genug. Ich besorge zwei Hörnchen Eis und nehme ihn mit einem Handtuch in Empfang. Hätte ich mir sparen können, mein Sohn ist pulvertrocken. Wir schlendern gemütlich in Richtung einer Kleingartenanlage.

»Sag mal …«, beginne ich vorsichtig.

Bastian stoppt abrupt.

»Vergiss es! Ich gehe da nicht mehr hin. Das«, er zeigt auf die Narbe an seiner Lippe, »reicht mir.«

Puh.

»Vince hat mich gestern angerufen. Er hat gesagt, wenn ich den Schulhof noch einmal betrete, macht er mich kalt.«

Hätte nicht gedacht, dass unser … Gespräch so wenig Nachhaltigkeit zeigen würde. Ich kann Bastian sehr gut verstehen. Von den Lehrern kann er sich keine Hilfe erhoffen, und gegen Bowie und seine Kumpane hat er keine Chance. Ich muss mir ganz dringend etwas einfallen lassen. Etwas, das die Lage ein für alle Mal bereinigt. Es stellt sich heraus, dass mein Sohn einige Erkundigungen über die Bande eingeholt hat.

Ganz der Papa.

Auf dem Weg zum Parkplatz nehme ich Julia zur Seite.

»Lass Bastian bitte morgen zu Hause.«

»Und dann? Was soll das bringen?«

»Vertrau mir. Ich habe einen Plan.«

»Lukas«, sie bleibt stehen, »der letzte Plan hat dir eine Strafanzeige wegen schwerer Körperverletzung eingebracht. Was ist es diesmal? Totschlag im Affekt vielleicht?«

»Julia, bitte.«

Sie stemmt die Arme in die Hüfte.

»Na schön. Aber nur morgen.«

Den Vorschlag, gemeinsam bei Lissy zu essen, schlägt Julia aus. Sie hat ihren Eltern einen Besuch versprochen. Linda hat ebenfalls keine Lust auf Lissys Biergarten, und so landen wir im

Garten von Fidos Steakhaus in Grünthal und genießen Tournedos vom Rind.

Als wir dann am frühen Abend mit Manolo über Happy Eiland schlendern, wartet am Ende eine Überraschung auf mich. Ich hätte sie gar nicht bemerkt, wenn Linda nicht darauf gezeigt hätte. Dabei ist es kaum zu übersehen, mein neues Küchenfenster. Quellen doch rundherum unterarmdicke Wulste gelblichen Bauschaums weithin sichtbar aus dem Rahmen.

»Und?«, will Jo wissen und zeigt ebenfalls dorthin. »Hat Popeye gut hingekriegt, wa?«

»Den Schaum kannste morgen abschneiden«, erklärt Popeye und lässt dabei einen zufriedenen Rülpser von der Leine. Sein T-Shirt mit der verwaschenen Aufschrift »Motherfucker« kann den kapitalen Bierbauch nur zur Hälfte verdecken. Fettige, grauschwarze Haare, Bizeps wie ein Bodybuilder, dazu ein Blick, so glasig und groß wie zwei Flaschenböden.

»Ist ein bisschen schief«, bemerke ich.

»Jo«, sagt Popeye, als würde das alles erklären.

Plötzlich kriegt sich Linda nicht mehr ein vor Lachen. Drei Augenpaare verfolgen fragend das Geschehen. Nach zwei Stunden hat sie ausgelacht, geht zu dem Fenster, dreht einen Hebel nach oben und stellt es auf Kipp.

»Bei uns zu Hause machen wir das von innen auf.« Sie krümmt sich vor Lachen.

Ich werd bekloppt.

Dieses Mal sind alle Augen auf Popeye gerichtet. Der reibt sich verwundert das stoppelige Kinn und bedenkt uns schließlich mit einem wenig aussagekräftigen Erklärungsansatz.

»Hm.«

Ich versuche mich derweil an die Atemübung zu erinnern, mit der Julia immer so gut runterfahren kann.

»Das sind nur Kleinigkeiten.« Jo winkt lässig ab. »Wenn du mal lüften willst, einfach anklopfen, und ich mach auf. Wofür hat man denn Nachbarn?«

»Jo«, bestätigt Popeye.

Wie war das noch mal? Den Atem in den Bauch … dann mit dem Zwerchfell hochdrücken und dann … Scheiße, ich krieg das nicht hin. Muss ich aber.

Ohne Jo funktioniert mein Plan nun mal nicht.

29

Montag, 9.35 Uhr

Lindas Rührei mit den frischen Kräutern aus dem Hochbeet ihrer Eltern ist der Hammer. Da verzichte ich ihr zuliebe gerne auf den Speck.

Vor einer halben Stunde ist sie zur Arbeit gefahren, seitdem laufe ich mit Manolo durch die Gegend und mache mir Gedanken über die Aufgaben des heutigen Tages. Vor allem der Nachmittag bereitet mir ein wenig Bauchschmerzen.

Als Linda unter der Dusche war, hat mir Jo das Päckchen durch das Küchenfenster gereicht. Heute kommt es darauf an. Der Plan birgt gewisse Risiken, das macht mich nervös.

Nachdem ich Manolo mit einem dicken Markknochen versorgt habe, mache ich mich auf den Weg.

Knapp einhundertdreißig Kilometer liegen laut Navi vor mir. Kann daran liegen, dass die Sonsbecker Auffahrt gesperrt ist und ich erst in Alpen auf die Autobahn komme. Bei Neuss wechsle ich auf die A 46 und bin wenige Kilometer weiter geschockt über die Dimension des Braunkohleabbaugebietes bei Garzweiler, das in der Realität noch bedrohlicher wirkt als auf den Bildern der Medien. Eine halbe Stunde später verlasse ich die Autobahn und steuere auf das Städtchen Würselen bei Aachen zu.

Das Rhein-Maas Klinikum unterscheidet sich vom Weseler Krankenhaus auf den ersten Blick nur durch den monströsen Vorbau, über den sich ein Teil des Hubschrauberlandeplatzes schiebt. Ich folge der Beschilderung und finde im großzügig bemessenen klinikeigenen Parkhaus ein freies Plätzchen für Emma.

»Haben Sie einen Termin?«, fragt mich die Vorzimmerdame erwartungsgemäß.

Hätte ich haben können, leider erst für die kommende Woche.

»Dafür ist jetzt keine Zeit. Es geht um die Ermittlungen in einem Mordfall …«

»Dürfte ich bitte Ihren Dienstausweis sehen?«, fällt mir die mit zwei Perlenketten geschmückte Chefsekretärin ins Wort.

»Ich bin Privatdetektiv. Und Sie haben jetzt die große Möglichkeit, einen noch größeren Imageschaden von dieser Klinik fernzuhalten, Frau … Ursula Bemong.«

Sie hebt die Hände.

»Jetzt mal ganz langsam. Da müsste ich erst …«

»Ich bitte darum.«

Mit einem kurzen Griff über die Theke erreiche ich das Telefon und halte es ihr hin. Mit leicht vibrierenden Lippen funkelt sie mich an. Eilt zwar nicht so sehr, wie es aussieht, aber ohne gewissen Druck wird man erfahrungsgemäß mit höflichen Floskeln eingelullt, und ehe man sich versieht, steht man wieder draußen.

»… ein Herr Born. Er sagt, es geht um Mord.«

Dass Sekretärinnen immer so übertreiben müssen.

»Herr Freitag ist gleich für Sie da«, lässt mich Frau Bemong businessmäßig unterkühlt wissen.

Keine dreißig Sekunden später bewahrheitet sich ihre Ansage. Ein schlanker Mann um die vierzig mit hellroten Haaren bittet mich hinein. Er trägt einen schwarzen Anzug, eine Krawatte im Farbton Altrosa zum weißen Oberhemd und einen mürrischen Gesichtsausdruck.

»Ich sage Ihnen gleich, wenn das ein schlechter Scherz sein soll …«

Ich schüttele den Kopf, er bietet mir einen dunkelroten Ledersessel an und nimmt gegenüber Platz.

»Es geht um Professor Hans Lammert.«

Ich habe nicht für möglich gehalten, dass sein Ausdruck noch mürrischer werden könnte.

»Zwischen Herrn Professor Lammert und der Klinik wurde ein Aufhebungsvertrag in beiderseitigem Einverständnis geschlossen. Darüber hinaus haben sich beide Seiten zur Verschwiegenheit verpflichtet, was vertragliche Details betrifft.«

Aalglatt, der Junge.

»Das mag ja sein, Herr Freitag. Aber zum einen ist mir der Vorwurf einer groben Verfehlung zu Ohren gekommen, und zum anderen haben Sie den Herrn Professor kurz zuvor im Rahmen einer öffentlichen Jubiläumsfeier als absoluten Glücksfall für Ihr Haus bezeichnet. Tja, und jetzt taucht dieser Glücksfall am Niederrhein in den Ermittlungen zu einem Mordfall auf.«

Freitag lehnt sich lässig zurück. Um seine Mundwinkel spielt ein Lächeln.

»Nun, Herr Born, ich weiß natürlich nicht, wie das am Niederrhein gehandhabt wird. Aber hier bei uns liegt die Zuständigkeit in Mordfällen bei der Polizei.«

Das Gespräch beginnt von der von mir gewünschten Richtung abzuweichen. Ich muss mir dringend etwas einfallen lassen, wenn die Fahrt nicht umsonst gewesen sein soll.

»Das ist am Niederrhein nicht anders, Herr Freitag. Den Mordfall behandelt die Polizei. Mein Job ist es, die Freundin des Mordopfers zu finden. Die junge Dame ist seit zwei Wochen, nach einem Krankenhausaufenthalt übrigens, spurlos verschwunden. Der behandelnde Arzt war Professor Lammert. Wie es aussieht, gibt es einen Zusammenhang zwischen dem Mord und dem Verschwinden der Frau. Sie können sich natürlich weiter hinter Ihrer Verschwiegenheitsklausel verstecken. Wenn der jungen Frau allerdings etwas zustoßen sollte, dürfte die Frage aufgeworfen werden, ob Sie das nicht hätten verhindern können.«

Seine Mimik gefriert. Ihm ist anzusehen, dass er mir nur allzu gerne etwas erzählen würde. In diesem Moment klopft es, und zeitgleich tritt Frau Bemong ein.

»Herr Freitag, ich soll Ihnen ausrichten, dass die Pressevertreter eingetroffen sind.«

Ohne eine Antwort abzuwarten, verlässt die Sekretärin den Raum.

»Presse ist ein gutes Stichwort«, wende ich ein, um die Gedanken meines Gegenübers ein klein wenig anzuschieben. »Eines dürfte klar sein: Sollte sich der Verdacht erhärten und ein angesehenes Mitglied der Gesellschaft wie Professor Lammert sich einer schweren Straftat schuldig gemacht haben, ist es nur eine Frage der Zeit, bis die versammelte Journaille hier aufkreuzt.«

Das nervös flackernde rechte Augenlid des Klinikleiters belegt, dass ihm das nur allzu bewusst ist. Er steht auf, geht zum Fenster und sucht die Lösung seines Dilemmas in der Ferne.

»Herr Freitag, reden Sie. Was wurde Lammert vorgeworfen?«

Er atmet tief und gleichmäßig. Dreimal, viermal, dann dreht er sich um und sieht mich an wie jemand, der will, aber nicht kann.

»Es tut mir leid, Herr Born.«

Ich frage mich, wovor er wirklich Angst hat.

»Na schön. Es ist Ihre Entscheidung. Auf Wiedersehen.«

Freitag begleitet mich zur Tür. Ich habe die Klinke in der Hand, will sie öffnen und spüre einen Widerstand. Daniel Freitag tritt ganz dicht an mich heran. Sein Aftershave klebt in meiner Nase.

»Hin und wieder sehe ich mir im Fernsehen Detektivfilme an. Ich stelle mir dann immer vor, wie ich anstelle des Detektivs handeln würde.«

»Was würden Sie machen, wenn Sie an meiner Stelle wären?«

»Hm ... schwer zu sagen.« Er reibt gespielt nachdenklich sein Kinn. »Ich denke, ich würde Frau Shamoon fragen. Sie ist Krankenschwester in der Neurologie.«

Da geht doch bestimmt noch mehr.

»Warum sollte ich eine Krankenschwester befragen?«

Freitag verdreht genervt die Augen.

»War nur so eine Idee. Wenn Sie mich jetzt bitte entschuldigen würden. Die Presse wartet auf mich.«

Wie der Zufall es will, ist Schwester Samira Shamoon genau jetzt im Dienst.

Sie ist klein, fast schon zierlich. Ihre mokkabraunen Augen vermitteln Wärme und das Gefühl von Geborgenheit. Freundlich fragt sie mich nach meinem Anliegen.

»Mein Name ist Lukas Born. Ich bin Privatdetektiv und habe einige Fragen zu Herrn Professor Lammert.«

Kaum dass ich den Namen ausgesprochen habe, wirkt sie wie verwandelt. Ihr gesamter Körper spannt sich an, in ihren Augen lodert ein Feuer. Ohne ein Wort zu sagen, bittet sie mich in einen kleinen Raum, der an das Schwesternzimmer angrenzt. Bevor sie mir folgt, sieht sie sich noch einmal um, dann schließt sie hinter sich leise die Tür.

»Hat er es wieder getan?« Die Worte kriechen leise und brüchig über ihre Lippen.

»Was soll er wieder getan haben?«, hake ich nach. Sie sieht mich verwundert an, beißt sich auf die Lippen.

»Ich dachte ... Schon gut.«

Ich erzähle ihr von Maren und dass sie zuletzt bei Lammert in Behandlung war. Samira Shamoon sieht betreten zu Boden.

»Bitte. Ich muss sie finden, bevor es zu spät ist. Was hat Professor Lammert getan?«

Klappernde Geräusche dringen aus dem Schwesternzimmer herüber. Sie hält den Zeigefinger vor die geschlossenen Lippen. Wir schweigen uns minutenlang an. Eine zufallende Tür beendet die Stille.

»Ich komme aus Syrien. Dort gibt es ein Sprichwort, es lautet: ›Lass das Auge nicht entdecken, was dem Herzen wehtut.‹ Mein Auge hat sich nicht daran gehalten.« Sie lächelt gequält.

»Was haben Sie gesehen?«

Auf ihrer Stirn bilden sich kleine Schweißperlen, die im Neonlicht des fensterlosen Raums glänzen.

»Das ... Ich ... kann das nicht sagen. Bitte.«

»Frau Shamoon, wovor haben Sie Angst?«

Ihre Hände zittern leicht.

»Ich habe die Unwahrheit gesagt.«

»Gegenüber der Polizei, vor Gericht?«

»Bitte gehen Sie jetzt.«

»Nicht bevor Sie mir gesagt haben, warum Sie gelogen haben.« Ich lege meine Hände auf ihre. »Ihnen wird nichts passieren. Ich verspreche es.«

Sie sieht mir in die Augen. Mir geht es nicht besonders gut dabei. Ich habe das Gefühl, eine Wunde aufgerissen zu haben. Mit leiser Stimme fährt sie fort. Ich rücke näher an sie heran.

»Ich bin seit zwölf Jahren in Deutschland. Ich habe jeden Cent gespart. Vor zwei Jahren reichte das Geld, um meine Eltern und meinen Bruder Faris hierherzuholen. Sie haben sofort einen Asylantrag gestellt. Aber Faris … er ist einfach zu ehrlich und so leichtgläubig. Als seine Freunde sich Assads Truppen angeschlossen haben, hat er es ihnen gleichgetan. Schnell hat er mitbekommen, wie grausam das Regime mit seinen Gegnern umgeht. Er hat mich angefleht, ihn da rauszuholen. Das Problem ist …«

»Mit dieser Vergangenheit wird er abgeschoben«, ergänze ich. Sie nickt.

»Wissen Sie, was man dort mit Deserteuren macht, die zurückkommen?«

»Ich kann es mir denken.«

»Ich war verzweifelt, wusste nicht mehr weiter.«

»Und haben sich an Professor Lammert gewandt.«

»Er hat gesagt, er kennt jemanden. Dann hat er Faris eine Stelle in der Klinikküche vermittelt, hat ihn bei dem Asylantrag unterstützt.«

»Der Professor hat Sie erpresst. Sie sollten Ihre Aussage zurückziehen.«

Feuchter Glanz bedeckt ihre Pupillen.

»Das Asylverfahren läuft noch. Faris hat kein dauerhaftes Bleiberecht. Obwohl er Arbeit hat und eine eigene Wohnung. Bitte … Was hätte ich tun sollen?«

Lammert hat die Situation von Samira Shamoon also auf widerwärtige Weise ausgenutzt. Schlimmer noch: Er hat sie in der Hand.

Aus dem Nebenraum dringt Stimmengewirr. Meine Gesprächspartnerin sieht nervös auf die Uhr und steht auf.

»Richten Sie Ihrer Frau aus, dass sie bei uns in besten Händen ist«, erklärt mir Samira Shamoon auf dem Weg zum Flur. Vor der Tür zieht sie leicht an meinem Arm.

»Bitte sagen Sie dem Professor nicht, dass Sie mit mir gesprochen haben.«

Ich muss herausfinden, was sie gesehen hat. Und hab auch schon eine Idee …

30

Montag, 13.25 Uhr

Den Weg nach Krefeld bin ich so oft und aus allen möglichen Richtungen gefahren, dass ich kein Navi brauche. Gegen fünfzehn Uhr dreißig treffen Bowie und seine Freunde in der Regel an der alten Jagdhütte von Vincents Vater ein, hat Bastian mir erzählt. Der Gedanke, dass er sie beschattet hat, bereitet mir ein nervöses Gefühl in der Magengegend. Wird nicht besser, wenn ich daran denke, was ich vorhabe. So oder so: Die Sache muss ein Ende haben, und dafür werde ich jetzt sorgen. Auf der Autobahn 57 geht es nur äußerst zäh fließend voran, aber das ist mit Emma ja eigentlich immer so. Mir dürfte eine gute Stunde bleiben, das reicht locker.

Um kurz nach halb drei erreiche ich das ausladende Anwesen der Familie Koch am Hülser Berg. Ich bin bereits einige Male hier gewesen, wenn es darum ging, möglichst schnell an eine Durchsuchungsanordnung zu kommen. Dieses Mal parke ich aber nicht vor dem restaurierten Herrensitz aus dem späten 19. Jahrhundert, sondern am gegenüberliegenden Waldrand. Bastian hat mir exakt erklärt, wo sich die Hütte befindet, und auch, wo ich Emma, geschützt vor neugierigen Blicken, abstellen kann. Vincent und seine Kumpane nutzen den etwas längeren, dafür aber geschützten Weg durch das Waldstück, hat Bastian mir erzählt.

Bevor ich den Plastikbeutel aus dem Handschuhfach nehme, ziehe ich mir Einweghandschuhe über. Das habe ich heute Morgen ebenfalls gemacht, als ich den Inhalt in einen neuen Gefrierbeutel gefüllt habe.

Jos Fingerabdrücke darauf würden nur für schlechte Stimmung in der Nachbarschaft sorgen. Hat nicht schlecht gestaunt, der Jo, als ich ihn bat, mir zwanzig Gramm Marihuana zu überlassen. Noch blöder hat er geguckt, nachdem ich ihm andeutete, dass er kein Geld dafür bekomme. Ein Fingerzeig auf das schräge Fenster, verbunden mit dem Hinweis, den Schaden von einem Profi auf seine Kosten beheben zu lassen, ließ ihn jedoch spendabel werden.

Vor dem Holzhaus angekommen, sehe ich verwundert auf das Türschloss. Normalerweise haben diese Hütten ein popeliges Bartschloss und keinen BKS-Schließzylinder.

Während ich den Spanner einführe, lässt mich ein Rascheln hinter meinem Rücken zusammenzucken. Ich schnelle herum und sehe gerade noch das Hinterteil eines Rehs im Unterholz verschwinden.

Meine Nerven sind bis zum Äußersten angespannt. Für Koch dürfte es nichts Schöneres geben, als mich auf frischer Tat bei einem Einbruch zu erwischen.

Der erste Pick ist ein wenig zu groß, beim zweiten klappt's. Ich sehe mich kurz um, öffne leise die Tür und husche rein. Rechts befinden sich eine altmodische Eckbank, ein Tisch und zwei Stühle, links eine kleine Küchenzeile mit einem Zweiplattenherd. Mitten durch den Raum ist wenige Zentimeter unterhalb der Decke eine Stahlschnur gespannt, an der mit klobigen Ringen ein Vorhang befestigt ist. Ich ziehe ihn auf, und es kommt mir so vor, als wäre ich im Lagerraum eines Elektromarktes gelandet. Verstärker, Lautsprecherboxen, Spielekonsolen, Smartphones, Tablets und vieles mehr türmen sich vor mir auf.

Ich entscheide mich für einen hochwertigen Verstärker, merke mir seine genaue Position und stelle ihn danach auf den Tisch. Keine zehn Minuten später habe ich das Gehäuse abgeschraubt, den Gefrierbeutel hineingelegt, zugeschraubt, und zack steht er wieder an seinem angestammten Ort.

Mir bleiben zwanzig Minuten, wenn die Jungs pünktlich sind. Ich versichere mich, alles so zu hinterlassen, wie es war, schließe die Tür wieder ab – hätte ich beinahe vergessen, der Klassiker – und nehme die vorher ausgesuchte Position im Gebüsch mit Blick auf die Eingangstür ein.

Timing ist alles. Ich warte zehn Minuten, dann kommt das Wichtigste.

»... sieht so aus, ja. Und bringt die Hunde mit, ich habe da einen Tipp bekommen.«

Zufrieden stecke ich das Handy ein – und warte.

Um fünfzehn Uhr dreißig befällt mich Unruhe. Die werden doch nicht ausgerechnet heute was anderes vorhaben?

Die Beweise reichen, klar. Nutzt mir nur leider überhaupt nichts. Was ich benötige, ist eine stabile Verhandlungsbasis.

Zwei Minuten später taucht das Trio in meinem Blickfeld auf. Bowie öffnet die Tür mit einem Tablet oder Notebook in der Armbeuge. Seine Handlanger folgen ihm in die Hütte.

Keine zehn Minuten später halten zwei Streifenwagen wenige Meter neben mir, gefolgt vom Transporter der Hundeführer. Vier Uniformierte und zwei Kollegen im blauen Overall mit Schäferhunden an der kurzen Leine laufen wenige Meter neben mir vorbei.

»Eine Durchsuchung auf dem Grundstück des Staatsanwaltes. Wenn das in die Hose geht, kann ich morgen Knöllchen schreiben.« Ich habe Tom nicht bemerkt, der neben mir stehen bleibt.

»Wird es nicht. Wo habt ihr die Durchsuchungsanordnung denn her?«

Tom verzieht das Gesicht. »Verdunkelungsgefahr«, zischt er und läuft den anderen hinterher. Ich würde zu gerne Bowies Gesicht sehen, wenn die Besucher eintreten. Die beiden Drogenspürhunde sind kaum noch zu halten. Läuft gut, finde ich.

Es dauert nur wenige Minuten, bis zwei der Polizisten auf mich zukommen. In der Mitte, Hände hinterm Rücken gefesselt, Bowie. Auf diesen Augenblick habe ich gewartet.

Im letzten Moment verkneife ich mir ein »Bitte lächeln«. Mit dem langen Gesicht gefällt er mir auch viel besser. Ich schieße noch zwei Aufnahmen zur Sicherheit, dann stecke ich das Handy ein.

»Bingo.« Tom wedelt mit einer Tüte voll Gras vor meinen Augen. Wo er die wohl herhat.

»Von wem hattest du den Tipp?«

»Betriebsgeheimnis.«

Nicht weit vom Büro des Staatsanwaltes entfernt befindet sich ein Drogeriemarkt. Ich brauche einige Minuten, bis ich den

Fotodrucker verstanden habe. Schließlich halte ich ein aussagekräftiges Bild im XL-Format in der Hand.

Mit drei mächtigen Schritten sprinte ich die mit einem dicken roten Teppich belegten Stufen hinauf zum Sekretariat. Frau Sondermann, Kochs gute Fee, sieht mich verwundert an.

»Herr Dr. Koch möchte nicht gestört …« Sie stockt mitten im Satz, wirkt leicht irritiert. Weiter ist sie bei mir nie gekommen, da hatte ich die Tür zum Büro des Staatsanwaltes schon aus den Angeln geworfen.

»Er will mich dringend sprechen.«

Sie wirft einen flüchtigen Blick in den Terminplaner. Was vollkommen überflüssig ist, denn wenn dort der Name Lukas Born vermerkt wäre, wüsste sie das.

»Sie haben keinen Termin.«

»Wetten?«

Für eine Millisekunde heben sich ihre Mundwinkel, dann steht sie auf, zieht ihren Rock gerade und stelzt ins Büro.

»Dann lassen Sie den Übeltäter mal rein«, vernehme ich eine vertraute Stimme.

Ich schließe die Tür. Koch bietet mir mit einer flüchtigen Handbewegung den Stuhl vor seinem mächtigen lederbezogenen Schreibtisch an.

»Born, Born, Born.« Koch schüttelt im Takt der Silben hochnäsig den Kopf. »Das sieht nicht gut für Sie aus. Und ich fürchte, für eine Entschuldigung ist es zu spät. Was wollen Sie also hier?«

»Ich denke, dass Sie die Anklage fallen lassen. Ihr Kleiner ist vor einer halben Stunde festgenommen worden.« Ich werfe ihm das Foto über den Tisch. Sein Gesicht wirkt von einer Sekunde zur nächsten wie versteinert. Auf der Stirn zeichnet sich eine dunkle Ader ab.

»Räuberische Erpressung, Hehlerei, Drogenhandel. Da dürfte 'ne Menge zusammenkommen. Wenn Sie nicht möchten, dass Ihr Don Corleone ganz groß rauskommt …« Ich deute auf das Bild.

»Sie wollen mich erpressen?« Seine Stimme bebt. »Was bilden Sie sich ein, Born?«

Ich gebe ihm Zeit, sich die Lage, in der er sich befindet, noch mal durch den Kopf gehen zu lassen. Sein Unterkiefer mahlt, seine Stirn gleicht dem Atlantik bei Windstärke zehn. Scheint, als rückte die morgige Überschrift einer großen Boulevardzeitung in sein Bewusstsein.

»Sohn des Staatsanwaltes abgeführt«.

»Einverstanden.«

Geht doch. Jetzt kommt der schwierigere Part. Ich bleibe sitzen und beobachte ihn.

»Meine Güte: Ich ziehe die Anklage zurück, Sie bekommen das morgen früh schriftlich!«

Ich nicke.

»WAS DENN NOCH?«

»Gegen einen gewissen Professor Hans Lammert ist im vergangenen Jahr ein Strafverfahren eingeleitet worden, es ging um ein Sexualdelikt, soviel ich weiß. Zuständig ist die Staatsanwaltschaft Aachen.« Kochs Augen verengen sich zu kleinen Schlitzen. »Ich benötige die Ermittlungsakte.«

»Sind Sie jetzt komplett übergeschnappt?«

Ich winke lässig ab und erhebe mich.

»Sie haben recht, das geht ja gar nicht. Nichts für ungut, und grüßen Sie Don Corleone von mir, Herr Doktor.«

Kurz vor der Tür drehe ich mich noch einmal um.

»Ach ja, das Foto dürfen Sie behalten. In den Zeitungen wirken die Bilder immer so ein bisschen blass.«

Diese Gesichtsfarbe, die dicken Adern, die Atmung … also gesund sieht er nicht aus. Ich drehe mich um und drücke langsamer als gewöhnlich die Türklinke herunter.

»Bis wann?«

»Morgen Mittag, zwölf Uhr, Campingplatz Happy Eiland.«

»WAS? Wie soll ich das schaffen?«

»Sagen Sie einfach, der Herr Professor sei in einen Mordfall verwickelt. Das dürfte nicht mal gelogen sein.«

Koch sieht mich entgeistert an.

»Wieso weiß ich nichts davon?«

»Weil Sie die Mordkommission vorschnell aufgelöst haben.

Aber keine Sorge, ich bin ja auch noch da. Und danke, dass Sie so kooperativ sind.«

Als ich Emma aufschließe, sehe ich den Staatsanwalt schnellen Schrittes aus dem Haus stürmen, Richtung Polizeipräsidium. Er wird jetzt alle Hände voll damit zu tun haben, die Sache unter dem Teppich zu halten.

Zufrieden steuere ich Emma über die Autobahn 57 Richtung Heimat. Kleine Gewissensbisse aufgrund meiner … kreativen Handlungsweise schiebe ich mit dem Argument beiseite, dass es Bowie war, der mich mit einem Messer angegriffen und mich zur Gegenwehr gezwungen hat. Das Thema dürfte vom Tisch sein. Schade nur, dass ich die Sache mit dem Gras nicht aufklären kann, ohne selber am Fliegenfänger zu hängen. Egal, verdient hat er es, und mit seinen Kontakten zur Staatsanwaltschaft dürfte er mit einer Bewährungsstrafe und einigen Sozialstunden davonkommen.

In Höhe der Abfahrt Alpen meldet sich mein Handy. Tamme van Tossens klingt etwas angespannt.

»An der Uni ist sie noch nicht eingeschrieben. Ich muss wissen, wo sie steckt. Es gibt hier über vierhundert Hotels, dazu unzählige Ferienwohnungen und Studentenwohnheime. Das schaffe ich unmöglich alleine. Ich habe Ihnen einen Flug gebucht. Morgen um sieben Uhr zwanzig ab Düsseldorf. Der Flieger landet hier um siebzehn Uhr fünf. Ich hole Sie vom Flughafen ab!«

Ich muss zugeben, dass er es geschafft hat, mich sprachlos zu machen. Widersprüche scheint es in seiner Welt nicht zu geben.

»Herr van Tossens, darf ich Sie daran erinnern, dass Sie nicht mein Mandant sind? Wir haben lediglich eine Erfolgsprämie vereinbart.«

»Dann bin ich eben ab sofort Ihr Mandant. Ich bezahle Ihnen den doppelten Satz. Bis morgen.«

Aufgelegt.

31

Montag, 17.40 Uhr

Linda und ihr Vater haben eine deftige Brotzeit zubereitet. Schweinebraten, Hausmacherwurst, bayrischer Blauschimmelkäse und ein würziger Obazda, dazu Laugenbrezel, Bauernbrot und Griebenschmalz. Und natürlich Hefeweizen, für mich alkoholfrei.

Während des Essens berichte ich Linda von meinem Erfolg in Krefeld.

»Die Anzeige ist vom Tisch?«

»Ja.« Wir prosten uns zu.

Nach dem Abendessen drehen wir eine Platzrunde mit Manolo. Kurz vor sieben setze ich Linda und Manolo bei ihren Eltern ab und mache mich auf den Weg zu Lissy.

Wie immer ist meine SoKo fast vollständig anwesend. Nachdem wir die Getränkebestellung aufgegeben haben, trudelt Eddy ein und überrascht uns gleich mit einer Neuigkeit.

»In Frankfurt fanden an dem Wochenende über fünfhundert Veranstaltungen statt, habe ich herausgefunden. Eine davon dürfte für uns interessant sein«, sagt er und winkt Lissy erneut an unseren Tisch, um eine Apfelschorle zu bestellen.

»Boah, Kerl …« Uwe ist genervt.

»Ist ja schon gut. Im Hilton Hotel Frankfurt Airport fand am 25. Juni in der Zeit von neun Uhr bis sechzehn Uhr ein Kongress der Deutschen Gesellschaft für Neurologie statt. Thema: Differentialdiagnosen des epileptischen Anfalls.«

»Ist unser Herr Professor nicht Neurologe?«, beendet Katja den kurzen Moment kollektiven Schweigens.

»Ist er«, bestätigt Leni nach einem Blick in ihr Protokollheft.

»Und wann war Lennarts Freundin in Frankfurt?«, will Uwe wissen.

Leni blättert sich durch die Protokolle. »Am 25. Juni um acht Uhr fünf.«

»Ich verwette meinen Hintern darauf, dass sie das nicht war.« Uwe schlägt euphorisch die Hand auf den Tisch.

Das haben wir schon länger geahnt. Jetzt wird es zum ersten Mal mit handfesten Indizien unterlegt. Auch wenn das Motiv nach wie vor unklar ist, gehen mittlerweile alle an diesem Tisch davon aus, dass Hans Lammert Maren van Tossens entführt hat. Rosi bestätigt es uns mit dem nächsten Hinweis.

»Ich habe heute Vormittag mal im zentralen Fahrzeugregister nachgesehen. Da gab es eine Überraschung: Auf den Namen Hans Lammert war bis zum 12. Juli ein schwarzer Audi A6 angemeldet. Das Fahrzeug wurde am 13. Juli beim Straßenverkehrsamt Haltern am See auf einen gewissen Peter Pfannmüller zugelassen.«

Während Rosis Ausführungen blättert Leni weiter in den Protokollen. »Das war einen Tag nach Lennarts Tod«, stellt sie fest.

»Und zwei Tage nachdem er nachts am Haus der Dornbusch aufgetaucht ist«, ergänzt Bernd. »Aber warum hat er den Wagen so schnell abgegeben? Ich meine, wenn derjenige, der ihn in der Nähe des Unfall... äh, Tatortes«, verbessert sich Bernd, »gesehen hat, sich das Kennzeichen notiert hätte, wäre die Polizei an dieselben Informationen gekommen wie Rosi. Das ergibt doch keinen Sinn.«

Ich stimme Bernd zu. Über das Kennzeichen wären die ermittelnden Beamten sehr schnell an Lammert gekommen. Es kann eigentlich nur zwei andere Gründe geben. Entweder er wollte den Wagen sowieso verkaufen, und es handelt sich um einen Zufall, oder ...

»In dem Audi könnten sich Spuren befinden. Fingerabdrücke, Haare ...«

»Blut«, unterbricht mich Uwe. »Lennart hat nach seinem Sturz im Zelt jedenfalls ganz schön geblutet.«

»Aber doch nicht mehr, nachdem er im Krankenhaus war«, winkt Rosi ab. »Ich denke, wir sollten uns zunächst auf den Hof am Fingerhutsweg konzentrieren.«

Katja hebt den Zeigefinger, als wäre ihr etwas Wichtiges eingefallen. »Wir haben bis vorhin noch mal mit allen Freundinnen und Freunden von Lennart telefoniert, in der Hoffnung, dass irgendeinem in der Zwischenzeit etwas eingefallen ist. Im Grunde haben sie uns das Gleiche erzählt wie vor einer Woche. Wir haben sie gefragt, ob sie Frau Dornbusch kennen. Es muss ja einen Grund dafür gegeben haben, dass er in der Nacht dort aufgetaucht ist. Das war zuerst ergebnislos, niemand kennt die Frau.«

»Jedenfalls niemand von denen, die wir auf der Liste hatten«, korrigiert Rosi Katja.

»Genau. Vorhin hat uns Alina Rettich angerufen, das ist das Mädchen, das Lennarts Handy hatte. Sie hat uns gesagt, dass Frau Dornbusch die Oma einer Klassenkameradin von ihr sei. Sie haben sich immer mal wieder darüber lustig gemacht, dass die Oma nachts Stimmen hört.«

»Davon hat sie uns nichts erzählt«, fällt mir ein.

Katja beugt sich vor, hebt kurz die Arme, um sie gleich darauf fallen zu lassen.

»Weil sie keiner ernst genommen hat. Alina sagte, die Eltern ihrer Freundin wollten deshalb mit Frau Dornbusch sogar zum Arzt.«

Ein wenig durcheinander kam sie mir bei unserem Besuch vor. Sie könnte vergessen haben, den Fernseher auszuschalten, bevor sie ins Bett ging, oder das Radio.

»Hat Alina euch gesagt, ob Frau Dornbusch diese Stimmen immer noch hört?«

Rosi streckt ihre Beine aus, um einen Zettel aus der Hosentasche zu ziehen. Sie faltet ihn auseinander, Katja zeigt darauf.

»Hier habe ich es: In der vergangenen Woche, in der Nacht von Dienstag auf Mittwoch, war es zum letzten Mal.«

Ich werfe Leni einen Blick zu. Sie versteht und blättert in den Sitzungsprotokollen.

»Du warst mit Linda am vorigen Dienstag dort.«

Lissy serviert uns die Getränke. Ich lasse sie auf meinen Deckel schreiben. Für die gute Unterstützung.

Uwe wischt sich mit dem Handrücken Schaum vom Mund, dann beugt er sich vor.

»Also, Leute, die Sache ist doch eindeutig. Dieser Professor hat Lennarts Freundin entführt und im Haus der Dornbusch versteckt. Lennart wird das Gleiche herausgefunden haben wie Katja und Rosi und musste sterben. Nachdem Linda und Lukas dort aufgetaucht waren, wurde ihm die Sache zu heiß, und er hat die kleine van Tossens umquartiert.«

So kann es gewesen sein. Leichter wird es dadurch sicher nicht. Außerdem steht immer noch die Frage im Raum, warum er die junge Frau entführt haben sollte. Und vor allem, wo sie sich jetzt befindet.

»Übrigens«, meldet sich Bernd, »wir haben uns heute Vormittag um die Firma Vesalia Immobilien gekümmert, der das Haus am Fingerhutsweg gehört. Ein Auszug aus dem Gewerbezentralregister dauert Wochen, zum Glück kenne ich den Wolfgang Stapelmann von der Weseler Gewerbestelle, der war früher mal bei uns. Na ja, der hat mir unter Kollegen erzählt, dass Vesalia Immobilien auf eine gewisse Frau Henrike Limburg-Lammert gemeldet ist, die Gattin von Professor Hans Lammert.«

Mir war aufgefallen, dass der alte Hof ganz und gar nicht in das Portfolio der Firma passt. Ich muss diesem Professor Feuer unter dem Hintern machen, und zwar ganz gewaltig. Es gibt da auch schon so eine Idee.

32

Montag, 20.05 Uhr

Frau Dornbusch ist leicht verwundert, heute noch Besuch zu bekommen. Nachdem sie noch einmal nachgefragt hat, wer ich bin, will sie die Unterlagen für ihre Vorsorgevollmachten bereitlegen.

Ich bitte Linda, mich zu begleiten, denn es gibt einen weiteren Grund für mich, dorthin zu fahren, und dafür brauche ich ihre Hilfe. Linda ist von meinem Plan erwartungsgemäß wenig begeistert.

»Du hast gerade erst eine Anzeige wegen Körperverletzung vom Tisch. Ich will gar nicht wissen, wie du das angestellt hast. Und jetzt soll ich dich bei einem Einbruch unterstützen?«

»Einbruch … Der Professor hat gesagt, ich kann mir das Ergebnis seiner Renovierung gerne mal ansehen.«

Linda schüttelt den Kopf.

Eine Viertelstunde später stelle ich Emma in der Einfahrt ab.

»Die Tür steht offen«, begrüßt uns Frau Dornbusch aus einem Fenster im Obergeschoss.

Sie bittet uns ins mollig warme Wohnzimmer. Wir nehmen auf einem klobigen grünen Sofa zwischen ihrer Brokatkissensammlung Platz. Vor uns auf dem Kacheltisch liegt ein Wust von Blättern und Mappen. Im Fernsehen läuft ein Heimatfilm, und das sehr leise.

»Verstehen Sie das?« Ich zeige auf den Flachbildschirm.

»Selbstverständlich. Ich habe noch sehr gute Ohren.«

»Das glaube ich. Ihre Nichte sagte, Sie hätten nachts Stimmen gehört.«

Sie verzieht verärgert das Gesicht.

»Die Laura ist die Einzige, die mir glaubt. Meine Tochter hält mich für verrückt. Sie sagt, es seien wahrscheinlich Tiere gewesen. Sprechende Tiere.« Sie tippt sich an die Stirn.

»Das wird der Herr Professor gewesen sein …«

»Mitten in der Nacht?«

»Vielleicht hatte er was vergessen …«

»Nein. Außerdem war es eine Frauenstimme. Sie hat etwas gerufen. Was es war, konnte ich nicht verstehen. Das war auch nur ganz kurz. Als ich nachsehen wollte, fuhr ein Auto vom Hof.«

Damit ist klar, dass Lammert sein Opfer in dieser Nacht woandershin gebracht hat. Er hat wahrscheinlich erst wenige Stunden vorher von unserem Besuch erfahren. Sollte er sich nicht lange vorher einen Plan B zurechtgelegt haben, ist ihm nicht viel Zeit geblieben, ein neues Gefängnis für Maren zu finden. Das kann ein brauchbarer Ansatz sein.

»Kein Netz.« Ich halte demonstrativ mein Handy hoch.

»Ja, ja, das sagt der Herr Professor auch immer«, bestätigt unsere Gastgeberin.

»Ich versuche es mal auf dem Hof. Meine Kollegin kümmert sich in der Zwischenzeit schon mal um Ihre Vollmachten.«

Linda funkelt mich an. Ich verziehe mich besser.

Mir sind vorhin die vergitterten Kellerfenster aufgefallen. Spuren von rotem Ziegelstaub deuten darauf hin, dass sie erst vor Kurzem dort angebracht worden sind.

Die Kellertür ist, wie nicht anders zu erwarten war, abgeschlossen. Nachdem ich sie mit wenig Mühe geöffnet habe, befinde ich mich in einem kleinen Werkraum. Mir gegenüber ist eine Stahltür. Der Betonputz um den eisernen Rahmen ist deutlich heller als die angrenzenden Wände. Das herkömmliche Bartschloss stellt keine Herausforderung dar.

Die Tür lässt sich nur schwer öffnen. Grund dafür sind dicke Dämmplatten, die von innen auf das Türblatt geklebt sind und am Rahmen schleifen.

Ich schalte das Licht ein und sehe mich um. Eine kleine Theke, vor der vier altmodische Barhocker stehen, zeigt, dass ich mich im ehemaligen Partykeller der Dornbuschs befinde. In der Mitte des circa zwanzig Quadratmeter großen Raumes stehen ein alter Resopaltisch und ein Küchenstuhl mit verchromtem Gestell. Vorne steht eine Tür offen und gibt den Blick auf eine Toilette frei. Mich interessiert das Sofa an der Wand zur Hofauffahrt. Ich taste mich an der Unterkante entlang, finde schließlich eine Öffnung und ziehe daran. Eine Schlafcouch. Ohne Haare, ohne Staub, ohne die geringsten Spuren einer Nutzung. Überhaupt lässt der leicht säuerliche Geruch vermuten, dass der Herr Professor den Raum gründlich geputzt hat. Selbst die Toilette ist picobello sauber. Kann mir schon denken, welcher Aufgabenbereich für den Prof im Gefängnis in Frage kommt.

Mir reicht es. Der entscheidende Hinweis für den Aufenthalt Marens in diesem Keller befindet sich sowieso auf Happy Eiland.

»›Meine Kollegin kümmert sich um Ihre Vollmachten‹«, zitiert mich Linda unterwegs leicht angesäuert.

»Hätte ich sagen sollen: ›Ich breche mal eben in den Keller ein und komme gleich wieder‹?«

»Wenn das herauskommt, können wir uns das Haus in Sonsbeck abschminken.«

Ich denke kurz daran, allen Leuten davon zu erzählen. Bis Happy Eiland lauschen wir stumm dem sonoren Schlag von Emmas Dieselherz. Bevor wir aussteigen, hauche ich ihr einen Kuss auf die Wange.

»Danke.«

»Hat es sich wenigstens gelohnt?«

»Das liegt jetzt an dir.«

Es kostet mich einiges an Überredungskunst, Linda zu überzeugen. Nicht, dass sie meinen Plan gutheißt, das habe ich auch nicht erwartet. Der Hinweis, dass sie es ist, die Maren van Tossens Leben retten könnte, lässt sie schließlich mitmachen. Unter Protest, versteht sich.

Ich bin von Eddy so einiges gewohnt. Irgendwann kam der Punkt, an dem er mich nicht mehr überraschen konnte. Deswegen fühle ich mich bei dem Anblick meines persönlichen Kriminaltechnikers um Lichtjahre zurückversetzt. Der überzeugte

Nichtraucher hängt im Liegestuhl und zieht genüsslich an einem Joint im Format eines Ofenrohres. Als er mich bemerkt, grinst er wie ein Affe auf der Schiffschaukel.

»Hast mir gar nicht erzählt, was für einen coolen Nachbarn du hast.«

»Seit wann kiffst du?«

Er streckt den linken Arm weit von sich, führt ihn langsam an sein Gesicht zurück und betrachtet sinnentleert die Armbanduhr.

»Seit 'ner halben Stunde. Hier.« Er hält mir die Tüte entgegen. Ich lehne dankend ab.

»Ich brauche deine Hilfe.«

»Hab Feierabend.«

»Eddy!«

Der erste Versuch, aufzustehen, endet auf dem Rasen. Der zweite in seinem Hightech-Labor. Ich zeige ihm auf meinem Smartphone die einzige Porträtaufnahme von Maren van Tossens. Eddy wirft einen gelangweilten Blick darauf.

»Da fehlen die Ohrringe«, erkläre ich.

»Welche Ohrringe?«

»Diese.« Ich lege Lindas Leihgabe vor ihm auf den Schreibtisch. »Kriegst du die dran, ohne dass es auffällt?«

Eddy begutachtet die sternförmigen Schmuckstücke mit dem türkisfarbenen Stein in der Mitte, zieht das Handy heran und beäugt das Foto. Mit Zeigefinger und Daumen vergrößert er es.

»Hm. Ich denke, ich werde die Nase ein wenig schmaler machen ... das Kinn kommt mir spitz vor. Ich werde es etwas abrunden und die Grübchen rausarbeiten ...«

»Eddy ...«

»Das Make-up ist viel zu dezent, findest du nicht?« Ein Klumpen Asche fällt auf Marens Nase, er bläst ihn weg. »Den Lippenstift könnte man kräftiger rausarbeiten, den Lidschatten auch ...«

»EDDY.«

»Ja?«

»Kümmere dich bitte morgen früh darum, ja?«

Linda sitzt mit einem Glas Wein in der Hand auf der kleinen Bank in meinem Vorgarten. Ich hole ein Bier aus dem Kühlschrank und setze mich neben sie.

»Er kann es sich gar nicht erlauben, Maren freizulassen«, flüstert Linda in einem Tonfall, als würde sie ein Selbstgespräch führen.

Ich habe das, so gut es geht, verdrängt. Sollte Lammert Lenni getötet haben, hat er nichts mehr zu verlieren. Es muss mir gelingen, ihn in Sicherheit zu wiegen. Dass die Polizei die Mordkommission aufgelöst hat, hilft mir dabei.

»Aufgeben ist keine Alternative.«

33

Dienstag, 9.25 Uhr

Linda ist eine Runde joggen, hat Manolo mitgenommen. Ich habe mich mit dem Hinweis auf laufende Ermittlungen ausgeklinkt, was mir natürlich nur Spott einbrachte. Nachdem ich den Frühstückstisch abgeräumt und das schmutzige Geschirr in der Spüle gestapelt habe, mache ich mich auf den Weg zu Eddy.

Ich bin baff. Auf keinem der Ausdrucke ist auch nur das kleinste Anzeichen der Manipulation erkennbar. Sogar an einen leichten Schatten auf dem linken Ohrläppchen hat Eddy gedacht. Einziges Manko ist die Größe. Ein Foto, im DIN-A4-Format ausgedruckt, macht misstrauisch.

»Kann ich die Datei am Fotoautomaten ausdrucken lassen?«

»Moment.« Eddy kramt aus einer Kiste hinter sich einen kleinen Fotodrucker hervor, schließt ihn an, und eine halbe Minute später reicht er mir ein Bildchen in der gängigen Größe von neun mal zwölf Zentimetern.

»Was hast du damit vor?«, will Eddy wissen.

Ich kläre ihn ausführlich auf. Er pfeift anerkennend durch die Zähne.

Mein erster Gedanke lautet: Jo hat Besuch. Einige Schritte später erkenne ich, dass der Streifenwagen vor meiner Parzelle steht. Und dass die Polizistin mit den hochgesteckten roten Haaren einen Stapel Akten vom Rücksitz nimmt, während ihr Kollege die Tür festhält.

»Lukas Born. Ich nehme an, der Herr Staatsanwalt hat Sie zu mir geschickt.«

Ich breite die Arme aus, die Polizistin legt dankbar die Akten darauf.

»Können Sie sich ausweisen?«, möchte ihr Kollege wissen. Ich bin versucht, ihm den Stapel auf die Füße fallen zu lassen.

Kaffee wollen sie nicht. Überhaupt scheint es den beiden nicht zu gefallen, für mich die Laufburschen zu spielen.

Mit einem Pott der inzwischen lauwarmen Plörre setze ich mich zu den Akten an den Küchentisch. Es dauert eine halbe Stunde, bis ich zum Wesentlichen durchgedrungen bin. Der Herr Professor hatte ein Verfahren nach Paragraf hundertsiebenundsiebzig des Strafgesetzbuches an der Backe. Vergewaltigung also, damit ist nicht zu spaßen. Beim Anblick des Opfers, einer gewissen Vanessa Werner, achtzehn Jahre alt, muss ich unweigerlich an Maren denken. Der Prof scheint eine Vorliebe für blonde Damen mit einer gewissen körperlichen Ausstattung zu haben. Diese hier gab zu Protokoll, mit starken Schmerzen im Unterleib aus der Narkose aufgewacht zu sein. Sie sei sich zudem »... irgendwie beschmutzt« vorgekommen. »Dann habe ich festgestellt, dass ich keinen Slip anhatte, und bekam panische Angst.«

Ich blättere weiter und finde die Aussage der Krankenschwester Samira Shamoon: »Ich wollte der Patientin Medikamente bringen. Als ich das Zimmer betrat, stand Professor Lammert an deren Bett und schloss den Gürtel seiner Hose ...«

Diese Aussage hat Samira Shamoon vier Tage später widerrufen.

Was übrig blieb, war die Aussage einer stark sedierten Patientin gegen die eines angesehenen Professors.

Dennoch hat das Gericht einen Gutachter bestellt, der tatsächlich Hinweise auf eine Penetration festgestellt hat. Zur Überraschung aller hat das Opfer wenige Tage vor Prozessbeginn seine Anzeige zurückgenommen.

Ich würde mir nur allzu gern die Kontobewegungen des Herrn Professor in dem fraglichen Zeitraum ansehen. Er hat Samira Shamoon unter Druck gesetzt, und ich wette, dass er das Opfer ebenfalls in irgendeiner Art und Weise beeinflusst hat. Dafür, das herauszufinden, fehlt mir allerdings die Zeit.

Das Studium der Akten ist für mich nur eine Bestätigung mehr, dass er Maren in seiner Gewalt hat. Nutzen kann ich dieses Wissen leider nicht, ohne Samira Shamoons Bruder in Gefahr zu bringen.

Bis der Herr Professor zu Tisch sitzt, dauert es noch eine

Weile. Ich mach mir einen Instantkaffee und im Anschluss eine Reihe Notizen für Julia. Sobald sie damit gefüttert ist, bleibt ihr gar keine andere Wahl mehr, als die Mordkommission wieder anlaufen zu lassen. Bevor sich die Schlinge zuzieht, muss ich in Erfahrung bringen, wo er Maren versteckt hält.

Der Minutenzeiger der Küchenuhr hat sich seit meinem letzten Blick keinen Millimeter bewegt.

Diese Untätigkeit macht mich wahnsinnig.

Um elf Uhr zwanzig mache ich mich schließlich auf den Weg.

Wie immer, wenn genügend Zeit vorhanden ist, sind die Straßen leer. Nicht mal auf der Rheinbrücke staut es sich, und auf der Schermbecker Landstraße erwische ich die grüne Welle. Um Punkt zwölf Uhr stehe ich an der Schranke und finde – na klar – direkt dahinter einen freien Parkplatz.

Ich setze mich mit einem Schokohörnchen und einer Tasse Cappuccino in eine Ecke des Cafés im Eingangsbereich und frage mich, wie er reagieren wird, wenn ich ihn in die Enge treibe. Wenn alles so funktioniert, wie ich mir das vorstelle, dürfte der heutige Arbeitstag der letzte im Leben des Professors Hans Lammert sein. Wäre da nicht dieser kleine Rest Zweifel, der beharrlich sein Dasein in meinem Verstand behauptet und mich mahnt, auf der Hut zu sein.

Pünktlich um halb eins steht Lammert an der Theke der Kantine und bestellt sich einen Putenbraten mit Blumenkohl, dazu gebratene Gnocchi und ein Wässerchen. Wenig später stellt er das Tablett auf denselben Tisch, an dem er bei unserem letzten Treffen saß.

»Entschuldigung, ist hier noch frei?« Ohne eine Antwort abzuwarten, nehme ich ihm gegenüber Platz.

Ihm fällt es schwer, sein Missfallen zu verbergen. »Was wollen Sie denn noch?«

»Ich bin auf der Suche nach Maren van Tossens, Herr Professor.«

Er schiebt sich zwei Gnocchi in den Mund und schüttelt sanft den Kopf.

»Ich habe die Dame nach ihrer Entlassung nicht mehr gesehen. Das habe ich Ihnen doch bereits mitgeteilt.«

»Haben Sie.«

Er verzieht genervt das Gesicht.

»Sie haben am 25. Juni in der Zeit von neun Uhr bis sechzehn Uhr im Hilton Hotel Frankfurt Airport an einem Kongress der Deutschen Gesellschaft für Neurologie teilgenommen, richtig?«

Die Gabel mit dem Putenstückchen schwebt über dem Teller.

»Ja. Das ist übrigens nicht ungewöhnlich. Solche Kongresse finden häufig an Wochenenden statt.«

»Mag sein. Ungewöhnlich finde ich, dass das Handy von Maren van Tossens zur selben Zeit dort war.«

Seine Gesichtszüge gewinnen an Härte. Langsam führt er die Gabel zum Mund, nutzt die Zeit.

»Ich kann mich erinnern, dass sie Medizin studieren wollte. Wir sprachen kurz darüber. Sie sagte, dass sie in Kürze ein Gastsemester in Philadelphia belegen möchte. Mensch, da hätte ich sie ja mitnehmen können.« Lammert untermalt seine Antwort mit einem aufgesetzten Lachen.

»Und, haben Sie?«

»Nein, natürlich nicht. Wie kommen Sie darauf?«

»Weil es für Maren van Tossens bequemer gewesen wäre, ab Düsseldorf zu fliegen.«

Die Züge werden wieder härter. Lassen wir es mal dabei.

»Warum haben Sie Ihren Audi so plötzlich und noch dazu weit unter Wert verkauft?«

Das war jetzt mal ein Schuss ins Blaue. Die nervös zuckenden Gesichtsmuskeln deuten an, einen Treffer gelandet zu haben.

»Ich wüsste wirklich nicht, was Sie das angeht. Wenn Sie mich jetzt bitte entschuldigen würden.« Er wischt sich den Mund ab und legt die Serviette auf den noch mehr als zur Hälfte gefüllten Teller. Scheint, als wäre ihm der Appetit vergangen.

Zeit für den Schlusspunkt.

»Eines noch, Herr Professor. Ich bin gestern Abend Ihrer Einladung gefolgt und habe mir das Ergebnis Ihrer Heimwerkerkunst angesehen.«

»Sie waren ... Sie sind ... in meine Wohnung eingebrochen?« Die Worte kommen bebend über seine Lippen.

»Eingebrochen ... Ich würde eher sagen, ich habe mich mal umgesehen. Sie haben wirklich gründlich geputzt, alle Achtung. Die Schlafcouch haben Sie ebenfalls gründlich gereinigt. Sieht fast aus wie neu, das alte Ding.« Ich lächle ein wenig. Mein Gegenüber atmet flach aus dem Mund, krampfhaft bemüht, sich die Anspannung nicht anmerken zu lassen. »Tja, aber mit Saugen und Bürsten alleine ist es nicht getan. Wer da nicht wirklich konzentriert bei der Sache ist, läuft Gefahr, etwas zu übersehen. Bei diesen alten Möbeln steckt der Teufel im Detail, Herr Professor. Genauer gesagt tief in der Ritze zwischen Polster und Armlehne.«

Ich ziehe Eddys Meisterwerk aus der Tasche und lege es in sein Blickfeld. Er sieht mich fragend und mit zusammengepressten Lippen an. Ich deute auf die Ohrringe. Seine Stirn glänzt silbrig. Er betrachtet das Bild und beginnt zu ahnen, worauf ich hinauswill. Als er den Kopf hebt, baumelt vor seinen Augen ein Plastiktütchen mit einem Ohrring drin, der dem auf dem Foto zum Verwechseln ähnlich sieht. In einem Reflex greift er danach, ich ziehe meinen Arm zurück und schnalze tadelnd mit der Zunge.

»Aber, aber, Herr Professor«, ich lasse das Tütchen in meiner Hosentasche verschwinden, »das muss jetzt erst mal in die KTU.«

Ich beuge mich vor, fixiere ihn. Sein Gesicht wird kreidebleich.

»Sollte sich daran, wovon ich ausgehe, die DNA von Maren van Tossens befinden, haben Sie ein gewaltiges Problem, Herr Professor.«

Seine Pupillen wandern in den rechten Augenwinkel, dorthin, wo Marens Foto liegt. Die Anspannung ist ihm anzumerken, selbst wenn er immer noch um Contenance bemüht ist. Er dürfte sich in diesem Augenblick Marens Gesicht ins Gedächtnis rufen, ihre Ohren, sie Millimeter für Millimeter abtasten. Erste Zweifel tauchen auf. Ihm dürfte klar sein, dass ein illegal beschafftes Beweismittel vor Gericht nicht zugelassen wird. Ich muss ihn weiter unter Druck setzen.

»Gleich werden sich die Kriminaltechniker Ihren Keller vornehmen. Denen reicht ein Haar, eine Schuppe, ein Fingerabdruck. Glauben Sie mir, so gründlich können Sie gar nicht putzen.«

Den Blick auf dem meinen haftend, lehnt er sich langsam zurück. Ich schlage unvermittelt die Faust auf den Tisch und schreie ihn an.

»WO IST MAREN VAN TOSSENS?«

Lammert zuckt zusammen, die Gespräche um uns herum verstummen, ein Dutzend Augenpaare ist auf uns gerichtet. Wortlos steht Lammert auf und geht. Ich folge ihm schnellen Schrittes. An der Tür hole ich ihn ein und schiebe eine meiner verknitterten Visitenkarten in seine Kitteltasche.

»Ich rate Ihnen, sich schnell zu melden.«

34

Dienstag, 14.10 Uhr

Ich habe Julia unterwegs meinen Besuch angekündigt. Als ich ihr Büro betrete, springt sie auf und geht zum Kaffeeautomaten.

»Cappuccino, Espresso?«

Nanu? Ich lasse mir einen Latte macchiato kredenzen, sie nimmt mit einem Espresso hinter ihrem Schreibtisch Platz.

»Bastian ist heute wieder zur Schule gefahren. Vincent Koch und seine beiden Freunde sind bis auf Weiteres vom Unterricht suspendiert.«

»Das ist schön.«

»Ja. Ich fürchte aber, du bist aus einem anderen Grund hier. Der Herr Staatsanwalt hat mich heute Morgen gefragt, ob neue Hinweise im Fall Brehme aufgetaucht sind.«

Koch ist und bleibt ein selbstherrlicher Gockel. Die vage Möglichkeit, dass er eine Mordkommission voreilig aufgelöst hat und ausgerechnet ich derjenige bin, der ihm diesen Fehler aufzeigt, dürfte ihn rasend machen.

»Kann man sagen.« Ich werfe ihr das Foto rüber. »Das ist die vermisste Maren van Tossens. Sieh dir die Ohrringe genauer an.«

Julia hält das Foto dicht an ihre Augen, um es gleich darauf mit einem Schulterzucken abzulegen. Ich reiche ihr den Plastikbeutel.

»Und jetzt sieh dir mal diesen Ohrring an.«

Ihr Blick huscht zweimal hin und her und landet schließlich auf meinem. »Woher hast du den?«

»Aus dem Keller einer Wohnung, die Professor Hans Lammert beziehungsweise der Firma seiner Gattin gehört. Der Ring befand sich in der Ritze zwischen dem Sitzpolster und der Armlehne einer Schlafcouch. Die Fenster zum Keller wurden vor nicht allzu langer Zeit vergittert. Lammert war übrigens der behandelnde Arzt von Maren van Tossens, die wiederum seit dem Tag ihrer Entlassung vermisst wird. Am späten Abend des 9. Julis hat Lennart Brehme Lammerts Nachbarin aus dem Bett geklingelt und sie angefleht, sie solle die Tür aufmachen, ansonsten würde ein Unglück geschehen. In der Nacht darauf wird seine nackte Leiche auf einer Landstraße gefunden.«

Julia stützt ihren Kopf auf die gespreizten Finger und massiert sich nachdenklich die Schläfen.

»Warum sollte dieser Professor seine Patientin entführen?«, murmelt sie.

»Weil er auf junge Blondinen steht. Bevor Lammert die Stelle im Evangelischen Krankenhaus in Wesel antrat, war er in einer Klinik in Würselen tätig. Dort wurde ein Verfahren nach Paragraf hundertsiebenundsiebzig des Strafgesetzbuches gegen ihn eingeleitet …«

»Vergewaltigung?«, fällt Julia mir ins Wort.

»Die einzige Zeugin hat er unter Druck gesetzt, das Opfer hat wenige Tage vor der Hauptverhandlung die Anzeige zurückgezogen. Die Ermittlungsakten habe ich zu Hause, kannst du dir bei Gelegenheit mal ansehen …«

»Du hast was?«

»Hat Koch mir besorgt. Der Herr Staatsanwalt kann richtig kooperativ sein, wenn man ihm gut zuredet.«

Wären heute Morgen glibberige Kreaturen aus einem in ihrem Vorgarten gelandeten Ufo geklettert und hätten das Lied der Schlümpfe angestimmt, ihr Blick hätte sich kaum von dem jetzigen unterschieden.

»Zwischen der Klinik und Lammert wurde danach ein Aufhebungsvertrag in beiderseitigem Einverständnis geschlossen«, fahre ich fort. »Ich vermute, im Fall von Maren van Tossens muss irgendwas aus dem Ruder gelaufen sein. Deshalb musste er sie verschwinden lassen.«

»Und Lennart Brehme ist dahintergekommen.« Julia ist wieder ganz bei der Sache. Nachdenklich nippt sie an ihrem Espresso.

»So scheint es«, erwidere ich.

Julia legt den Kopf in den Nacken, atmet einmal tief durch. Dann schießt sie vor und greift nach dem Telefon.

»Wir brauchen sofort eine Durchsuchungsanordnung. Hast du die Adresse?«

Ich nenne sie ihr, versehen mit dem Hinweis, zwei dieser Anordnungen zu benötigen. Sie sieht mich fragend an.

»In der Nähe des Unfallortes hat ein Zeuge einen schwarzen Audi stehen sehen. Das Kennzeichen hat er sich leider nicht gemerkt. Am vergangenen Dienstag habe ich Frau Dornbusch, Lammerts Nachbarin, befragt. Am nächsten Tag hat Lammert seinen schwarzen Audi A6 verkauft. Neuer Halter ist ein gewisser Peter Pfannmüller aus Haltern. Jede Wette, dass der Herr Professor einen triftigen Grund dafür hatte, den Wagen abzustoßen.«

Julia notiert sich den Namen.

»Der Latte macchiato ist übrigens klasse«, erwähne ich. Als ahnungsloser Privatdetektiv muss man solche Momente auch mal genießen können.

»Ich überlege gerade, ob es sich zu fragen lohnt, warum du uns erst jetzt an deinen Erkenntnissen teilhaben lässt.«

»Eher nicht.« Ich trinke die Tasse leer und stehe auf. »Hältst du mich bitte auf dem Laufenden, Schatz?«

Kopfschüttelnd sieht mir meine Gattin hinterher.

Bei dreiunddreißig Grad im Schatten kann man viele schöne Dinge tun. Schwimmen gehen zum Beispiel, faul im Liegestuhl dösen oder ein Eis essen. Eine Partie Beachvolleyball, noch dazu wenn nur zwei Spieler im Sand stehen, gehört für mich nicht dazu. Wohl aber für Linda, die sich an ihrem freien Nachmittag sportlich betätigen möchte. Nach einer knappen Stunde klebt an meinem nassgeschwitzten Körper so viel Sand, dass ich wie ein paniertes Schnitzel aussehe, und meine Zunge klatscht mir beim Laufen vor den Bauchnabel.

»Wir müssen das öfter machen, du bist ja völlig außer Form«, lacht Linda mit beneidenswert ruhiger Atmung.

Nach der gemeinsamen Dusche finden wir, dass man auch im Liegen die eine oder andere Kalorie verbraten kann. Alles zusammen macht dann aber wieder hungrig. Da sowieso keine Stunde mehr bis zur SoKo-Sitzung bleibt, lade ich Linda zu Lissy ein.

Auf dem Weg dorthin meldet sich Julia.

»Die Kollegen aus Haltern haben sich vorhin Lammerts Audi angesehen …«

»Ging aber schnell.«

»Ja, hat mich auch gewundert. Du liegst wohl richtig. Auf dem Beifahrersitz haben sie Blutspuren gefunden. Der Wagen wird gerade eingeschleppt.«

Daran denken die wenigsten. Du kannst das Innere eines Autos mit Essigessenz durchwienern und anschließend eimerweise Teppichschaum darin verarbeiten. Einmal mit einer Luminol-Lösung eingesprüht, werden Blutflecken sofort wieder sichtbar.

»Habt ihr einen Haftbefehl?«

»Dafür reicht's noch nicht, aber er hat eine Vorladung. Außerdem befindet sich die Spusi auf dem Weg zu seiner Wohnung in Xanten. Mal sehen, was die für uns finden.«

Eine Vorladung, der er vermutlich nicht nachkommen wird, denke ich und beende das Gespräch.

»Ich muss daran denken, einen Zollstock von meinem Vater mitzunehmen. Block und Kuli habe ich schon eingepackt«, sagt Linda, während Manolo die Reste meines Schnitzels vertilgt. Ich runzele die Stirn.

»Boah, Lukas, morgen ist doch der Termin mit dem Makler. Wehe, du verpennst den!«

Katja, Rosi, Leni und Bernd trudeln ein.

»Ich bin dann mal weg«, sagt Linda, ein flüchtiges Küsschen und einen mahnenden Blick im Köcher.

Uwe kommt mit Lissys Kellnerin im Schlepptau an unseren Tisch. Ein großes Bier kann ich jetzt auch vertragen.

»Eddy lässt sich entschuldigen. Geschäftstermin.« Uwe zuckt die Schultern.

Nachdem Leni unsere Zusammenkunft pflichtbewusst notiert hat, bringe ich meine SoKo auf den neuesten Stand.

»Alle Achtung.« Rosi stößt einen Pfiff aus. »Die Nummer mit dem Ohrring hat was.«

Katja wiegt zögerlich den Kopf hin und her. »Oder auch nicht.«, sagt sie.

Wir sehen sie fragend an.

»Wenn deine Rechnung aufgeht, wird die Polizei in dem Keller der Dornbusch Spuren finden, die beweisen, dass Maren dort festgehalten wurde.«

»Das ist der Sinn«, ergänze ich.

Katja nickt. »Sie werden den Professor festnehmen.«

Ich nicke.

»Nehmen wir mal an, er verrät ihnen nicht aus reiner Fürsorge den Aufenthaltsort von Maren. Wer versorgt sie dann?«

Ich spüre plötzlich jeden Schlag meines Herzens. Kalter Schweiß bildet sich auf meiner Stirn. Seit ich von Marens Entführung weiß, wollen die Erinnerungen an damals in mein Bewusstsein dringen. Seit einer Woche warte ich geradezu darauf, mitten in der Nacht von einem grauenhaften Alptraum geweckt zu werden. Nur der feste Glaube daran, Maren lebend zu finden, könnte mich davor bewahren. Bis jetzt. Es ist sechs Jahre her … Sein hämisches Grinsen …

Cedric hat Durst. Seit vier Tagen. Großen Durst. Wenn ihr mich gehen lasst, kriegt er ein Wässerchen.

Völlig von Sinnen habe ich auf ihn eingeschlagen, ihn angeschrien, er solle mir den Aufenthaltsort verraten. Ich konnte Cedric nicht retten, wurde vom Dienst suspendiert.

»Lukas? Alles in Ordnung?«

Ein Ruck durchfährt mich. Ich blicke in besorgte Gesichter und versichere, dass es mir gut geht.

»Lammert wäre schön blöd, wenn er das machen würde. Die Kleine ist sein Faustpfand, ohne sie dürfte eine gewaltsame Entführung nicht nachzuweisen sein. Und ob die Indizien ausreichen, ihm den Mord an Lennart anzuhängen … abwarten«, bestätigt Uwe meine Befürchtung.

»Er kann Maren nicht ewig festhalten. Irgendwann muss er sie freilassen, oder …« Leni schluckt den Rest des Satzes herunter.

»Wir müssen verhindern, dass Lammert festgenommen wird.

Er ist der einzige Mensch, der uns zu Maren führen kann. Sieht so aus, als hätte ich großen Mist gebaut.«

»Nicht unbedingt, Lukas. Lammert weiß jetzt, dass man ihm ganz dicht auf den Fersen ist. Er muss reagieren.«

»Wir auch«, ergänzt Bernd.

Rosi hat herausgefunden, dass ein weißer Range Rover Sport auf den Namen des Professors zugelassen ist, und nennt uns das Kennzeichen. Ihren Vorschlag, sofort auszuschwärmen und ihn zu observieren, halte ich für keine gute Idee.

»Dazu müssten wir wissen, wo er sich gerade aufhält. Frau Dornbusch hat gesagt, dass Lammert den Hof für gewöhnlich in den frühen Abendstunden verlassen hat. Er dürfte sich jetzt also zu Hause befinden …«

»Okay«, fällt mir Katja ins Wort und klatscht tatendurstig in die Hände, »ich warte morgen früh in der Nähe seines Hauses auf ihn. Auf dem Motorrad und mit dunklem Visier am Helm wird er mich nicht verdächtigen.«

Ich bin mir da nicht so sicher, erkläre mich aber bereit, gegen Mittag zu übernehmen. Wir lassen die Sitzung nachdenklich ausklingen, mehr bleibt uns im Moment nicht.

Gegen halb acht meldet sich Julia.

»Wim hat angerufen, sie haben jede Menge DNA-Spuren gefunden. Die DNA vom Professor liegt dem LKA nicht vor, dafür aber die von Maren van Tossens. Sie haben versprochen, für uns eine Nachtschicht einzulegen.«

Scheiße.

»Super, danke für die Info.«

So ein verdammter Mist. Vierundzwanzig Stunden haben sie uns früher mindestens hängen lassen, und jetzt können sie plötzlich Nachtschicht.

Die Zeit rennt. Ich muss Maren finden. Und bis dahin verhindern, dass Lammert festgenommen wird.

Linda hat in der Zwischenzeit kleine Papierschnipsel angefertigt, auf die sie Möbel gemalt hat. Bis halb elf schiebt sie sie auf einem Grundriss hin und her und fragt mich nach meiner Meinung. Meinen Vorschlag, zur Abwechslung mal den Grundriss von Börgers' Mobilheim als Unterlage zu nehmen, weist sie mit der Bemerkung zurück, ich sei ein Träumer.

Wir liegen gerade im Bett und wollen uns angenehmeren Dingen widmen, da klingelt mein Telefon.

»Van Tossens. Es ist siebzehn Uhr dreißig, der Flieger ist vor einer halben Stunde gelandet. Wo stecken Sie?«

»Bei uns ist es dreiundzwanzig Uhr dreißig, und ich möchte schlafen«, antworte ich eine Spur zu laut.

»Wie bitte?«

»Herr van Tossens, während Sie durch die Welt jetten, muss ich früh raus, um Ihre entführte Tochter zu finden, und jetzt setzen Sie sich in die nächste Maschine und bewegen Sie Ihren Hintern hierher!«

Kaum aufgelegt, erklingt erneut das Lied von der Elf vom Niederrhein. Ich schalte das Handy aus und lenke Gedanken und Hände um sanfte Kurven.

35

Mittwoch, 8.40 Uhr

Seltsame Stille und der fehlende Geruch von frisch aufgebrühtem Kaffee lassen mich neugierig aus dem Bett klettern. Auf dem Küchentisch finde ich einen Zettel.

»Frühstück um zehn bei Wagners. Manolo und die Brötchen sind schon dort. Kuss, Linda«.

Aus Routine schalte ich mein Handy ein und stelle fest, dass Julia bereits dreimal versucht hat, mich zu erreichen.

»Guten Morgen, Julia. Was gibt es?«

»Wo ist Lammert?«

»Ihr habt das Ergebnis?«

»Ja. Maren van Tossens war definitiv in diesem Keller. Der Haftbefehl ist beantragt ...«

»Ich nehme an, Lammert hat sich heute krankgemeldet?«

»Richtig. Die Frau ist in höchster Gefahr. Solltest du wissen, wo Lammert steckt, dann sage es mir jetzt!«

»In höchster Gefahr ist sie erst, wenn ihr ihn festnehmt. Du glaubst doch nicht im Ernst, dass Lammert euch das Versteck verrät?«

»Das lass mal schön unsere Sorge sein. Also?«

Ist mir zu blöd, ich lege auf.

Nach einer ausgiebigen Dusche koche ich mir einen extrastarken Kaffee. Ich habe das Gefühl, heute einen klaren Kopf zu brauchen. Schon nach dem ersten Schluck tobt darin ein Gewitter. Gedankenblitze schießen kreuz und quer durch meinen Verstand. Lammert hat sich krankgemeldet, Julia hält bald einen Haftbefehl gegen ihn in der Hand, und von Maren fehlt weiterhin jede Spur. Die Nummer mit dem Ohrring war ein Volltreffer, leider landete dieser, wie es aussieht, im falschen Tor. Ich versuche, mich in seine Lage zu versetzen. In dem Augenblick, in dem das Tütchen mit dem Ohrring vor seinen Augen baumelte, wurde ihm klar, dass das Spiel aus ist. Seit gestern weiß er, dass seine Stunden in Freiheit gezählt sind.

Welche Möglichkeiten bleiben ihm?

Lammert ist einundsechzig Jahre alt. Ob ihm sexuelle Übergriffe nachgewiesen werden können, ist zweifelhaft. Für die Entführung alleine dürfte er mit maximal zwei bis drei Jahren davonkommen, das könnte er aussitzen. Anders sieht es aus, wenn man ihm den Mord an Lenni nachweist, was schwierig, aber aufgrund der Indizienlage nicht unmöglich ist.

Es ist inzwischen neun Uhr fünfundfünfzig, ich will mich auf den Weg zu Lindas Eltern machen, als mich ein unerwarteter Anruf erreicht.

»Ich möchte Ihnen einen Vorschlag machen.« Lammert klingt angespannt.

»Nur zu.«

»Nicht am Telefon. Kommen Sie zum Parkplatz Lindenberg in Diersfordt. Gehen Sie von dort zur Kriegsgräberstätte.«

»In Ordnung.«

»Noch etwas, Born: Keine Polizei, ansonsten …«

… werde ich Maren nie wiedersehen.

»Schon klar.«

Zwanzig Minuten später biege ich von der Hammerstraße auf die Sonsbecker ab. In der nächsten Kurve deutet nichts mehr auf die Tragödie hin, die sich hier vor eineinhalb Wochen abgespielt hat. Die Markierungen der Polizei auf dem Asphalt hat der Regen längst weggespült. Lediglich Reifenspuren, die im angrenzenden Feld enden, erinnern noch daran.

Eine gefühlte halbe Stunde später hat Emma endlich die Hundertermarke erreicht, da taucht das nächste Siebzigerschild auf. Mir fällt auf, dass Lammert keine Uhrzeit genannt hat. Und noch etwas fällt mir auf: ein weißer BMW, der in einem gleichbleibenden Abstand von ungefähr dreihundert Metern hinter mir herfährt. Die Ampel in Höhe der Ortschaft Veen zeigt Grün. Ich gehe vom Gas. Kaum über die Kreuzung gefahren, springt sie auf Gelb. Der BMW-Fahrer beschleunigt und erwischt sie in einem eher rötlichen Farbton.

Julia ist also absolut überzeugt, dass ich mich mit Lammert treffen werde. Dabei habe ich das vor einer halben Stunde selber noch nicht gewusst. Meine Verfolger mit Emma abzuschütteln, noch dazu auf der lang gezogenen Strecke Richtung Weseler Rheinbrücke, ist ein unmögliches Unterfangen. Klar ist aber: Tauche ich mit ihnen im Schlepptau in Diersfordt auf, war es das.

Zehn Minuten später biege ich in die Auffahrt zur Rheinbrücke. Einen Augenblick denke ich darüber nach, mitten auf der Brücke auf den Standstreifen zu fahren und dort stehen zu bleiben. Eine gute Methode, Verfolger ratlos zu machen. Nein. Sie dürfen nicht wissen, dass ich sie bemerkt habe. Schräg gegenüber der Zitadelle biege ich auf den Hansaring und zermartere mir das Gehirn.

Verdammt, ich muss sie abhängen!

Auf der Reeser Landstraße taucht vor mir die dunkelblaue Leuchtreklame einer Tankstelle auf.

Erst mal Zeit gewinnen.

Ich setze den Blinker, der BMW fährt hundert Meter vor der Tanke auf den Seitenstreifen.

Ich steuere Emma an eine Zapfsäule, steige aus und stecke ihr die Pistole in die Flanke, ohne den Hebel zu ziehen. Im Augenwinkel erkenne ich den BMW. Mein Puls rast. Ich ziehe mein Handy aus der Tasche, will Lammert um Aufschub oder einen anderen Termin bitten, bis ich ernüchtert feststellen muss, dass er seine Nummer unterdrückt hat.

An der anderen Seite der Zapfsäule hält ein Passat und verdeckt den Blick auf Emma zur Hälfte. Ein Mann um die dreißig mit rosafarbenen Gläsern in einem mickrigen Brillengestell, langen dunkelblonden Haaren, einer kurzen Karohose und Birkenstocksandalen tänzelt zum Takt eines Schlagers, der leise aus dem Wageninneren dringt.

Ich hingegen wippe nervös von einem Bein aufs andere. Mein Tanknachbar hat fertig getankt und zieht mit der Brieftasche in der Hand davon.

Meine Verfolger räkeln sich gelangweilt in den Sitzen, in dem Passat erklingt ein neues Liedchen, auf dem Armaturenbrett zappelt ein Plastik-Elvis ohne Taktgefühl, im Zündschloss baumelt ein Schlüsselbund, am Spiegel hängt ein Duft…

Ich fahre herum und erkenne im Tankstellen-Supermarkt den Fahrer. Er hält zwei Tüten in der Hand und vergleicht offenbar die Inhaltsstoffe. Tief gebückt schlängele ich mich an der Zapfsäule vorbei, öffne mit einem beherzten Griff die Fahrertür und springe rein.

Ich muss mich stark zusammenreißen, nicht mit durchdrehenden Rädern vom Hof zu fahren. Der Typ dreht beide Tüten um. In diesem Moment ertönt hinter meinem Rücken wütendes Gebell. Einzig dem Umstand, dass die Ampel an der angrenzenden Monschauer Straße genau jetzt auf Grün springt, ist es zu verdanken, dass sich meine Nerven nicht mit einem lauten Knall verabschieden. Im Rückspiegel tauchen die funkelnden Augen eines Yorkshireterriers auf, der sich nur eine Sekunde später in meinem rechten Oberarm festbeißt und dabei wütend knurrt. Ich will mich befreien, greife mit der anderen Hand in seinen Nacken und zerre ihn los. Lautes Hupen macht mich darauf aufmerksam, den Verkehr für einen kurzen Moment außer Acht gelassen zu haben. Im Seitenspiegel erkenne ich einen Kleinwagen, der über den Grünstreifen in der Mitte hoppelt, im letzten Moment einem Baum ausweicht und einen Taxifahrer damit zur Vollbremsung nötigt. Mit dem ausgestreckten rechten Arm halte ich den Terrier auf dem Beifahrersitz in Schach. Nur gut, dass ich mich für einen Wagen mit Automatikgetriebe entschieden habe.

Fünf Minuten später parke ich meinen Leihwagen gegenüber einem weißen Range Rover Sport. Ich setze meinen Beifahrer auf die Rücksitzbank und springe aus dem Auto, bevor dieser wieder zum Angriff übergehen kann.

Kaum an der frischen Luft, kommt mir eine Frau in Leder entgegen und nimmt unterwegs den Helm ab.

»Er ist da drüben.« Sie zeigt in Richtung der Kriegsgräberstätte. »Aber ich vermute, das weißt du bereits. Woher hast du den Wagen?«

Ich erzähle Katja von Lammerts Anruf, den Verfolgern und

der spontanen Leihe. Sie guckt in den Passat und fährt erschrocken herum.

»Da sitzt ein Hund drin!«

»Ist mir auch aufgefallen.« Ich deute auf eine dünne Blutspur, die meinen Oberarm hinunterkriecht. »Keine Sorge, ich bring ihn gleich zurück.«

»Okay, ich besorge dir einen Anwalt.«

Ich muss ziemlich ratlos aussehen. Katja schüttelt den Kopf.

»An der Tanke dürfte es jetzt vor Polizei nur so wimmeln. Die werden dich einkassieren, bevor du sie begrüßt hast.«

Zugegeben, schräg gegenüber der Kreispolizeibehörde einen Wagen mit Hund mitgehen zu lassen war jetzt nicht die prickelndste Idee. Aber was sollte ich machen? Vor allem: Was soll ich jetzt machen?

»Zurück kannst du nicht. Länger mit dem Wagen durch die Gegend fahren ist auch keine gute Idee«, bringt Katja die Rahmenbedingungen für einen dringend erforderlichen Plan auf den Punkt. Mit tiefen Atemzügen inhaliere ich die schwülwarme Luft. Ausgerechnet jetzt meldet sich mein Handy.

»Lukas, wo steckst du? Der Makler ist schon hier.«

Oh nein.

»Linda, ich kann jetzt nicht. Bitte mach du das.«

»Das ist jetzt nicht dein Ernst.«

»Linda, bitte …«

Aufgelegt.

Es gibt Probleme, die lassen sich nicht wegatmen. Katja wedelt mit der Hand, als hätte sie sich verbrannt. Der Terrier springt unablässig vor die Seitenscheibe. Ich drücke Katja den Autoschlüssel in die Hand und erkläre ihr den Weg zum »Schwarzen Wasser«, einem Heideweiher mit Rundwanderweg ganz in der Nähe.

»Stell den Wagen auf den Besucherparkplatz und ruf die Polizei. Sag ihnen, der Hund hockt da schon seit zehn Minuten alleine drin und japst. Dann gehst du über die Bahnschienen, da ist eine kleine Siedlung. Ich hole dich dort mit dem Motorrad ab.«

»Kannst du überhaupt mit einem Motorrad fahren?«

»Ich hoffe es.«

Wortlos drückt sie mir den Zündschlüssel in die Hand.

Nachdem das geklärt ist, gehe ich über den kleinen Weg zur Gräberstätte. Sie wirkt verlassen. Plötzlich ereilen mich unangenehme Gedanken. Lammert hatte bislang keinen Kontakt zur Polizei. Dass bereits nach ihm gefahndet wird, weiß er nicht. Möglich wäre auch, dass er meinen Bluff durchschaut hat und ich für ihn der Einzige bin, der ihm gefährlich werden kann.

»Da sind Sie ja!« Mein Herz setzt für eine Sekunde aus. Das ging schnell. Lammert tritt hinter einem Gebüsch hervor. »Ich hoffe, Sie haben nicht die Polizei eingeschaltet.«

»Das brauchte ich nicht. Bei der Fülle an Spuren, die Sie hinterlassen haben, sind die von selber drauf gekommen.«

Lammert drückt erschrocken sein Kreuz durch.

»Und wer ist der Motorradfahrer?«

»Eine Mitarbeiterin von mir. Sie hätte Ihnen im Zweifelsfall die Polizei vom Hals gehalten.«

Seine Gesichtsmuskeln entspannen sich.

»Gut. Ich mache Ihnen einen Vorschlag: Sie halten mir bis fünfzehn Uhr dreißig die Polizei vom Leib. Ich schicke Ihnen im Gegenzug die Adresse, wo Sie Maren van Tossens finden.«

»Ich glaube nicht, dass Sie in der Position sind, Forderungen zu stellen. Die Polizei weiß inzwischen, dass Sie Maren im Keller Ihres Hauses in Xanten festgehalten haben. Ihr Audi wird in diesen Minuten kriminaltechnisch untersucht …«

»Herr Born«, unterbricht er mich mit einem sarkastischen Lächeln, »wenn ich richtig unterrichtet bin, ist schon einmal ein Mensch gestorben, weil Sie die falschen Entscheidungen getroffen haben. Möchten Sie, dass Maren sich in Ihren Alpträumen zu Cedric gesellt?«

Jemand drückt mit beiden Händen meine Kehle zusammen. Ich ringe nach Luft. Meine rechte Hand ballt sich zu einer Faust. Ich verspüre das unbändige Verlangen, den Aufenthaltsort Marens aus ihm herauszuprügeln. Mein Verstand schreit mich an, es zu lassen. Dieses Lächeln. Die Schreie werden leiser. Langsam gehe ich auf ihn zu.

»Dieses Mal wird alles gut, ich verspreche es Ihnen. Wenn Sie mitmachen, wird die junge Frau heute noch bei ihrer Familie sein.«

Mein Herzschlag entspannt sich langsam. Der Verstand gewinnt die Oberhand und mahnt mich, ihm zu vertrauen.

»Warum sollten Sie dieses Risiko eingehen?«

»Weil ich an einem sicheren Ort sein werde.«

Er will sich ins Ausland absetzen. Mir bleiben vier Stunden, das zu verhindern. Vier Stunden, um ihn zur Rechenschaft zu ziehen.

»Warum haben Sie sich überhaupt in diese Lage gebracht?«

Lammert hebt die Arme wie eine Marionette und lässt sie gleich darauf fallen.

»Sie ist wunderschön. Als sie da halb nackt im Bett lag, betäubt, da konnte ich einfach nicht widerstehen. Leider hat die Wirkung des Propofols nicht lange genug angehalten …«

»Ein zweites Mal hätte man Ihnen nicht mehr geglaubt«, unterbreche ich ihn. »Sie mussten sie beiseiteschaffen. Sie haben sie erneut narkotisiert und in Ihre Wohnung nach Xanten gebracht.«

Lammert nickt.

»Warum musste Lennart Brehme sterben?«

Lammert sieht sich nach allen Seiten um. Seine Antwort kommt sehr leise. Ich trete etwas näher heran, um ihn zu verstehen.

»Ich habe keine Ahnung, wie er das gemacht hat, aber er hat herausgefunden, wo Maren sich befindet, und ist dort mitten in der Nacht aufgekreuzt. An dem Samstagmorgen hat er mich angerufen und gedroht, die Polizei einzuschalten, wenn ich sie nicht augenblicklich freilasse. Ich habe ihm gesagt, dass ich das in der Nacht machen werde und ihm Bescheid gebe.«

»Sie haben ihm in Sonsbeck nach seinem Sturz ein Handy untergeschoben und ihm im Krankenhaus einen Treffpunkt mitgeteilt.«

»Gute Arbeit, Herr Born.«

»Dass die Mischung aus Liquid Ecstasy und Alkohol tödlich

ist, wissen Sie als Mediziner natürlich. Eine sichere Methode, ihn umzubringen. Aber warum haben Sie ihn vorher ausgezogen?«

Wieder huschen seine Augen über das Gelände.

»Dieser Junkie wusste das natürlich auch. Ich wollte ihm einen Cocktail geben, der sein Bewusstsein ausschaltet. Er wurde misstrauisch und schlug wild um sich. Dabei …« Lammert deutet auf das Hämatom an seiner Nase. »Letztendlich gelang es mir, ihm das Mittel intravenös zu verabreichen.«

Womit ein Mordmerkmal einwandfrei erfüllt sein dürfte. Lammert scheint sich seiner Sache sehr sicher zu sein.

»Ihr Blut ist auf seine Kleidung gespritzt.«

»Ja.«

Ein Anflug von Resignation befällt mich. Wenn es sich auf dem Beifahrersitz des Audis ebenfalls um sein Blut handelt, wird es schwer, ihm den Mord nachzuweisen. Lammert sieht auf die Uhr. Wir gehen gemeinsam zum Parkplatz.

»Sagen Sie mir, wo Maren ist. Ich verspreche Ihnen, ich werde mich bis fünfzehn Uhr dreißig ruhig verhalten.«

»Ich gebe Ihnen Bescheid. Und«, sein Arm zeigt auf Katjas Motorrad, »keine Spielchen mehr …«

Ich sehe dem davonfahrenden Range Rover noch einige Sekunden hinterher. In diesem Moment bin ich mir sicher, nie wieder etwas von ihm zu hören. Ich ziehe mein Handy aus der Tasche und beende die Tonaufzeichnung.

Mir bleiben drei Stunden und vierundfünfzig Minuten, als sich mein Handy erneut meldet.

»Bist du eigentlich total bescheuert, ein Auto zu klauen und damit zu einem Treffen mit einem mutmaßlichen Mörder zu fahren?«

Die vertraute Stimme meiner Gattin rauscht in Orkanstärke durch mein Ohr.

»Klauen … Ich habe das Auto verwechselt. Ist dir doch bestimmt auch schon mal passiert. Und wieso auf einmal Mörder?«

Mein Versuch der Beschwichtigung lässt die Lautstärke nur weiter ansteigen.

»Wo steckst du, Born?«

Katjas Meldung ist also noch nicht zu ihr durchgedrungen. Gute Gelegenheit, mir ein wenig Freiraum zu verschaffen.

»Am Schwarzen Wasser in Wesel. Und keine Sorge, ich bringe den Wagen gleich unbeschadet zurück.«

Eine bedrohlich wirkende Stille dringt zu mir durch. Vermutlich macht sie gerade ihre Atemübung.

»Okay, war nett, mit dir zu plaudern, aber jetzt muss ich weiterarbeiten. Tschüssi.«

Dass ich mich laut Julia mit einem mutmaßlichen Mörder getroffen habe, kann nur eines bedeuten: Das Blut in Lammerts Auto stammt von Lenni. Julia wird sich nicht so einfach abservieren lassen. Sie wird alle Hebel in Bewegung setzen, um mich zu finden. Und davon befinden sich in dieser Sekunde ganz in der Nähe eine ganze Menge im Einsatz. Solange die Polizei rund um das Schwarze Wasser nach mir sucht, habe ich die Gelegenheit, Emma wegzuschaffen und mich um Ersatz zu kümmern.

36

Mittwoch, 11.24 Uhr

Ich war damals sechzehn Jahre alt. Die Kreidler Florett, die Manni mir für zwei Blaue verhökerte, war ein Jahr älter. Knappe neunzig Sachen lief sie. Eigentlich wollte ich später den Motorradführerschein machen. Nachdem ich mich kurz vorher so heftig auf den Bart gelegt hatte, dass ich vier Wochen im Krankenhaus verbringen musste, haben meine Eltern mir mit dem sofortigen Rausschmiss gedroht, sollte ich den Einser machen.

Moped fahren verlernt man nicht, dachte ich bis vor fünf Minuten. Exakt bis zu dem Augenblick, da das Vorderrad in die Höhe schießt und es mich fast im Salto von der Sitzbank befördert hätte. Katjas Norton Commando hat eben ein paar PS mehr als meine alte Kreidler.

Respektvoll steuere ich die Maschine mit Tempo siebzig über die Bocholter Straße, eingekeilt zwischen mehreren Streifenwagen, die alle das gleiche Ziel haben. Vorne am Kanonenberg, dem Zufahrtsweg zu dem Heideweiher, parkt ein weiterer Streifenwagen. Zwei Polizisten riegeln den Verkehr ab. Scheint so, als wäre jeder verfügbare Uniformierte im Gebiet um das Schwarze Wasser im Einsatz. Knapp hundert Meter über mir donnert ein vermutlich mit einer Wärmebildkamera ausgestatteter Hubschrauber hinweg. Ich fahre in einem weiten Bogen um die Schill-Kaserne und biege direkt dahinter in die Strauchheide ab. Nach einem halben Kilometer entdecke ich Katja am Straßenrand. Ich stelle die Maschine auf den Seitenständer und steige ab.

»Scheint noch alles dran zu sein«, witzelt sie. Ihre Lederjacke ist im Bereich des Unterarms voller Kratzer und Bissspuren.

Während der Fahrt zur Tankstelle stelle ich fest, den Gashahn höchstens ein Drittel geöffnet zu haben. Meine Hände krallen sich in ihre Hüfte.

Drei Minuten später sind wir da und entdecken, wie ein älterer Mann in roter Latzhose Emma auf die Ladefläche seines Abschleppwagens zieht.

»Halt! Das ist meiner!«

Er sieht mich verblüfft an, denkt einen Moment nach und lässt Emma wieder zurückrollen.

»Hab ja schon viel erlebt, aber dass jemand vor einer Zapfsäule parkt, noch nicht. Muss mal eben drüben anrufen.« Mit dem Kinn deutet er zur Polizeiwache auf der anderen Straßenseite. »Die haben mich schließlich beauftragt …«

»Unsere Tochter ist auf dem Radweg angefahren worden und auf dem Weg ins Krankenhaus«, fällt ihm Katja mit flehender Stimme ins Wort, »bitte, wir müssen so schnell wie möglich zu ihr.«

Der Abschlepper lässt den Arm sinken, der das Handy hält. »Okay, dann rufe ich da gleich an. Kostet aber trotzdem«, bemerkt er trocken und schiebt ein »Einhundertzwanzig Euro, weil Sie es sind« hinterher.

Mit einem süffisanten Lächeln lässt der Abschlepper die achtzig Euro von mir und vierzig Euro von Katja in seiner verschmierten Brieftasche verschwinden.

Im Ladenlokal erkenne ich zwei Polizisten, die sich am Stehtisch angeregt unterhalten. Sind garantiert für den Fall hier postiert worden, falls ich doch noch zurückkomme. Noch versperrt der Abschleppwagen die Sicht auf Emma. Ich haste hinters Lenkrad, stoße über den Radweg zurück. In Höhe der Delogstraße ist der Grünstreifen, der die beiden zweispurigen Fahrbahnen trennt, unterbrochen. Ich bewege mich erst mal aus der Gefahrenzone. Im Rückspiegel taucht Katja auf. Ich gebe ihr ein Zeichen, mir zu folgen. Sie blinkt kurz auf.

Hinter der Lippe biege ich rechts ab, lasse Emma am Wasser- und Schifffahrtsamt vorbeirollen und bleibe unter der Rheinbrücke stehen. Katja stellt die Norton dahinter ab.

Wir lehnen am Brückengeländer und blicken wortlos einem niederländischen Frachter hinterher.

»Soll ich mal mit Linda reden?«

Katja weiß genau, was in mir vor sich geht. Am liebsten wäre ich direkt durchgefahren, um Linda alles zu erklären. Bevor es zu spät ist. Doch die Zeit rennt mir davon.

»Es gibt nur eine Chance: Ich muss Maren finden«, antworte ich und erzähle ihr von dem Vertrag mit van Tossens und dem Mobilheim der Börgers.

»Linda weiß nichts davon?«

Ich verziehe den Mund.

»Mist. Ich könnte Andeutungen machen …«

»Katja, das ist *mein* Job.«

»Dein Job ist es, Maren zu finden. Ich fahre jetzt zurück und gebe den anderen Bescheid. Vielleicht haben die eine Idee. Und du fährst zu Lammerts Frau und reißt ihr den Hintern auf, bis sie dir sagt, wo Maren stecken könnte!«

Ich sehe sie verwundert an. Sie senkt schuldbewusst den Kopf.

»Lammert hat mich bemerkt. Von seinem Haus in Flüren bis Diersfordt sind es keine fünf Kilometer. Stattdessen fährt er über die B 8 nach Wesel rein. Dort muss er den Braten gerochen haben. Jedenfalls hat er gewendet und ist Richtung Diersfordt zurückgefahren.«

»Die Frage ist, wohin er wollte.«

»Genau. Ich habe vorhin im Internet gestöbert. Zum Bestand der Immobilienfirma seiner Frau gehören hauptsächlich Büro- und Geschäftshäuser, aber vereinzelt auch verlassene Betriebsanlagen, die sich gewinnbringend in Apartmenthäuser oder Gastronomiebetriebe umwandeln lassen.«

Einen Versuch ist es wert. In diesem Augenblick rollt Rosi von der anderen Seite unter die Brücke. Mit dem Autoschlüssel in der Hand steht sie wenig später neben uns. Ich gebe ihr Emmas Schlüssel und verabschiede mich von den beiden.

Der mausgraue Golf von Rosi ist im Stadtverkehr in etwa so auffällig wie eine Buche mitten im Wald.

Die Vesalia Immobilien GmbH hat ihren Sitz in einem Bürohaus an der Kreuzstraße. Mitten in der City, dort, wo es mehr Handy-Shops als freie Parkplätze gibt. Nach nervenaufreibender Suche finde ich schließlich einen in der Nähe des Arbeitsgerichtes und laufe zurück. Kurz vor dem Ziel meldet sich mein Handy. Julia. Ich bin versucht, sie wegzudrücken. Aber das würde es nicht besser machen.

»WO steckst du?«

»Bis zum Hals in Ermittlungen. Und du so?«

»Lukas«, ihre Stimme wird sanft und freundlich, was in der Regel nichts Gutes zu bedeuten hat, »die Weseler Kollegen haben einen Haftbefehl gegen dich beantragt. Wenn du dich nicht stellst, machst du alles nur schlimmer. Mensch, das muss ich dir doch nicht erzählen.«

»Wenn ich mich stelle, wird Maren van Tossens spätestens Anfang nächster Woche verdurstet sein. Lammert hat versprochen, mir heute noch den Aufenthaltsort mitzuteilen.«

»Du machst einen Deal mit einem Mörder? Und vertraust ihm auch noch?«

»Es ist eine winzige Chance für das Mädchen. Welche kannst du ihr bieten? Julia, gib mir dreieinhalb Stunden, bitte.«

»Du hast ein Auto gestohlen ...«

»Scheiß auf die Karre! Wir müssen Maren finden, verdammt noch mal!«

Ist mir zu blöd, ich lege auf.

»Vesalia Immobilien GmbH, 2. Etage,« steht auf dem Messingschild an der Eingangstür. Ich nutze die Zeit im Aufzug, um den Zettel mit dem Namen von Lammerts Frau aus meinem Portemonnaie zu fischen.

Die junge Dame mit dem Bubikopf und dem politisch korrekten Friedenstauben-Tattoo auf dem Unterarm mustert mein verwaschenes T-Shirt, leitet ihren Blick von dort auf meinen Fünftagebart und die vom Helm verhunzte Frisur und verkneift sich im letzten Moment den Hinweis, keine Sozialwohnungen im Angebot zu haben.

»Mein Name ist Lukas Born. Ich bin Privatdetektiv und muss dringend Frau Henrike Limburg-Lammert sprechen.«

»Haben Sie einen Termin, Herr Born?«, möchte sie mit mitleidigem Augenaufschlag wissen. Ich nehme mir vor, mich mit dem nächsten Entführer im Vorfeld abzusprechen.

»Frau …«, ich beuge mich zur Seite, um das Schildchen auf der Theke zu lesen, »… Jasmin Stindel, es geht um eine schwere Straftat, in deren Ermittlung die Firma Vesalia Immobilien GmbH eine Rolle spielt.«

Ihr unschlüssiges Zaudern zeigt, dass sie bislang noch nicht mit einem derartigen Anliegen konfrontiert worden ist.

»Sie sind Privatdetektiv, sagen Sie? Also ich fürchte, ohne Termin …« Urplötzlich ändert sich ihre Mimik in überschäumende Freude. Sie steht auf und ruft mit warmherziger Stimme: »Guten Tag, Herr Birkelmann. Wie schön, dass Sie es einrichten konnten. Frau Limburg-Lammert erwartet Sie bereits.«

Neben mir taucht ein schlanker Mann um die sechzig auf. Für die Anfertigung seines anthrazitfarbenen Anzugs dürfte das Maßband des Schneiders in voller Länge zum Einsatz gekommen sein. Birkelmann deutet auf die Breitling an seinem linken Handgelenk.

»Ich habe noch einen Anschlusstermin beim Kreisdirektor. Ich hoffe, die Verträge sind so weit vorbereitet.«

»Selbstverständlich, Herr Birkelmann. Folgen Sie mir bitte hier entlang.«

Schon stöckelt sie los. Ich nutze die Gelegenheit und schiebe mich zwischen sie und Herrn Birkelmann, der sich räuspert.

Ich drehe mich kurz um. »Ich muss nur schnell eine Anlage kopieren«, erkläre ich flüsternd und blicke dabei vor seinen Krawattenknoten.

Drei Türen weiter klopft die Sekretärin an und geht hinein, ohne eine Antwort abzuwarten. Dabei bleibt sie mit dem Rücken zur Tür stehen, dreht sich herum und setzt zu einer einladenden Armbewegung an.

»Vielen Dank, Frau Stindel.«

Ich gehe an ihr vorbei, bevor sie die Sprache wiederfindet. Ihre Chefin ist da deutlich schneller.

»Was fällt Ihnen ein, hier so reinzuplatzen?«

»Lukas Born, Privatdetektiv. Ich muss in einer Strafsache dringend mit Ihnen reden.«

Birkelmann runzelt die Stirn.

»Dann lassen Sie sich gefälligst einen Termin geben. Und jetzt raus hier!«

Also schön, dann mach ich mir mal einen Termin.

»Ihr Mann, Professor Hans Lammert, hat eine junge Frau entführt und steht in dringendem Tatverdacht, einen Mord begangen zu haben.« Zur Beschleunigung der Terminvergabe ziehe ich die Lautstärke leicht an. »Die Frau wurde wochenlang im Keller eines Hauses festgehalten, das der Vesalia Immobilien GmbH gehört. Reicht das für einen Termin?«

»Ähm … wenn das so ist«, Birkelmann wirkt jetzt reichlich konsterniert, »dann komme ich später noch mal. Vielleicht«, schiebt er leise hinterher und dreht sich auf dem Absatz um.

Frau Limburg-Lammert sieht ihm mit offenem Mund und einer beängstigenden Blässe im Gesicht hinterher. Ein kurzer Wink und Frau Stindel schließt die Tür. Ich nehme ungefragt auf einem der beiden Ledersessel vor dem gläsernen Schreibtisch Platz.

»Das war unser wichtigster Kunde«, bemerkt sie mit einer Grabesstimme und nagelt mich dabei mit funkelnden Blicken an die Rückenlehne. Ihre scharf geschnittenen Gesichtszüge, das dezente Make-up, die puristische Kurzhaarfrisur und die aufdringlich schwarz gerahmte Brille verleihen ihr eine dominante Ausstrahlung.

»Frau Limburg-Lammert, es tut mir leid, dass ich darauf keine Rücksicht nehmen kann. Eine junge Frau schwebt in Lebensgefahr, weil Ihr Mann auf der Flucht ist und sich nicht mehr um sie kümmern wird. Er hat sie mit an Sicherheit grenzender Wahrscheinlichkeit in einer Ihrer Immobilien eingesperrt und …«

Sie wendet unvermittelt den Blick von mir ab und greift zum Telefon.

»Ich rufe jetzt die Polizei.«

»Bitte?«

»Was mein Mann macht, interessiert mich nicht. Wir haben uns vor einem Jahr getrennt. Ich lasse mir Ihr Auftreten nicht länger bieten.«

Mein Herz pocht gegen die Brust, der Puls schnellt hoch. Sie sieht mich an wie ein Henker, der seinem Delinquenten ein letztes Wort gönnt, bevor er ihm den Kopf abschlägt.

»Damit würden Sie die Lage unnötig verschlimmern. Nach der kriminaltechnischen Untersuchung des Kellers in Xanten werden die Ermittler mit Sicherheit eine richterliche Durchsuchungsanordnung beantragen. Sie werden diese Büroräume und alle Ihre Immobilien auf den Kopf stellen, bis sie Maren van Tossens, so heißt das Opfer Ihres Mannes, gefunden haben. Wie Sie sich vorstellen können, dürfte das nicht geräuschlos vonstattengehen. Und glauben Sie mir, liebe Frau Limburg-Lammert: Danach ist Herr Birkelmann Ihr kleinstes Problem.«

Über ihrem Nasenansatz bildet sich eine senkrechte Falte. Hinter ihrer Stirn läuft ein Film ab, der ihren Blutdruck langsam ansteigen lässt. Auf ihren Wangen breiten sich kleine rötliche Flecken aus. Langsam legt sie das Telefon zurück.

»Was schlagen Sie vor?«

Ich atme einmal tief durch.

»Sie geben mir eine Liste mit allen Immobilien, die derzeit leer stehen oder umgebaut werden, und die dazugehörigen Schlüssel. Sobald ich die Frau gefunden habe, verständige ich die Polizei und bitte darum, dass Sie und Ihre Firma in der öffentlichen Darstellung keine Rolle spielen. Versprechen kann ich allerdings nichts.«

Sie greift zum Telefon, in einem ersten Reflex zucke ich zusammen. Bis ich den Befehl an Frau Stindel mitbekomme, alles zusammenzustellen.

»Folgen Sie mir.« Strammen Schrittes laufe ich neben Frau Limburg-Lammert her über einen langen Flur.

»Haben Sie eine Ahnung, wohin sich Ihr Mann absetzen könnte?«

Sie stoppt abrupt. Es kommt mir vor, als ob sie erst jetzt den ganzen Ernst der Lage realisiert.

»Kuba. Wir haben dort viele Jahre unseren Urlaub verbracht. Mein Mann liebt dieses Land. Vor einigen Jahren haben wir uns ein Haus in der Nähe von Varadero gekauft und es hergerichtet.«

Soviel ich weiß, gibt es zwischen Kuba und der Bundesrepublik noch immer kein Auslieferungsabkommen. Macht also Sinn.

Plötzlich wird ihr Blick leer. Geradezu so, als ob sich eine immerwährende Befürchtung bewahrheitet. Langsam öffnen sich ihre Lippen.

»Hat mein Mann wirklich …? Ich meine, hat er diesem Mädchen etwas …?« Ich presse die Lippen aufeinander.

Sie legt den Kopf in den Nacken und schließt die Augen. Nach einigen Sekunden wirkt sie wieder gefasst. Entschlossen geht sie mit mir hinter die Empfangstheke. Dort deutet die Maklerin auf einen Weseler Stadtplan an der Wand, in dem mehrere Dutzend verschiedenfarbige Pins stecken.

»Grün ist vermietet, Gelb steht vorübergehend leer, und Rot steht für Sanierung oder Umbau.«

Auf einen vorübergehenden Leerstand kann Lammert sich nicht verlassen. Meine Aufmerksamkeit liegt also auf sechs roten Pins. Lammert dürfte um fünfzehn Uhr dreißig längst im Flieger sitzen. Angesichts der Entfernungen, die zwischen den einzelnen Immobilien liegen, und der Tatsache, dass sich ein rund zwei Hektar großes ehemaliges Fabrikareal darunter befindet, nicht zu schaffen. Ich will gerade nach einem Würfel fragen, als Frau Stindel mit einem Packen Papier, einem Karton voller Schlüssel und einem riesigen Hoffnungsschimmer aufkreuzt.

»Die Schlüssel von Dresen fehlen.«

»Dresen?«

»Ein ehemaliger Futtermittelhändler im Hafen«, antwortet Limburg-Lammert knapp, ohne mich anzusehen.

»Was heißt das, die fehlen?«

Frau Stindel zermartert sich das Gehirn.

»War Herr Lammert in den letzten zwei Wochen hier?«

»Nein. Mein Mann war seit einem halben Jahr nicht mehr hier«, herrscht mich die Chefin an.

»Doch. Vor zwei Wochen«, nuschelt Frau Stindel verlegen und zieht damit unsere Blicke auf sich.

»Nun … er gab an, den Haustürschlüssel für den Hof in Xanten verloren zu haben, und wollte sich den Ersatzschlüssel ausleihen. Ich war beschäftigt und sagte, er solle ihn sich holen.«

Ich lasse die beiden mit einem hastigen »Danke« zurück und springe Sekunden später die Treppen hinunter.

37

Mittwoch, 13.12 Uhr

Von der Hafenstraße biege ich in eine asphaltierte Zufahrt, die direkt zum Kai führt. Wenige Meter davor parke ich Rosis Golf auf einem Schotterplatz. Vorbei an drei großen Silos gelange ich auf den Innenhof. Schräg vor mir, an die Hafenstraße grenzend, liegen drei miteinander verbundene Verwaltungsgebäude. Dahinter erstrecken sich zwei mehrgeschossige, rund sechzig Meter lange Bauten. Auf dem Dach des hinteren befinden sich mehrere Rohrleitungen, die zu den Silos führen.

Ich konzentriere mich zunächst auf den Verwaltungstrakt. Die Schlösser sind keine Herausforderung, und so befinde ich mich wenig später in der ehemaligen Personalbuchhaltung, worauf vergilbte Einsatzpläne hinter einem alten Schreibtisch hinweisen. Weitere Büroräume schließen sich an, und es stellt sich heraus, dass auch die Baracken miteinander verbunden sind. Die dicke Staubschicht auf Mobiliar und Fußboden lässt mich die Suche hier abbrechen.

Der Backsteinkasten daneben weckt mein Interesse. Das verrostete Rolltor ist mit einer unterarmdicken Kette und einem Vorhängeschloss gesichert, mit dem ich nicht mal ein altes Fahrrad sichern würde. Gelangweilt führe ich einen groben Pick ein, will ihn gerade drehen, als sich eine Pranke auf meine Schulter legt.

»Schön langsam umdrehen, Freundchen.« Ich hoffe inbrünstig, dass die raue Stimme nicht aus einer Polizistenkehle kommt.

Der Blick auf den bärtigen Mittvierziger und seinen untersetzten Kollegen, beide in Uniformen mit dem Aufdruck »Vesalia-Security« gekleidet, lässt mich durchatmen.

»Lukas Born, Privatdetektiv. Ich bin mit Erlaubnis des Eigentümers hier«, komme ich Investigativfragen zuvor. Der Kleinere der beiden geht mit dem Handy am Ohr einige Schritte über den Hof, der Bärtige stellt sich breitbeinig vor mich und ist bemüht, mir mit seiner Gestik klarzumachen, dass jeder Widerstand zwecklos ist. Bis sein Partner zurückkommt, erkläre ich ihm in groben Zügen, weshalb ich hier bin. Er nickt zwischendurch amüsiert.

»Alles klar, Pitter. Hier muss irgendwo eine junge Frau eingesperrt sein. Wir sollen ihm bei der Suche helfen.«

Um exakt dasselbe habe ich ihn vor zehn Sekunden gebeten und dafür einen dreckigen Lacher geerntet. Pitter entgleiten die Gesichtszüge.

»Na schön, Siggi, wo fangen wir an?« Pitter lässt seinen ausgestreckten Arm über das Areal gleiten. Siggi reibt sich die Schläfen. Mit Erfolg.

»Sag mal, hat der stramme Hacki nicht letzte Woche erzählt, hier sei abends ein Geländewagen vom Hof gedonnert?« Siggi zeigt auf eine eingeschossige, an die Zufahrt zum Hafenkai angrenzende Baracke.

Pitter winkt ab. »Der hat hier auch schon Werwölfe rumlaufen sehen …«

Siggi nickt und zieht seinen Kumpel in Richtung des Rolltores. Dort angekommen, zieht er ein XXL-Schlüsselbund aus der Tasche. Neben ihm befindet sich ein alter Fahrradschuppen. Die offene Tür gibt den Blick auf eine zerrissene Matratze und jede Menge Unrat frei.

»Hackis Schlafzimmer«, murmelt Pitter. »Im Winter schlafen noch mehr Obdachlose hier. Kaputt machen können sie hier nicht viel, außerdem kann es nicht schaden, wenn jemand hier aufpasst.«

Möglicherweise hat der »stramme Hacki« was mitgekriegt. Um das herauszubekommen, müsste ich ihn erst mal finden, und dazu fehlt mir die Zeit.

»Okay, ich sehe mich da drüben um. Vielleicht finde ich zumindest einen Werwolf.«

Siggi hat mir zwei Schlüssel mitgegeben. Einen für die an Opermanns Kuhstall erinnernde Baracke und einen für das zweigeschossige Bürohaus. Dort erwartet mich eine ähnliche Tristesse wie in den drei Anbauten gegenüber. Ich haste die Treppen zum Keller runter. Die fünf Räume stehen voller Plunder, die Wände glänzen feucht im Licht meiner Taschenlampe.

Die Halle nebenan ist übersichtlich eingerichtet. Ein paar Spinde hinter einer Ständerwerkwand, eine alte Werkbank und ansonsten geschätzte vierhundert Quadratmeter gähnende Leere. Frustriert gehe ich nach draußen und blinzle in die Sonne. Voller Anspannung schalte ich das Handy ein. Vor der Fahrt hierher habe ich meine SoKo gebeten, die Flugverbindungen nach Kuba zu checken. Ich ignoriere van Tossens' Anfragen und öffne die Nachricht von Eddy.

»Vierzehn Uhr achtzehn ab Frankfurt mit Zwischenstopp in Zürich.«

Desillusioniert stecke ich das Gerät weg. In der Schweiz ist ein internationaler Haftbefehl so viel wert wie beidseitig benutztes Toilettenpapier. In Kuba noch weniger. Mir bleiben also vierunddreißig Minuten, und ich bin keinen Schritt weitergekommen. Der Frust nagt sich wie eine ausgehungerte Ratte durch meinen Körper.

Okay … cool bleiben, Lukas. Welche Optionen gibt es? Ich konzentriere meine Gedanken auf mich. Der Auftrag von Marlies Brehme lautet, die Umstände zu klären, die zum Tod ihres Enkels führten.

Habe ich gemacht. Haken dran.

Tamme van Tossens' Auftrag lautet, seine Tochter zu finden. Habe ich noch nicht, allerdings dürften mir dafür noch ein bis zwei volle Tage bleiben, und die Ausgangslage ist vielversprechend.

Mir kann es also furzegal sein, ob Lammert sich absetzt und seinen Lebensabend unter Kubas Sonne verbringt oder im heimischen Knast.

Wenn da nicht der kleine Polizist in mir permanent gegen die Bauchdecke trampeln würde wie ein Säugling vor der Geburt.

Na schön, ich lass dich raus. Drei Minuten nachdem ich Julia die Audiodatei mit Lammerts Geständnis geschickt habe, rufe ich sie an.

»Wo hast du das her?« Im Hintergrund ist Lammerts Stimme zu hören.

»Spielt jetzt keine Rolle. Lammert will sich nach Kuba absetzen. In achtundzwanzig Minuten hebt der Flieger in Frankfurt ab. Sorg dafür, dass kein Mörder an Bord ist.«

»In achtundzwanzig …«

Ich lege auf.

Von der gegenüberliegenden Seite des Innenhofes schlendern Pitter und Siggi mit hängenden Schultern auf mich zu.

»Ich verstehe das nicht …«

»Die Vesalia hat noch mehr alte Gemäuer. Vielleicht …«, versucht Pitter mich zu beruhigen.

»Es fehlen aber nur die Schlüssel von Dresen.«

Siggi reibt sich erneut die Schläfen. Dann sieht er seinen Kumpel an.

»Langkamp. Hast du die Schlüssel?«

»Sind die gleichen Schlösser«, antwortet Pitter, ohne nachzusehen. Und schon laufen wir um die alte Fabrik Richtung Hafenstraße.

»Der alte Dresen hat kurz vor Schluss die Spedition Langkamp übernommen«, erklärt Siggi mir unterwegs und zeigt auf einen Flachbau auf der gegenüberliegenden Straßenseite, »das hat ihm endgültig das Genick gebrochen.«

»Nanu«, bemerkt Pitter mit einem mahnenden Blick zu seinem Kollegen und öffnet die Tür. »Zweimal abschließen, wie oft soll ich dir das noch sagen?«

»Ich habe zweimal …« Pitter winkt genervt ab.

Du vielleicht, denke ich und spüre dabei meinen Puls ansteigen. Wir befinden uns in der ehemaligen Werkstatt der Spedition, mit alten Ölfässern auf dem Boden und verrostetem Werkzeug an den Wänden. Ein kleines Büro mit milchigen Fenstern weckt mein Interesse. Umsonst.

Auf dem Fußboden erkenne ich vereinzelte Spuren von Fußabdrücken, die an einer Brandschutztür enden.

»Wo geht es dort hin?«

»In den Keller«, antwortet Siggi.

Unten angekommen drückt der Wachmann eine Türklinke herunter und knallt fast im selben Moment vor das Türblatt und reibt sich mit schmerzverzerrtem Gesicht die Nase.

»Verdammt noch mal, Pitter! Warum hast du die Tür abgeschlossen? Reicht doch, wenn oben alles dicht ist!«

»Hab ich nicht!«

Ich reiße ihm den Schlüssel aus der Hand und schiebe die beiden zurück.

Sie sitzt zusammengekauert auf einem Sofa an der gegenüberliegenden Wand. Eine Glühlampe füllt den Raum mit ihrem matten Licht. In der Ecke neben ihr liegen Fäkalien. Einige Meter weiter auf einem alten Tisch stehen Konservendosen, daneben auf dem Fußboden ein Kasten Mineralwasser.

Als ich näher komme, greift sie nach einer Flasche und hält sie mir drohend entgegen. Ich hebe beschwichtigend die Hände.

»Ist sie das?«, will Siggi wissen, der inzwischen hinter mir steht.

Boah.

»Ja, ruf einen Rettungswagen.«

Er sieht mich zögerlich an.

»SOFORT!«

Ich strecke ihr eine Hand entgegen.

»Hallo, Maren. Alles ist gut. Mein Name ist Lukas Born, ich bin Privatdetektiv. Dein Vater hat mich damit beauftragt, dich zu suchen. Professor Lammert wird gerade von der Polizei festgenommen, er wird dir nichts mehr antun können, das verspreche ich. Du bist frei. Komm …«

Sie sieht mich erschöpft an. Ich gebe ihr die Zeit. Nach zwei Minuten legt sie die Flasche neben sich ab und steht mühsam auf.

Auf dem Hof muss ich sie stützen. Ihre Augen blinzeln. Sie verströmt einen … herben Geruch, um es mal vorsichtig auszudrücken. Pitter steht auf der Straße und winkt mit beiden Armen. Wenig später fährt der Rettungswagen auf den Hof. Ich ziehe das Handy hervor.

»Darf ich ein Foto für deinen Vater machen?«

Sie nickt. In ihrem Gesicht steht nichts weiter als eine große Leere.

Im Auto schicke ich das Selfie von Maren und mir an van Tossens.

»Auftrag ausgeführt. Ich erwarte die vereinbarte Überweisung und ein Dankeschön.«

Ich streiche die letzten drei Worte und drücke auf Senden. Danach schicke ich das Bild an meine SoKo.

38

Mittwoch, 14.48 Uhr

»Verschwinde. Ich will dich nicht mehr sehen!«

»Linda, bitte lass es mich erklären.«

»Da gibt es nichts mehr zu erklären ...«

»Linda, ich wollte ...«

»HAU AB!«

Mit den Schultern knapp über dem Boden trotte ich davon. Vor dem Hauptweg kommen mir Leni, Bernd, Uwe und Eddy entgegen.

»Scheiße, wir sind zu spät!«, ruft Uwe und zieht mich an der Schulter herum.

»Los, mitkommen!«

Am anderen Ende des Weges erkenne ich Katja und Rosi, die wenige Meter weiter auf die Parzelle der Wagners einbiegen. Was wird hier gespielt?

Uwe zieht mich an der nächsten Gabelung am Arm. Ich vernehme Rosis laute Stimme.

»Jetzt hör endlich auf, rumzuzicken wie eine pubertierende Zwölfjährige, und komm mit, sonst reden wir kein Wort mehr mit dir!«

Meine Begleiter ziehen das Tempo an.

»Los«, ruft Leni in mein Ohr, »wir müssen vor ihnen dort sein.«

Mit »dort« ist das Mobilheim der Börgers gemeint. Meine SoKo hat sich nicht nur den Schlüssel besorgt, sondern ein von einer roten Lichterkette umrahmtes Schild über die Tür gehängt. »Casa Linda & Lukas«.

Ich stehe sprachlos davor, als Leni hinter den Zaun greift, mir einen Strauß rote Rosen in die Hand drückt und mich anschiebt.

»Los, rein mir dir!«

Kaum drin, bin ich überwältigt. Ein Weg aus Rosenblättern

führt ins Schlafzimmer und umrandet das Bett. Auf dem Beistelltisch stehen eine Flasche Champagner und zwei Gläser.

»Rein mit dir«, vernehme ich erneut Lenis Stimme. Ich drehe mich herum und blicke in Lindas verwunderte Augen.

»Es … sollte eigentlich eine Überraschung werden. Aber das ist mir wohl gründlich misslungen.«

Langsam kommt sie auf mich zu. In ihren Augen liegt ein feuchter Glanz.

»Küssen, küssen, küssen«, hallt es vielstimmig aus dem Eingangsbereich.

»Du … du … verdammter Mistkerl.«

»Ich liebe dich auch.«

Linda ist rundherum begeistert. Insgeheim hat sie davon geträumt, in der Nähe ihrer Eltern zu bleiben. Die fast neue, hochwertige Küche, das geräumige Wohnzimmer, der liebevoll gestaltete Garten, all das hat sie überzeugt. Nach dem Rundgang weise ich sie dezent auf die eminente Wichtigkeit des gesunden Schlafes hin, was einen ausgiebigen Test des von den Börgers im vorigen Jahr angeschafften Boxspringbettes zur Folge hat.

Leicht ausgepowert treffe ich zur traditionellen SoKo-Abschlusssitzung bei Lissy ein. Die Bande wartet bereits mit gemeinschaftlich süffisantem Lächeln auf mich.

»Ihr seid … also … ihr«, stottere ich und lotse dabei Beate an unseren Tisch.

Katja legt ihre Hand auf meine Schulter. »Lass gut sein. Wir sind froh, dich bei uns zu haben. Und wenn ihr 'ne Patentante braucht …« Sie zeigt mit dem Daumen auf sich.

Bei der letzten SoKo-Sitzung gibt es nur einen Deckel, und der gehört mir. In diesem Fall reicht das aber nicht. Ich erzähle ihnen von dem Vertrag mit van Tossens und der Summe, die ich von ihm bekomme. Sofort setzt lautstarker Protest ein.

»Mein lieber Lukas«, ergreift Leni das Wort, »mach Linda glücklich und bleibe bei uns. Mehr wollen wir nicht. Ja, gut«, schiebt sie augenzwinkernd hinterher, »wenn du gelegentlich eine Leiche finden würdest, wäre das auch nicht schlecht.«

So was Ähnliches hatte ich mir schon gedacht und, nachdem

die Börgers mir um weitere fünf Mille entgegengekommen sind, einige Telefonate geführt.

»Ein kleines Dankeschön habe ich für euch: Am Samstag gibt Glam Bam drüben am Teich ein Unplugged-Konzert für die Happy-Eiland-SoKo. Es gibt ein Grillbuffet, Fassbier und eine Cocktailbar.«

Letztere wird auch einen alkoholfreien »Safer Sex on the Beach« im Angebot haben, denn Julia hat mir vorhin mitgeteilt, dass Bastian das kommende Wochenende unbedingt bei mir verbringen möchte. Und da Linda und ich jetzt ein neues Domizil haben, habe ich meiner Gattin gleich mal meine bescheidene Hütte für eine Nacht angeboten. Urlaub auf dem Campingplatz soll ja was Entspannendes haben.

Nachdem der ausufernde Jubel meiner Crew abgeklungen ist, meldet sich Leni noch einmal mit ernstem Unterton zu Wort.

»Was ist eigentlich mit dem Professor?«

Ich erzähle ihnen von Julias Anruf, der mich auf dem Weg zu Lissy erreicht hat. Sie haben Lammert im letzten Augenblick festnehmen können. Mit den Indizien konfrontiert, hat er sofort ein Geständnis abgelegt.

Lissy nimmt gerade die Essensbestellung auf, da stößt mich Katja an.

»Wer ist das denn?«

Ich folge ihrem Blick Richtung Schranke und staune nicht schlecht.

»Das ist das Geschenk Gottes«, antworte ich und ernte dafür ungläubige Blicke. Wenige Augenblicke später begrüße ich Tamme van Tossens. Er überreicht mir einen Präsentkorb und einen Briefumschlag.

»Ich habe mir erlaubt, den vereinbarten Betrag ein wenig aufzustocken. Ich bin Ihnen wirklich außerordentlich dankbar … ich …«

»Schon gut, wie geht es Ihrer Tochter?«

Sein Blick wird ernst.

»Die Ärzte sagen, dass es noch eine Weile dauert und … Scheiße, ich war so ein Idiot.«

Das Angebot, mit uns zu feiern, schlägt van Tossens aus. Mit nachdenklichem Gesichtsausdruck verabschiedet er sich von uns.

Es ist bereits dreiundzwanzig Uhr vierzig, als Lissy die letzte Bestellung ausruft. Die Stimmung könnte ausgelassener nicht sein, da bittet Uwe plötzlich mit erhobenem Arm um unsere Aufmerksamkeit.

»Ey, Leute, wir haben übrigens einen neuen Fall.«

Wir sehen ihn fragend an.

»Die Kutowskis vom Falkenweg sind heute aus dem Urlaub zurück und haben festgestellt, dass ihnen jemand in ihrer Abwesenheit das Küchenfenster ausgebaut hat. Muss man sich mal vorstellen. Sollen wir uns drum kümmern?«

Ich winke eilig ab.

Epilog

Gegen sieben Uhr dreißig werde ich von einem Wäschekorb geweckt, der neben meinem Bett auf den Boden kracht.

»Na, wie war die letzte Nacht in deiner Räuberhöhle?« Ich hebe träge die Augenlider. Neben mir steht eine überaus agile Linda, die Arme tatendurstig in die Hüfte gestemmt. Ich frage mich, ob es richtig war, den Kauf unserer neuen Unterkunft mit den Börgers gleich per »telefonischem Handschlag« klarzumachen.

Meine Kehle ist pulvertrocken, ich schleppe mich zum Kühlschrank und muss unterwegs zwei weitere Wäschekörbe und einen Umzugskarton beiseiteschieben.

»Frühstück gibt es gleich zu Hause«, ruft Linda und meint damit unser neues Domizil. Bis dahin dürfte ich wach sein.

Während ich einige Telefonate führe, brutzelt Linda uns ein deftiges Rührei in zwei Varianten: einmal mit und einmal ohne Speck.

»Der Gasherd ist klasse. Alles ist klasse«, begrüßt sie mich kurz darauf mit einem dicken Kuss.

Wir frühstücken draußen, mitten auf Börgers' englischem Golfrasen, neben uns plätschert ein Wasserspiel. Ich komme mir vor wie in einer Rosamunde-Pilcher-Schnulze. Linda will mit mir nachher unbedingt wieder in dieses Möbelhaus.

»In Ordnung, dafür lasse ich dich in den Ferien eine Woche alleine. Ich habe gerade ein Apartment auf Ibiza gebucht …«

Ihr Lächeln verrät mir, dass der Weg frei ist für den ersten richtigen Vater-Sohn-Urlaub.

In die Buntspechtgasse verirrt man sich nicht, sie liegt im äußersten Südosten des Platzes, einen Steinwurf vom Naturteich entfernt. Und doch schlenderten hier vorhin – zufällig – Rosi und Katja vorbei, wenige Minuten später Gerda, und jetzt steht Uwe vor der Parzelle, mit einer Zeitung winkend.

»Solltest du mal reinsehen, aber erst nach dem Frühstück.«

Kaum ist Uwe weg, blättere ich in dem Blatt. Ich komme nur bis zur dritten Seite, da fällt mir das Brötchen aus der Hand.

Sonderpädagoge lehrt den Mörder das Fürchten

Das Bild darunter zeigt Staatsanwalt Koch, der einem Mann um die dreißig mit rosafarbenen Gläsern in einem mickrigen Brillengestell, langen dunkelblonden Haaren und einer kurzen Karohose einen Blumenstrauß und eine Pulle überreicht. Im Hintergrund parkt ein Passat.

»Einzig der Tatsache, dass Herr Leibold sofort und uneigennützig gehandelt und sein Fahrzeug zur Verfügung gestellt hat, ist es zu verdanken, dass die Polizei einen Mörder in letzter Sekunde an der Flucht hindern konnte«, wird Koch zitiert.

»Dieser arrogante Gockel. Was fällt dem ein …« Ich pfeffere die Zeitung auf den Brotkorb.

Linda, die über meine Schulter mitgelesen hat, wiegt den Kopf hin und her. »Wäre dir eine Anzeige wegen Autodiebstahl lieber gewesen? Komm schon, da stehst du doch drüber. Du hast den Bösewicht überführt und die Prinzessin gerettet. Und jetzt«, sie klatscht in die Hände, »ist Schluss mit der Faulenzerei. Ich räume den Tisch ab, und du mähst den Rasen. Heute Nachmittag kommt die Nachbarschaft. Es gibt Würstchen mit Kartoffelsalat und Likörchen. Vielleicht kannst du vorher noch den Wagen waschen.«

Danksagung

An diesem Roman wirkten zahlreiche Personen mit, ohne deren Hilfe das Werk nicht zustande gekommen wäre. Ich möchte hier die Gelegenheit nutzen, allen Beteiligten meinen ausdrücklichen Dank dafür auszusprechen. Insbesondere sind das:

- Sabine Göting, Bettina Kohl, Viola Lubjuhn, Kurt Müller
  Als Testleser der ersten Manuskriptfassung haben sie keinen leichten Job. Sie müssen auf unzählige Details von der Figurenentwicklung bis zum Spannungsbogen achten, ohne dabei die Geschichte aus dem Auge zu verlieren.

- Peter Molden
  Er zieht als mein Agent im Hintergrund die Fäden und unterstützt mich mit unermüdlichem Einsatz sowie seinem reichen Erfahrungsschatz.

- Christiane Geldmacher
  Meine Textredakteurin hat mit vielen wertvollen Anregungen und Vorschlägen maßgeblich zur Verbesserung des Romans beigetragen und selbst kleinste Fehler erkannt und beseitigt.

Für sachdienliche Hinweise möchte ich mich bedanken bei: Birgit und Leo Ingenlath, Andreas Mötter, Matthias Franke, Wiebke Terhardt, Rechtsanwaltskammer Düsseldorf, Bundesministerium für Gesundheit, Sucht und Drogenberatung von Caritas und Diakonie.

Ein ganz besonderer Dank gilt dir, liebe Tina. Für alles!

Erwin Kohl
DUMM GELAUFEN, MARTHA
Broschur, 240 Seiten
ISBN 978-3-7408-0648-4

Lukas Born, suspendierter Hauptkommissar, lebt als Dauercamper auf einem Campingplatz in Sonsbeck und verdient seine Brötchen mit Privatermittlungen. Als eine Notarsgattin ihn mit der Suche nach ihrem verschwundenen Ehemann beauftragt, deutet zunächst alles auf einen Routinefall hin. Doch dann entdeckt Born den Vermissten im Wald – tief unterm Laub und mausetot. Die Spur führt zu einem der profiliertesten Mordermittler der Region und zu einer ominösen Motorradgang …

»Treffend, ironisch und witzig führt der Autor den Leser durch einen rasanten, hochspannenden Krimi.« Rheinische Post

www.emons-verlag.de